UNE ILLUSION ROYALE

MISHA BELL

♠ Mozaika Publications ♠

Dépôt légal © 2022 Misha Bell
www.mishabell.com

Publié par Mozaika Publications, une marque de Mozaika LLC.
www.mozaikallc.com

Couverture par Najla Qamber Designs
www.najlaqamberdesigns.com

Photographie par Wander Aguiar
www.wanderbookclub.com

Traduction : Annabelle Blangier pour Valentin Translation

e-ISBN : 978-1-63142-790-9
ISBN imprimé : 978-1-63142-789-3

Chapitre Un

— Ne bouge pas, ordonné-je en resserrant mes doigts autour du couteau.

Ma victime – enfin, mon ami Waldo, le spectateur – a l'air mal à l'aise.

— Tu es sûre de ce que tu fais ?

Je dois mobiliser tous mes talents d'actrice pour laisser transparaître tout juste la bonne dose de doute sur mon visage.

— Contente-toi de ne pas bouger la main.

Il tient sa paume contre la mienne, comme si nous nous étions retrouvés collés ensemble après un geste maladroit. Je porte un gant, bien sûr.

Je regarde autour de moi. Nous sommes seuls sur la terrasse extérieure du café et les piétons qui passent dans la rue ne nous prêtent aucune attention.

Dommage. J'adore avoir un public.

Comme je l'espérais, Waldo confond mon regard avec de la nervosité et sa main tremble.

Est-ce que je suis une mauvaise amie si je savoure ce moment ?

Question stupide. Ce serait comme demander si je suis une mauvaise sœur parce que j'ai plongé la main de ma jumelle dans de l'eau chaude, le soir où elle a fait pipi au lit « sans raison ».

Je suis une amie marrante, c'est tout. Et une sœur marrante.

Je fusille du regard le dos de ma main gantée pour accroître la nervosité de ma victime.

— Je vais y aller… maintenant.

Joignant le geste à la parole, je soulève le couteau dans un grand arc théâtral, imitant la scène de la douche dans *Psycho*.

Waldo écarte sa main juste avant que la lame atteigne sa cible.

Ouf. Ça n'aurait pas fonctionné s'il ne s'était pas dégonflé.

Je continue mon coup de poignard et pousse un faux cri de douleur avant d'esquisser un geste furtif pour parfaire l'illusion.

L'image qui en résulte parle d'elle-même : le couteau est enfoncé jusqu'à la garde dans ma paume gantée, et la lame ressort de l'autre côté. Waldo regarde, bouche bée, son visage fin presque aussi pâle que le mien – je n'ai pas laissé le soleil effleurer ma peau depuis des années, parce que ça fait partie de mon personnage de scène.

Je prends sa réaction comme un compliment. Il doit croire que je viens de me transpercer la main. La réalité est bien différente, évidemment. La lame du couteau est désormais cachée dans le manche creux, et celle qui dépasse de ma paume est maintenue en place par un aimant puissant situé dans mon gant.

— Attends une seconde, reprend Waldo, sa respiration se calmant. Il n'y a pas de sang.

Avant qu'il ait pu énoncer d'autres observations logiques énervantes, « j'arrache » le couteau d'un geste triomphant et affirme avoir guéri ma main grâce à une formule magique.

— C'était clairement une illusion, commente-t-il en examinant le couteau.

— Tu en es sûr ? répliqué-je en le cachant dans ma poche.

Il me prend le poignet pour inspecter le gant. Il est intact, et j'ai laissé tomber l'aimant dans ma poche en cachant le couteau, alors comme on dit dans mon métier, je suis clean.

— Montre-moi le couteau, demande-t-il.

Je sors le couteau normal que j'avais caché dans ma poche à côté du trafiqué.

Waldo l'examine, un peu plus confus à chaque seconde qui passe. Pour finir, il prononce les neuf mots préférés de tous les magiciens :

— Je n'ai aucune idée de comment tu as fait ça.

Je souris.

— Alors tu seras sûrement encore plus surpris par

ça, répliqué-je en sortant une montre à rayures rouges de ma poche. Je crois qu'elle t'appartient.

Il me prend l'objet des mains avec un hoquet.

— Comment t'as fait ça ?

— Avec beaucoup de talent, dis-je.

— Holly ? lance une voix d'homme que je ne reconnais pas depuis la rue.

Je regarde le nouvel arrivé, et c'est soudain à mon tour de rester bouche bée.

Je ne savais même pas que ce genre de perfection masculine existait en dehors d'Hollywood.

Des traits ciselés. Un nez busqué. Des yeux noisette vaguement félins fixés sur mon visage avec une lueur prédatrice. Je me sens comme une gazelle sur le point d'être dévorée.

Je ravale le trop-plein de salive dans ma bouche dans un grand bruit de déglutition.

Le torse musclé et les larges épaules de l'inconnu sont couverts d'un t-shirt blanc moulant, et malgré le jean débraillé qui pend sur ses hanches étroites, il y a quelque chose de régalien, chez lui – une impression appuyée par le drôle de motif sur la boucle de sa ceinture. Ça ressemble au genre d'emblème qu'un chevalier médiéval incorporerait sur son bouclier.

Il paraît que je compare trop les gens avec des célébrités, mais c'est difficile, avec ce type. Peut-être un mélange entre Jake Gyllenhaal et Heath Ledger, si leur amour dans *Brokeback Mountain* avait engendré un enfant ?

Non, il est encore plus séduisant que ça.

Réalisant que ma façon intense de le dévisager est assez impolie, je baisse les yeux et remarque qu'il serre deux lanières en cuir entre ses doigts. Des laisses, sûrement.

Je m'attends à moitié à découvrir deux esclaves sexuelles consentantes au bout de ces chaînes, cependant au lieu de ça, je vois deux chiens bizarres.

Enfin, je crois que ce sont des chiens.

L'un a des taches noires et blanches qui lui donnent un air de panda.

En fait, compte tenu de l'énormité de cette créature, je ne peux exclure la possibilité qu'il s'agisse bien d'un ours. Et comme si le fait de ressembler à une espèce d'ours en danger n'était pas déjà assez bizarre, la créature porte des lunettes.

Est-ce parce qu'elle a une mauvaise vue, ou le panda s'apprête-t-il à aller faire du snowboard ?

La deuxième créature ne comporte aucun accessoire optique et me rappelle un koala, mais en plus gros et avec une canine pendante.

Je me force à reporter mon attention sur leur maître ridiculement beau.

— Eh, lancé-je, parce que c'est tout ce que je suis capable d'articuler.

Mes hormones hyperactives semblent m'avoir privé de la parole.

L'étranger plisse ses yeux noisette.

— Tu es bien Holly, n'est-ce pas ?

C'est ta chance, intervient ma voix intérieure de magicienne. *Piège cet étranger sexy. Embobine-le.*

Je repousse mon accès de désir par un effort de volonté héroïque et me frotte les mains intérieurement telle une méchante de conte de fées. Avant que j'adopte mon personnage de scène à la peau pâle et aux cheveux couleur corbeau, on m'a toujours confondu avec ma jumelle, même nos proches ne savent pas nous différencier. Notre visage en forme d'ovale est parfaitement identique, jusqu'aux pommettes hautes et au nez droit. Je suis littéralement née pour cette illusion.

J'ajoute une touche snob à ma voix et réponds :

— Qui d'autre veux-tu que je sois ?

Voilà. S'il sait que Holly a une jumelle nommée Gia (autrement dit, moi), il choisira ce moment pour exprimer ses doutes et j'arrêterai tout.

Peut-être.

Je parie que je peux le duper même s'il sait que j'existe.

Il m'observe avec attention.

— Tu as changé de couleur de cheveux.

— Un cosplay de *La Famille Addams*, expliqué-je en prenant ma meilleure voix de Morticia Addams.

Ce n'est pas mon mensonge le plus convaincant, mais le mec a l'air prêt à l'avaler quand même. C'est alors que je réalise que j'ai un problème. Waldo cligne des paupières d'un air confus, à deux doigts de parler. Je lui donne un coup de pied sous la table.

— Tu connais Waldo ? demandé-je à l'inconnu d'un ton enjoué.

J'espère que la belle gueule tendra la main et se présentera, ce qui me permettra d'apprendre son nom.

Mon plan diabolique est contrecarré par le panda. Il tire sur la jambe de pantalon du beau gosse avec ses dents. En le voyant faire, le koala fait la même chose de l'autre côté, sauf que ses mouvements sont maladroits, comme ceux d'un chiot, et font un trou dans le pantalon. Si c'est comme ça que les chiens attirent son attention, pas étonnant que son jean soit aussi dépenaillé. Et puis, beurk. J'espère qu'il lave la salive de chien sur son pantalon aussitôt.

— Une seconde, les gars, intervient l'inconnu à ses amis poilus d'un ton chaud et paternel qui provoque un pincement quelque part dans ma poitrine. Vous ne voyez pas que je parle à Holly ?

But ! Il croit que je suis Holly.

Il relève les yeux des chiens et regarde Waldo de haut en bas. Trouve-t-il que mon ami ressemble à Willem Dafoe, mais dans le rôle du mentor d'Aquaman, et pas dans celui du Bouffon Vert de *Spider-Man*, lui aussi ?

Avant que j'aie pu lui poser la question, l'inconnu reporte son attention sur moi.

— Ce n'est pas ton petit ami.

Je cligne des paupières. Il connaît le petit ami d'Holly ? Où est-ce que ma sœur va chercher tous ces beaux mecs ? Celui-là est encore plus sexy que son Alex.

— En effet, acquiescé-je en me remettant à l'imiter. Ce type n'est qu'un ami, sans le *petit*.

Le sourire malicieux de l'inconnu me fait l'effet d'une caresse sur le clitoris.

— Je ne crois pas à l'amitié entre un homme et une femme.

Il se trompe. Mes sœurs et moi sommes amies avec un homme depuis toujours, et il n'a jamais tenté de séduire l'une d'entre nous. Bon, il est gay, mais quand même.

Waldo se lève avec une expression de dignité blessée.

— Écoute, mon pote, je suis allergique aux chiens, alors si ça ne te dérange pas…

— Mon pote ? répète l'inconnu.

Il me lance un regard, une lueur moqueuse dans ses yeux félins.

— Tu vois ? reprend-il. Il n'aime pas me voir venir empiéter sur son territoire.

La chaleur qui me parcourt le corps n'est pas du désir, cette fois. Quel culot.

— Je ne suis le territoire de personne, rétorqué-je.

Et encore moins celui de Waldo. Il n'a jamais tenté de flirter avec moi, alors qu'on se connaît depuis dix-huit mois.

Le visage de Waldo devient écarlate et il resserre les doigts autour du couteau qu'il ne m'a jamais rendu.

Sérieux ? La testostérone rend-elle vraiment *aussi* stupide ?

— Elle a raison, mon pote, reprend Waldo d'une voix très menaçante, même si pour être honnête, on dirait un peu qu'il imite Macaron le Glouton de *Sesame Street*. Tu ferais mieux de déguerpir.

L'étranger le dévisage en retroussant la lèvre. S'il a remarqué la présence du couteau, il n'en montre rien. Encore une victime d'empoisonnement à la testostérone, je suppose.

— Déguerpir ? répète-t-il en reportant son attention sur moi. Où as-tu trouvé ce Waldo ?

OK, j'en ai assez entendu. Je suis la seule autorisée à faire des blagues « Où est Waldo » aux dépens de mon ami.

L'étranger sexy dépasse les bornes.

Je repousse ma chaise et me lève de mon mètre soixante-sept.

— Et si tu te cassais d'ici ? Tu préfères cette formulation ?

C'est à ce moment-là que le panda grogne sur Waldo – un son menaçant qu'on ne s'attend pas à entendre de la part d'un chien géant si mignon. Ça me rappelle cet article concernant un homme qui a tenté d'étreindre un panda dans un zoo, et qui s'est retrouvé à l'hôpital quand l'animal effrayé l'a attaqué.

Waldo pâlit et pose le couteau sur la table. Apparemment, il reste au moins dix neurones en état de fonctionner dans son crâne épais.

L'étranger tapote la tête de la créature à lunettes et lui murmure quelque chose dans une langue qui ressemble à celle d'un pays d'Europe de l'Est.

Hum. Il n'avait pas d'accent quand il m'a parlé, cependant l'anglais est peut-être sa deuxième langue.

Autrement, il ne parlerait pas à ses chiens dans une langue étrangère.

Zut. Avec la chance qu'on a, ce beau gosse va s'avérer être un membre de la mafia russe.

— Assieds-toi, sifflé-je à Waldo.

À mon grand soulagement, ce dernier obéit.

Allez, disons vingt neurones.

L'étranger scrute mon visage de ses beaux yeux, avant de les étrécir à nouveau.

— Tu n'es pas Holly. Elle est gentille.

Une pointe de ce sourire malicieux effleure à nouveau ses lèvres et il prend une voix plus grave.

— Alors que toi tu es… vilaine.

Ça suffit. Adieu la Gentille Magicienne.

Je m'avance vers lui d'un pas lent.

Même si… ce n'est peut-être pas une si bonne idée.

Maintenant que je me suis rapprochée, je réalise à quel point il est grand. Et large d'épaules.

Les chiens géants ont perturbé mon sens de la perspective, créant une illusion d'optique me laissant croire que leur maître avait une taille normale. Ce n'est pas le cas. Pire encore, il sent divinement bon, un mélange d'océan et d'autre chose d'ineffablement masculin.

Si je lui joue un tour dans ces conditions, cela mettra au défi toutes mes capacités.

Une seconde. Les chiens vont-ils s'énerver de me voir approcher ?

Comme s'il avait lu dans mes pensées, l'inconnu

leur lance un ordre sévère et ils se placent derrière lui, penauds.

Cet ordre avait-il pour but de faire en sorte que *je* me comporte comme une bonne chienne obéissante ? Parce que j'en ai un peu envie.

Non, oubliez ça. Je m'en tiens à mon plan, qui requiert que je me rapproche assez près pour lui faire les poches.

— Tu veux voir à quel point je peux être vilaine ? demandé-je de la voix la plus sensuelle dont je suis capable.

C'est normal, pour un œil humain, de se réduire à ce point en fente, comme s'il était un lion ?

— À quel point, *myodik* ? murmure l'inconnu.

Est-ce qu'il vient de dire « me dick », « ma bite » en français ? Non. C'est un mot dans cette langue qu'il a employée avec les chiens. Malgré tout, je ne pense plus qu'à son membre, maintenant, ce qui ne m'aide pas à apaiser la surcharge hormonale.

Je repousse les images classées X de ma tête et me lèche les lèvres de manière délibérée.

— Je vais te voler ton portefeuille. Ou ta montre. À toi de voir.

Le choix supposé est une diversion, bien entendu. Ma vraie cible n'est aucune de ces choses, toutefois il n'a pas besoin de le savoir.

Ses narines se dilatent et il baisse les yeux sur mes lèvres.

— Ça reste du vol si tu me préviens avant ?

Si je pouvais oublier ma crainte des germes et

11

envisager de poser mes lèvres sur celles de quelqu'un d'autre, c'est ce que j'aurais fait à cet instant. C'est la première fois que j'en éprouve l'envie aussi fortement.

— Qu'est-ce qui se passe ? l'interrogé-je dans un souffle. On se dégonfle ?

Il tapote la poche droite de son jean.

— Et si tu me volais mon portefeuille ?

Je prends une inspiration pour me calmer.

— Merci de m'avoir montré où il est.

Avant qu'il ne puisse répondre, je plonge sur la poche en question. J'ai besoin d'une grosse diversion pour ce que j'essaie vraiment de voler.

Par les sourcils d'Houdini, est-ce bien ce que je pense ?

Ouais. Impossible de s'y méprendre. Quand mes doigts gantés effleurent le portefeuille, je sens autre chose, sous le tissu de son pantalon.

Quelque chose de gros et de très dur.

Eh bien. On dirait que quelqu'un est extrêmement heureux de se faire fouiller les poches.

Il a peut-être vraiment dit « ma bite », tout à l'heure ?

Je fais de mon mieux pour soutenir son regard et pour ne pas racler ma gorge soudain très sèche.

— Tu me sens le voler ?

Tout en parlant, je m'efforce de défaire sa boucle de ceinture chic – c'était ma vraie cible.

Il abaisse les paupières et prend une voix encore plus grave.

— Tes doigts agiles sont exactement là où je les veux.

Zut. Entre mes gants et son sex-appeal ridicule, je n'arrive pas à déboucler la ceinture.

Mais non. Je ne peux pas me faire prendre. Ce serait révéler un secret magique – le pire tabou que je connaisse.

— Ces doigts-là ? demandé-je d'une voix rauque.

Je caresse légèrement le membre dur sous la couche de tissu, et me sers de la distraction apportée par mon geste vulgaire pour tirer plus fort sur la boucle de ceinture avec mon autre main, jusqu'à réussir enfin à l'ouvrir.

J'aimerais bien voir David Blaine faire *ça*.

L'étranger émet un grognement bas, guttural et animal qui rend mes tétons si durs que je me sens à deux doigts de m'écrouler. Il ressemble à un lion prêt à bondir.

Je ravale ma salive, retire ma main de sa poche et tente de lui adresser un sourire rusé. Il doit plutôt avoir l'air chancelant.

— J'ai changé d'avis. Je vais plutôt voler ta montre.

Je lui prends le poignet et le serre avec force tout en tirant sur la ceinture avec mon autre main.

Oui ! Je l'ai. Je cache la ceinture derrière mon dos et regarde la montre d'un air boudeur.

— À bien y réfléchir, je crois que je vais te laisser garder toutes tes possessions.

Il affiche un air triomphant, sûrement convaincu que son sex-appeal a vaincu mes talents de pickpocket.

Vu que ça a failli être le cas, je ne peux pas lui en vouloir de le penser.

Je recule avec prudence et demande :

— Oh, et au fait, tu n'as pas perdu quelque chose ?

Je lui montre ma prise.

Il écarquille les yeux et son regard passe de ma main à son pantalon.

— Comment ? m'interroge-t-il.

Cette question est si douce à mes oreilles.

— Avec le talent, dis-je, sans parvenir à arborer mon expression fanfaronne habituelle.

— Tu es une femme dangereuse, remarque-t-il en tendant la main pour récupérer sa ceinture.

Deux choses se passent simultanément quand je fais un pas en avant pour lui rendre son accessoire. Le panda tente d'attirer à nouveau son attention en tirant sur sa jambe de pantalon gauche. Pour ne pas être en reste, le koala fait la même chose du côté droit – sauf que cette fois, aucune ceinture ne retient le pantalon, qui glisse sur ses hanches.

Jusqu'en bas.

Bordel.

La plus grosse érection de l'histoire des phallus apparaît et me fait un clin d'œil – même si cette dernière impression n'est peut-être que l'effet de mon imagination.

Il ne porte pas de sous-vêtements ?

Ma bite, en effet.

Je regarde le membre gigantesque, bouche bée. Même si je l'ai touché et que j'ai senti sa taille pendant que je fouillais dans sa poche, je n'aurais jamais imaginé un truc pareil.

Lisse. Droit. Délicieusement veineux. Il ne demande qu'à être touché, ou sucé, ou léché – néanmoins je ne le peux pas, pour des raisons dont j'ai du mal à me souvenir à cet instant.

On devrait avoir un permis de port d'arme pour ce genre d'équipement. Ainsi que le permis dont on a besoin pour manœuvrer les engins lourds. Et un permis de chasse. Peut-être même un permis de tuer, comme 007…

J'entends Waldo émettre un hoquet derrière moi. Le pauvre. Je parie que même lui, il est prêt à se mettre à genoux pour goûter, et à ma connaissance, il est hétéro. Je n'arrive pas à détourner les yeux.

Si ce sexe était une baguette magique, il serait l'une des Reliques de la Mort – celle brandie par Voldemort à la fin. Et s'il s'était agi d'une banane, elle aurait constitué un en-cas parfait pour King Kong.

L'étranger devrait être rouge d'embarras et s'empresser de se couvrir, et au lieu de ça, un sourire suffisant étire le coin de ses lèvres.

— Tu aimes ce que tu vois ?

Oh oui. À tel point que j'ai envie de sortir mon téléphone pour prendre un selfie avec. À ma grande – *immense* – déception, il remonte son pantalon.

— Je l'avais bien dit, remarque-t-il d'une voix rauque. Tu es vilaine. Très vilaine.

Il arrache sa ceinture de mes doigts engourdis et la place à nouveau autour de son pantalon, avant de s'éloigner d'un pas léger avec ses chiens, me laissant plantée là, bouche bée.

— Pour qui il se prend, ce type ? Non, mais tu y crois, à ça ? lance Waldo d'un ton indigné quelque part au loin.

Non. Je n'y crois pas.

Je n'arrive pas à croire que c'est arrivé, en fait.

Tout ce que je sais, c'est que je ne m'attendais pas du tout à ça quand j'ai décidé d'embobiner ce type.

Chapitre Deux

*L*e reste de ma sortie avec Waldo se déroule comme dans un brouillard. Je suis à peu près certaine qu'il a passé au moins vingt minutes à s'insurger contre les couilles de l'inconnu – à la fois au sens figuratif et littéral – sauf que je ne l'ai écouté qu'à moitié. Dès qu'il a été socialement acceptable de le faire, j'ai trouvé une excuse pour partir et suis rentrée chez moi pour passer un appel vidéo à ma jumelle.

Puisque le type mystère la connaît, elle doit le connaître aussi.

J'entre dans ma chambre et scrute les environs à la recherche d'un endroit où poser mon téléphone qui empêchera ma sœur de voir les accessoires de magicien étalés partout. Je n'ai pas envie qu'elle vienne en personne et passe en mode Marie Kondo.

Là.

Je m'avance vers Manny, le mannequin sur qui je

m'entraîne à pratiquer mes tours – de magie, bien sûr. Je retire la tête dénuée d'expression de Manny, pose mon téléphone sur son cou et compose le numéro de Holly.

Pas de réponse.

Zut.

Je l'appelle sans la vidéo. Même résultat.

Je me résous à lui envoyer un SMS où je lui demande de me rappeler dès qu'elle sera disponible. Puis j'attends.

Et j'attends encore.

Quand je finis par me lasser, je décide de me distraire. Mais avec quoi ?

D'habitude, je profite du moindre temps libre pour m'entraîner à pratiquer la magie, mais le sexe de l'homme mystère m'a rappelé un projet sur lequel je travaille de temps en temps – un genre de thérapie par exposition censée me permettre un jour d'avoir une relation intime avec un homme.

Très bien. Je l'admets. Il se peut que j'aie un tout petit problème. Je n'ai pas seulement du mal à serrer des mains sans mes gants. J'ai aussi des soucis avec tout ce qui inclut un contact plus intime, sans parler des échanges de fluide corporel de quelque sorte que ce soit.

Ce n'est pas super, pour une magicienne ni pour une humaine. Par contre, si j'avais voulu devenir une détective à la Adrian Monk, ce serait parfait.

Le point positif, c'est que les probabilités pour que j'attrape la dysenterie sont quasiment inexistantes.

Tout a commencé dans mon enfance, quand j'ai été témoin d'une scène horrible, un incident que j'en suis venue à appeler le Massacre de la Mésange Zombie.

Mes parents sont propriétaires d'une ferme où ils offrent un refuge à toutes sortes d'animaux, et ils ont eu la brillante idée d'accueillir un oiseau dont le nom scientifique est *Parus major*, mais qui est plus communément connu en tant que mésange charbonnière. Cet oiseau a aussi un autre nom : la mésange zombie. Pour une raison tout à fait logique. Dans la nature, ces oiseaux mangent des cerveaux – ceux des chauves-souris, pour être exact. Sauf qu'il s'est avéré qu'ils n'étaient pas difficiles et pouvaient aussi manger le cerveau d'autres oiseaux, y compris ceux des poulets, et c'est ce à quoi j'ai assisté ce jour funeste.

Des poulets ensanglantés dont le cerveau avait été violemment picoré.

Du sang et des bouts de cervelle partout.

Une mésange zombie satisfaite.

J'ai tant hurlé que j'ai failli m'en casser la voix.

En réalité, nous avons été deux à rester traumatisées par ce jour. Ma sœur, Blue, l'une des sextuplées, plus jeune et impressionnable, a été la première à découvrir cette scène macabre. Depuis ce jour, elle est terrifiée par les oiseaux. Peut-être aussi du charbon, comme dans mésange charbonnière. Je n'ai jamais posé la question.

Moi, les oiseaux ne me dérangent pas. Le charbon non plus. Mais je suis dégoûtée par le sang et les cerveaux, et cette aversion s'est très vite étendue à tous les fluides corporels, et par extension, aux germes.

Alors ouais. Si le simple concept du baiser est inimaginable pour moi, tous les actes sexuels le sont encore plus.

Avec un gros soupir, je prends mon ordinateur portable et ouvre le premier site porno que je trouve.

Suis-je vraiment prête pour ça ?

Je prends une grande inspiration et la relâche lentement.

Ce que je m'apprête à faire s'appelle la désensibilisation systématique, et l'idée derrière ce terme est vraiment ce qu'il implique : si je vois des actes qui m'effraient dans un environnement calme et contrôlé, je trouverai peut-être le courage d'affronter ça pour de vrai.

Eh, ça fonctionne pour les phobies des araignées et des serpents.

Je commence par des vidéos de gens en train de s'embrasser.

Reste calme. Ne pense pas aux microbiotes salivaires. Où à ceux sur la langue.

Le problème, c'est que dans les pornos, personne ne s'embrasse vraiment. Ils se sucent le visage d'une manière qui me rappelle les monstres d'*Alien*. En général, les pornos ont le même effet sur moi que les films d'horreur.

Et en parlant d'horreur, il est temps de placer la barre plus haut.

Je commence par une scène de sexe toute simple. C'est l'histoire d'un livreur de pizza que la femme ne peut s'empêcher de séduire.

Ouais. Bien sûr. Très crédible.

Les regarder se déshabiller ne me dérange pas. Ils ne s'embrassent pas, et c'est tant mieux – pas pour leur relation fictionnelle, mais pour ma sensibilité. Par contre, quand j'observe un sexe dénué de préservatif pénétrer dans le vagin de l'actrice, mon cœur se remet à battre la chamade, et pas sous l'effet de l'excitation sexuelle.

Merde. Suis-je en train d'hyperventiler ?

Inspire. Expire. Ce n'est pas à moi que ça arrive. Les gens dans cette vidéo sont deux adultes consentants. Et puis, les stars du porno font des examens médicaux réguliers, alors qu'est-ce qui pourrait arriver de pire ?

Mes mantras ne fonctionnent pas. Je peux imaginer une bonne poignée de MST dont la période d'incubation est très courte, et d'après mes recherches, les stars du porno ne sont testées qu'environ deux fois par mois. Un simple calcul révèle que s'ils tournent assez de scènes, ils pourraient être infectés.

Je parviens à calmer ma respiration sans savoir comment.

Bien. Je suis prête à aller plus loin.

Je clique sur une vidéo concernant un fétiche que je trouve particulièrement perturbant : la *golden shower*.

C'est l'histoire d'une MDFB et du meilleur ami de son fils. Ce qui n'a aucun sens. Elle ne devrait pas plutôt être son urologue, ou un truc comme ça ? Et puis, MDFB signifie Mère de Famille Baisable, alors dans ce cas précis, ne devrait-on pas plutôt parler d'une MDFSLFP, une Mère de Famille Sur Laquelle Faire Pipi ? Ou bien une MDFQFPSM : une Mère de Famille Qui Fera Pipi Sur Moi ?

Dans tous les cas, ça amplifie vraiment la valeur thérapeutique de cette session.

Quand je tolérerai de regarder un truc pareil, je serais peut-être prête à passer l'étape du baiser dans le monde réel.

Avec un peu de chance. Peut-être.

Dès que la vidéo commence, la sensation d'être en train de visionner un film d'horreur s'intensifie.

Certains pensent que l'urine est stérile, mais ça n'a aucun sens.

Quand quelqu'un a une infection urinaire, que cherchent les médecins dans leurs échantillons d'urine ? Des bactéries. Est-ce que ça marcherait si ce liquide était vraiment stérile ? Non.

J'arrive à tenir jusqu'à la moitié de la vidéo avant de devoir couper. Je n'en suis pas encore là, je suppose.

Je me mordille la lèvre, envisageant de mettre fin à ma session de thérapie, avant de décider d'affronter une dernière épreuve.

Le bukkake.

C'est un mot japonais qu'on peut traduire par « herpès des yeux ». C'est en tout cas ce que je suppose, parce que le bukkake est un acte durant lequel un grand nombre d'hommes éjaculent en même temps sur quelqu'un – dans la version que je m'apprête à regarder, il s'agit d'une femme.

Dans cette vidéo, il s'agit d'une demi-sœur dévergondée – un thème pornographique très populaire sur ce site.

Mais attendez une seconde. Même en mettant de côté le fait que certains de ces hommes sont bien trop âgés pour vivre encore chez leurs parents, comment cette famille fictionnelle s'est-elle retrouvée avec cinquante fils adoptifs et une seule fille adoptive ?

Quand le bukkake commence, je trouve ça très dur à regarder.

Peut-être qu'en avançant un peu dans la vidéo…

Non.

C'est pire.

Un compteur digital au coin de la vidéo indique au spectateur combien de fois les hommes ont déjà joui, ainsi que le nombre de fois où l'actrice a avalé – on en est à seize éjaculations et dix ingurgitations.

Cette scène ne devrait-elle pas faire l'effet d'un film d'horreur pour tout le monde ? Ici, contrairement aux scènes d'éjaculation faciale normales, le visage de la femme est complètement recouvert de liquide laiteux, créant un effet grotesque.

Bizarrement, je n'ai pas l'impression que l'actrice est exploitée, même si c'est peut-être bien le cas. Peut-être parce qu'elle semble beaucoup s'amuser, tandis que les hommes sans visage se contentent de se masturber de manière mécanique et dénuée d'enthousiasme… comme si c'était une corvée.

Je me demande combien ça doit coûter d'embaucher autant de mecs, si on veut faire ça en privé chez soi. Et puis, cette scène est-elle vraiment intéressante à regarder, pour les hommes hétéros ? Je ne suis pas une experte, néanmoins j'ai l'impression que les principaux éléments sont les pénis et le sperme, ici, la fille n'étant que secondaire. Et puis, l'actrice saute-t-elle un repas, après ça ? Ce truc est-il un tant soit peu nutritif ? Un vegan a-t-il le droit d'en manger ?

Note à moi-même : aucun de ces sexes n'est aussi agréable à regarder que celui de l'inconnu mystérieux. En fait, aucun zizi de porno ne semble lui arriver à la cheville.

Attendez une seconde. Je triche. Je me suis désintéressée de la vidéo. Je dois prêter attention à l'écran et m'efforcer de rester calme pour que cela ait le moindre effet thérapeutique.

J'ouvre les yeux en mode *Orange Mécanique* et observe la frénésie d'éjaculations et de gobage.

La panique commence à m'envahir.

Comme avec l'urine si le type a une infection urinaire, le sperme peut être contaminé par une bactérie. Vu le nombre d'hommes présents, les probabilités pour que ça finisse mal sont démultipliées.

Je coupe la vidéo et m'efforce de calmer ma respiration.

Suis-je prête à passer à l'étape la plus difficile de la thérapie ?

Je vais dans la catégorie requise et y regarde à deux

fois. Il y a une vidéo appelée *Analyse*. Les gens prennent-ils leur pied en analysant des trucs ?

Non. Le titre exact est *Anale Lyse*, une autre histoire de demi-sœur.

Très bien. Au moins, le nombre de demi-frères est plus réaliste. Je commence à regarder et m'oblige à ne pas détourner les yeux de l'orifice béant visible à l'écran.

Ouais. C'est bien ça. L'anulingus – une pratique que je trouve plus flippante que Freddy Krueger, Michale Myers, Mister Babadook et même Pee Wee Herman. Ralentir ma respiration ne m'aide pas du tout, cette fois. Un phobique des clowns doit ressentir la même chose en visionnant *Ça*.

Le receveur doit être super propre.

Non. Ça ne m'aide pas.

Le donneur doit disposer d'un système immunitaire extrêmement développé.

Non.

Je coupe la vidéo.

Je ne peux pas regarder ça. Je ne suis pas prête.

Eh, au moins, je n'ai pas hurlé. Ou fait de crise cardiaque. La première fois que j'ai appris ce que signifiait l'expression « manger de la moule », j'ai arrêté les fruits de mer pendant un an.

Je ferme mon ordinateur portable et m'efforce de me calmer.

C'était peut-être une mauvaise idée. Je n'ai peut-être pas envie que ma jumelle me dise qui était ce type. Pour quoi faire ? Ce n'est pas comme si je pouvais faire quoi que ce soit avec lui. Je serais juste frustrée de…

Mon téléphone sonne.

Tout en revenant vers le mannequin si vite que je manque de trébucher, je finis par admettre que j'ai *vraiment* envie de savoir qui est cet homme.

Raison pour laquelle je suis soulagée de voir que c'est ma sœur, Holly, qui m'appelle.

Chapitre Trois

Sautillant presque d'impatience, j'accepte l'appel vidéo.

— Coucou, lance Holly, un sourire chaleureux illuminant le visage que nous partageons.

Hum. Est-ce une expression d'extase post-coïtale ? Ça expliquerait pourquoi elle a mis si longtemps à me rappeler.

Comme souvent, elle tient une tasse de thé fumante à la main dans une posture très snob, le petit doigt levé. Je ne reconnais pas la grande pièce derrière elle. Elle est sûrement chez son petit ami — ce qui renforce d'autant plus ma théorie sur le coït.

— Salut, dis-je en regardant le haut de sa tête. Tu t'es teint les cheveux ?

D'habitude, quand j'observe ma jumelle, je ne remarque que nos similitudes. Mais cette fois, je me concentre sur les différences subtiles, surtout sur nos visages, et cela me mène à penser que l'inconnu avait raison. Comparée à la candeur gravée sur les traits innocents de Holly, je dois avoir l'air un peu vilaine.

Mais après tout, ça pourrait très bien être aussi le cas d'une nonne.

Ma jumelle prend une mèche de ses cheveux entre ses doigts et l'inspecte en fronçant les sourcils.

— Ils sont toujours de la même couleur. Pourquoi cette question ?

Je vole le portefeuille dans la poche arrière de Manny d'un geste leste qu'un humain normal ne devrait pas pouvoir remarquer.

— Ils me paraissent plus roux, je ne sais pas pourquoi.

Elle secoue la tête.

— Tu les as peut-être enfin lavés ? hasardé-je en souriant.

Elle souffle sur son thé d'un air exaspéré, et je sens qu'elle a envie de lever les yeux au ciel.

— Tu as peut-être fini par oublier quelle était notre couleur de cheveux naturelle.

— Mes poils pubiens sont là pour me le rappeler.

Je replace furtivement le portefeuille dans la poche de Manny, grâce à une technique appelée le putpocket.

— Et ils ne comportent aucune trace de roux.

Elle finit par céder et lève les yeux au ciel.

— Je n'ai que de légers reflets roux sur la tête, et seulement sous une certaine lumière, c'est peut-être pour ça que tu ne l'as jamais remarqué.

Je hausse les épaules.

— Ça te fait ressembler à Cate Blanchett au début du film *Elizabeth*.

Elle a l'air de se demander si c'est une insulte ou pas, ce qui est étrange, sachant à quel point elle aime tout ce qui est britannique. Elle étrécit légèrement les yeux, laissant entendre qu'elle a décidé d'être offensée, pour finir.

— Eh bien, toi, tu ressembles à Cate Blanchett dans le rôle de Hela, dans *Thor : Ragnarok*.

— Je prends ça pour un compliment. Cette femme embellit à mesure qu'elle vieillit, et ce personnage précis était vraiment *badass*.

— Elle était méchante, non ? réplique-t-elle en secouant la tête.

Mon sourire se fait rusé et je réponds :

— Tu crois ? Elle était la première-née, ce qui faisait d'elle l'héritière légitime au trône. Tu es en train de dire qu'elle ne méritait pas de régner sur Asgard parce que c'était une femme ?

— Une femme assoiffée de sang.

Je dérobe à nouveau le portefeuille.

— Son père l'a élevée pour être une conquérante, avant de changer son fusil d'épaule concernant sa politique étrangère et de bannir la pauvre femme. Pourquoi ? Elle n'est pas pire que Loki, et pourtant il a eu le droit de rester, lui.

Holly souffle sur son thé presque avec violence.

— Tu m'as appelée pour lancer un débat hasardeux ?

Je ne me sens pas insultée, vu que j'ai déjà fait ça par le passé.

— Non, dis-je.

Je jette un coup d'œil à ma porte pour m'assurer qu'elle est fermée, vu que je n'ai pas envie que l'une de mes colocataires entende ce que je m'apprête à dire.

— Je suis tombée sur quelqu'un que tu connais et je voulais te poser des questions sur lui.

Elle repose sa tasse et rapproche son téléphone de son visage.

— Sur *lui* ?

Argh. L'expression sournoise apparue sur ses traits me donne l'impression de me contempler dans un miroir en forme de téléphone.

Je *putpocket* le portefeuille.

— Ouais. Un homme de l'espèce des *homo sapiens*.

Je le décris, ainsi que les détails de notre rencontre, et quand j'en arrive au moment où j'ai vu son énorme baguette magique, elle recrache son thé.

— Bref, reprends-je quand elle s'est ressaisie. Il connaissait ton petit ami, alors tu dois le…

— Je sais exactement qui c'est.

Elle arbore une expression carrément malicieuse, maintenant. Est-ce à cela que je ressemble la majeure partie du temps ? Si oui, je ferais mieux d'afficher une expression neutre pendant mes spectacles de magie.

Elle reprend sa tasse, souffle sur le liquide avec une lenteur exagérée, puis en bois une gorgée.

Je soupire.

— Tu vas m'obliger à te supplier ?

Elle avale son thé avec délectation.

— Pourquoi tu veux savoir ?

C'est à mon tour de lever les yeux au ciel.

— Pour paraphraser Leonardo DiCaprio dans *Django* : la première fois que je l'ai vu, il a éveillé ma curiosité. Mais quand j'ai vu son sexe en érection, il a retenu toute mon attention.

— Très bien. C'était Tigger, répond-elle en me scrutant par-dessus sa tasse. Tu te souviens ?

Je lui rends son regard sans comprendre.

— Me souvenir de quoi ? Que c'est un grand fan de Winnie l'Ourson ?

Elle émet un petit rire.

— J'ai pensé la même chose quand j'ai entendu ce surnom. À mon avis, on l'a surnommé comme ça parce qu'il avait tendance à rebondir dans tous les sens, quand il était petit.

Oh. Eh bien, il peut rebondir – ou bondir – sur moi quand il veut.

— De quoi je suis censée me souvenir ?

Le thé est victime d'un autre soupir exagéré.

— Que j'ai proposé de te brancher avec lui.

— Ah oui ?

— Ouais, acquiesce-t-elle en prenant une petite gorgée. Tu as refusé. Tu m'as dit qu'il avait tout l'air d'un coureur de jupons.

— Ah.

D'un geste machinal, je vole la montre de Manny tout en me triturant les méninges.

— Tu veux parler du cousin du frère du petit ami de

ta nouvelle meilleure copine ?

Jusqu'à récemment, je craignais que ma jumelle soit antisociale. Pendant des années, j'ai été sa meilleure et seule amie, alors qu'elle n'était qu'une amie parmi tant d'autres pour moi. J'ai été agréablement surprise quand elle a rencontré un homme et s'est rapprochée de sa sœur – et je ne suis pas du tout jalouse de leur amitié. Pas même quand elle s'extasie sur la beauté, l'intelligence et le caractère inspirant de ladite nouvelle meilleure amie, sans parler de son entreprise de godemichets super cool. Ma sœur s'est même vue offrir l'équivalent d'un bracelet d'amitié par sa nouvelle amie – sauf qu'il s'agissait d'un sextoy.

Elle lance un regard de regret à sa tasse de thé presque vide.

— Ce n'est pas un cousin, mais ouais, c'est bien lui.

Je dépose subrepticement la montre dans la poche de pantalon gauche de Manny.

— C'est le type qui a essayé de danser avec toi ?

— C'est ça. Je suppose que ça veut dire qu'il trouve ton visage attirant.

Je plisse les yeux.

— Ce n'est pas aussi celui qui s'est frotté contre la mère de ton petit ami ?

Elle ricane, et c'est un miracle que du thé ne se déverse pas de son nez.

— Ils ont dansé, c'est tout, et c'est *elle* qui s'est frottée à lui.

Ça me semble plausible. Si j'étais une femme d'âge moyen, il me transformerait en cougar en un clin d'œil.

D'un autre côté, je le trouverais délectable, quel que soit mon âge...

— Donc, reprend Holly.

Elle ressemble tellement à notre mère que je m'attends à ce qu'elle se mette à débiter des conseils sur la manière d'atteindre un orgasme convenable.

— Tu veux que je te le présente ?

Est-ce que j'en ai envie ?

Les souvenirs de mes tentatives désastreuses pour regarder du porno me reviennent en force. Pour me calmer, je vole à nouveau le portefeuille.

— Non merci, dis-je d'une voix aussi désinvolte que possible.

La déception qui se peint sur son visage est du Octomaman tout craché.

— Pourquoi pas ?

— Parce que c'est toujours un coureur de jupons ?

La vérité est évidemment plus subtile que ça. Holly n'est pas au courant de mon problème avec l'intimité. Au lycée, j'ai créé l'une de mes meilleures illusions : j'ai fait croire à mes sept sœurs que j'étais sexuellement active alors que ce n'était pas du tout le cas. Si je leur avais dit la vérité – que ma détermination parfaitement raisonnable à éviter le moindre germe m'empêchait ne serait-ce que d'embrasser un garçon – elles se seraient moquées de moi jusqu'à ce que nos parents m'emmènent voir un psy. L'échange des fluides est une pratique sacrée, pour notre Octomaman, tout autant que pour notre Octopapa.

D'accord, Holly ne se serait pas moquée de moi, elle,

toutefois elle est incapable de garder un secret même si sa vie en dépend, alors je l'ai dupée tout autant que les sextuplées.

Maintenant qu'on est adultes, j'ai trop honte pour lui admettre que je n'ai toujours embrassé personne. Personne ne sait que je suis vierge – une vierge ayant rompu son hymen avec un gode il y a de nombreuses années, mais quand même.

— Si tu cherches à faire boum boum sans prise de tête, tu ne trouveras pas mieux, remarque-t-elle en posant sa tasse.

— Faire boum boum ? C'est ta façon de dire « tirer un coup » ?

Holly est allée à la fac en Grande-Bretagne et est revenue en parlant comme le personnage d'un roman de Jane Austin. Pendant un certain temps, j'ai pris beaucoup de plaisir à me moquer d'elle. Elle a perdu son accent, maintenant, même s'il lui arrive encore de laisser échapper une expression britannique (généralement charmante), je n'ai donc plus autant l'occasion de l'enquiquiner avec ça.

Elle forme un cercle avec son index droit et son pouce, puis le transperce avec son majeur gauche.

— Passer à la casserole, enfourner le pain, te faire croquer la pomme, te faire chatouiller le...

— Arrête, lâché-je d'une voix sévère. Mes choix de nourriture sont déjà assez limités comme ça.

— Je parie qu'il serait partant pour un coup d'un soir, souligne-t-elle d'un ton entendu.

C'est ça. Super idée. Perdre ma virginité avec un

dieu du sexe et gâcher mon expérience avec tous les autres hommes pour le restant de ma vie. Même s'il ne serait même pas intéressé, sans parler du fait que…

— Si ça peut t'aider, chuchote ma sœur d'un ton de conspiratrice, c'est un prince.

— Pardon ?

Je fourre le portefeuille dans la poche de Manny sans la moindre furtivité et monte le volume de mon téléphone.

— Qu'est-ce que tu viens de dire ?

— On appelle ça un *velikiy knyaz* dans son pays natal, explique-t-elle. Ce qu'on peut traduire par Grand Prince.

Elle a l'air sincère. Soit elle est soudain devenue une experte du mensonge, soit elle dit la vérité. À moins qu'elle ait fini par perdre la tête à force de regarder *Downton Abbey* en boucle.

— C'est un prince ? répété-je, incrédule. Un vrai prince ?

— Tout à fait.

Elle tend sa tasse à quelqu'un situé hors du champ de la caméra et dit quelque chose (sûrement en russe) qui ressemble à « chai ». Puis elle reporte son attention sur moi et ajoute :

— Si tu l'épousais, tu deviendrais une princesse.

Quand elle prononce ces mots, je vois un montage à la Disney se déployer devant moi. Je me mets à chanter que j'ai terriblement envie de devenir une illusionniste de renom. Je parle à mon acolyte (sûrement animal) qui aura la voix d'un comédien célèbre. J'échange un vrai baiser d'amour avec le prince…

— Tiens, intervient une voix masculine au léger accent russe tandis qu'une grande main tenant une tasse fumante apparaît dans le champ.

J'avais raison. Elle est chez son petit ami.

— *Spasibo*, réplique-t-elle avec un sourire empli d'adoration.

Elle sait parler russe, maintenant. Cool. Avec un peu de chance, elle va finir par prendre un accent russe, et je pourrais me moquer d'elle.

Sa tasse de thé entre ses mains, elle reporte son regard sur la caméra.

— Tu m'as entendue ? demande-t-elle. Tu pourrais devenir une fichue princesse.

Je me pince l'arête du nez, trop distraite par le sujet en cours pour me moquer de ce « fichue ».

— Ça n'a aucun sens. Qui fait encore partie de la royauté, de nos jours ? Et si c'est vraiment un prince, pourquoi son surnom fait-il référence à un tigre ? Ce ne serait pas plus logique de l'associer à un lion ? Comme le roi de la jungle ?

— Peut-être qu'en Ruskovie, ils pensent que ce sont les tigres, les rois de la jungle, répond-elle en soufflant sur sa tasse d'une manière bizarrement séductrice.

Est-elle en train de se donner en spectacle pour son copain ?

C'est alors que j'enregistre le nom du pays qu'elle vient de mentionner. Je hausse le sourcil droit.

— C'est le prince de la Ruskovie ?

Ça fait sens, autant que le fait de rencontrer un vrai prince peut avoir du sens. Ça explique les mots prononcés à ses chiens dans une langue d'Europe de l'Est, ainsi que le motif sur sa boucle de ceinture – c'était sûrement un emblème de sa famille. Ça justifie peut-être même son attitude arrogante.

Elle hoche la tête, puis demande :

— Tu connais la Ruskovie ?

C'est une pique envers mon absence de diplômes ?

Je vole le portefeuille de Manny, un exploit qu'aucune fac ne peut apprendre.

— Bien sûr que oui. Mon illusionniste préférée vit là-bas. Rasputina. Tu as déjà entendu parler d'elle ?

— Tu l'as déjà évoquée, je crois, approuve-t-elle en lançant un regard appuyé à mes cheveux. C'est à elle que tu as volé ce look de vampire, non ?

— Non, rétorqué-je, indignée.

Je ne l'ai pas volé. Je m'en suis inspiré. J'adore Rasputina. Si je devais coucher avec une femme – si j'avais un pistolet pointé sur la tempe, disons – c'est elle que je choisirais. Je *putpocket* le portefeuille une nouvelle fois.

— Mon personnage de scène est plus proche de celui de Criss Angel, avec une touche de Winona Ryder dans *Beetlejuice*.

— C'est ça, rétorque Holly. Dans tous les cas, vous feriez un beau couple, Tigger et toi.

— Pourquoi aurait-il besoin de moi ? ricané-je. Il est à court de femmes à courtiser, dans son pays natal ?

— Je n'en ai aucune idée, mais si tu décides de faire

plus que coucher avec lui, je dois te prévenir que c'est un vrai casse-cou.

Elle m'explique alors toutes ses cascades démentielles – le *base-jump* étant l'activité la moins périlleuse de sa liste.

— Ne t'inquiète pas, dis-je quand elle a terminé. Je ne compte rien faire du tout avec lui.

Ceci étant dit, si l'objectif de ma jumelle était de me doucher mon attirance pour cet homme, la liste des activités qu'il apprécie a l'effet inverse. Je considère désormais Tigger comme « l'homme le plus intéressant du monde », comme dans cette pub pour la bière Dos Equis. J'entends presque la voix off dans ma tête : « Son seul regret est de ne pas connaître le goût du regret. Il a accompli l'œuvre de toute une vie… deux fois. »

— Tu sais, reprend Holly, si tu sortais avec lui, ça faciliterait ta prochaine rencontre avec nos parents.

Que Houdini me vienne en aide. J'avais complètement oublié. Il n'y a pas longtemps, Holly me devait un service et je lui ai demandé de déjeuner avec mes parents à ma place – une tache qu'elle s'est débrouillée pour foirer dans les grandes largeurs. Maintenant, en plus de devoir parer les inquiétudes indiscrètes de mes parents concernant ma vie amoureuse, je dois supporter les lamentations d'Octomaman au sujet de cette supercherie (pourtant assez minime).

Oh, et ça me rappelle un truc : Holly m'en doit toujours une. Je ne dois pas oublier de réclamer la faveur.

— Tu dois les voir, non ? demande-t-elle d'un ton coupable.

Ses pensées ont sûrement pris le même chemin que les miennes.

— Bien sûr, dis-je avec un soupir. Mais je ne leur parlerai pas de Tigger. La dernière chose dont j'ai envie, c'est qu'Octomaman tente de me faire me reproduire.

Ma jumelle grimace.

Ah. C'est vrai. Elle n'aime pas quand j'appelle notre mère Octomaman, et pas à cause de l'inexactitude du terme : notre mère nous a donné naissance à toutes les deux, puis à nos sœurs sextuplées, et pas à des octuplées. Non, Holly n'aime pas le chiffre huit, c'est tout. Ni le neuf. Ni le six. Elle préfère les nombres premiers, comme cinq. Je parie que si elle avait été dotée de sagesse quand nous flottions toutes les deux dans l'utérus de notre mère, elle m'aurait étranglée avec son cordon ombilical pour s'assurer que le nombre total de sœurs Hyman s'arrête à sept. Elle est aussi la seule d'entre nous que ça n'aurait pas dérangé de voir notre mère pondre trois enfants de plus pour arrondir à onze.

Le 7-Eleven doit être le Paradis, pour elle.

— Quand est-ce que tu les vois ? demande-t-elle.

— Dans quelques jours.

— Bonne chance, lâche-t-elle avec un petit rire.

— Merci, rétorqué-je en subtilisant le portefeuille de Manny encore une fois. Je vais en avoir besoin.

Elle acquiesce en direction de quelque chose en

dehors de mon champ de vision – sûrement son petit ami.

— Je ferais mieux d'y aller.

— Une dernière chose, ajouté-je. La langue ruskovienne ressemble-t-elle au russe ?

— Je crois. Pourquoi ?

— J'aimerais bien savoir ce que signifie « me dick » ou me-o-dick », expliqué-je en me grattant la tête.

Elle sourit.

— *Myodik*, tu veux dire ?

— Je crois, oui.

— En russe, ça veut dire « mon petit miel », explique-t-elle d'un ton professoral. C'est sûrement pareil en ruskovien.

Waouh. Soit elle a appris tous les mots doux dans cette langue, soit son vocabulaire russe est impressionnant. Quoi qu'il en soit, son accent est impeccable.

Une voix masculine dit quelque chose que je n'arrive pas à saisir de son côté.

— Ah. On me dit qu'en Russie, on n'appelle pas les femmes « myodik », explique-t-elle. « Miel » est un surnom exclusivement masculin.

— Ah oui ?

Ça veut dire qu'il me trouve masculine ?

Elle pousse un soupir et complète :

— Ne me lance pas sur ce sujet. Le russe est une langue très dure à apprendre.

— Mais pourquoi « mon petit miel » est-il masculin ? Les abeilles qui fabriquent le miel sont féminines, alors pourquoi leurs sécrétions changeraient-elles de sexe ?

Elle hoche la tête avec enthousiasme.

— En Russie, les fluides corporels n'ont aucune logique, point final. Le sang est féminin, la sueur est masculine et le caca est neutre. Pourquoi ?

Beurk. Je grimace et secoue la tête.

— Je suis encore bloquée sur le miel. C'est un liquide, ne devrait-il pas y avoir un genre de fluide ?

— Ce qui m'énerve le plus, ce sont les fleurs, grogne-t-elle. Pourquoi sont-elles masculines ? Elles ont une forme de vagin et contiennent en général les deux organes sexuels. Et je ne voudrais pas faire de stéréotype, mais ce sont les femmes qui aiment les fleurs, pas les hommes.

Un rire masculin résonne derrière la caméra. Ma sœur lève les yeux vers sa source et demande :

— Pourquoi la lune est-elle féminine, mais le soleil neutre ? Pourquoi les cuillères et les fourchettes sont-elles féminines, mais le couteau masculin ?

— C'est comme ça, répond-il. Ce n'est pas ma faute, *kroshka*. Personne ne t'oblige à apprendre cette langue.

— Tiens, grommelle-t-elle. *Kroshka* signifie « miettes de pain », et c'est un mot féminin. Le pain est un mot masculin. Tranche de pain est aussi masculin, mais dès que les morceaux deviennent assez petits, le genre change ?

— Eh, je vais vous laisser à vos débats linguistiques, lancé-je en tendant la main vers mon téléphone pour mettre fin à l'appel.

— Attends, sœurette, je suis désolée, m'interrompt Holly en reportant son regard sur la caméra. Tu veux dire bonjour à mon professeur de russe ?

Je hoche la tête et Alex, son petit ami, apparaît.

Je l'ai déjà rencontré, mais putain. Tant mieux pour Holly. Elle s'est trouvé un spécimen impressionnant. Je parie qu'Henry Cavill ressemblerait à ça, s'il jouait le rôle de Red Son – une version de Superman dont le vaisseau spatial a atterri en Russie soviétique plutôt qu'au Kansas.

C'est bizarre de se sentir l'ego regonflé à l'idée qu'un homme comme ça puisse sortir avec une femme dont le visage est identique au mien ?

— Salut, lui déclaré-je. Tu as de nouvelles blagues russes à raconter ?

Il m'adresse son sourire sexy.

— La porte sonne. Le petit *Vovochka* va ouvrir et découvre un jeune homme avec un bouquet de fleurs.

Il le regarde d'un air songeur, puis reprend :

— Vous rendez très souvent visite à ma sœur, ces derniers temps. Vous n'en avez pas une à vous ?

Quand les rires provoqués par la blague se dissipent, nous nous disons au revoir. Ils prononcent tous deux le leur en russe.

Chapitre Quatre

*L*a tentation de chercher Tigger sur internet est forte, après cet appel, mais je résiste. Rien de bon n'en ressortira, si j'en apprends plus sur lui ou son sexe mieux que ceux dans les pornos.

Vu que c'est un prince, je l'ai nommé officiellement « sa dureté royale ».

Je reprends mon téléphone sur le cou de Manny et lui rends sa tête. Pour me détourner de mes pensées concernant Tigger et ses appendices royaux, je lance la version en CGI du *Roi Lion*. Toutes ces discussions sur Disney et les gros chats m'ont donné envie de le regarder.

Je mets sur pause à la moitié du film pour chercher la réponse à une question importante : si on faisait combattre un lion et un tigre, qui gagnerait ?

Mes recherches me révèlent que les tigres sont plus grands et plus forts que les lions.

Par contre, les lions chassent en meute, tandis que

les tigres sont des créatures solitaires, donc s'ils se rencontraient dans la nature, le combat ne serait pas égal. Si c'est la vérité, pourquoi est-ce le lion qu'on considère comme le roi ? Ne devrait-ce pas être le tigre ? En fait, si la force était le facteur déterminant, ce devrait même être l'éléphant, ou mieux encore, l'orque.

Les lions doivent connaître les bonnes personnes, comme les gens de chez Disney.

Je relance le film, mais réalise bientôt que c'était une erreur de regarder ça.

Une chanson tourne en boucle dans ma tête, maintenant, sauf que dans ma version, c'est Tigger qui s'endort dans la terrible jungle ce soir. Avec moi, de préférence.

Non. Je dois arrêter de penser à lui.

Je dois penser à autre chose.

N'importe quoi.

Oh, je sais. C'est peut-être la blague russe qui m'a sensibilisée à ça, pourtant j'ai l'impression qu'il y a des magouilles incestueuses, dans *Le Roi Lion*. Prenez Simba et Nala, par exemple. Elle est peut-être sa sœur ou sa cousine. Après tout, les seuls mâles du film sont Mufasa et Scar, qui sont frères. Sans parler du fait que les femelles sont généralement de la même famille, dans une meute de lions. À quoi ressemble un mariage de lions à la Disney, de toute façon ? Dans la nature, le lion mâle couche avec toutes les femelles de la meute. Est-ce que les mariages libres existent aussi dans *Le Roi Lion* ?

Mes réflexions concernant les félins royaux laissent

un certain prince se faufiler à nouveau dans mes pensées, ainsi que Sa Dureté Royale.

Argh. J'ai l'impression que m'appesantir sur les relations sexuelles entre lions n'a fait que m'exciter encore plus.

Il est temps de trouver un film plus distrayant : *L'Illusionniste*, *Le Prestige* ou *Insaisissables*.

Je lance *L'Illusionniste*, toutefois c'est encore une erreur. Il y a un prince, et même s'il est méchant, sa présence me rappelle Tigger – sans parler du fait que le prince maléfique s'appelle Léopold. Ses amis le surnomment sûrement Leo, ce qui signifie « lion » en latin et n'est pas si éloigné d'un tigre.

J'abandonne les films et exerce mes tours de passe-passe.

Non. Ça me fait aussi penser à lui. Ou à ma main sur Sa Dureté Royale, en tout cas.

Désespérée, j'allume mon ordinateur – le meilleur absorbeur de temps de l'humanité – et lance l'application créée pour moi par ma sœur, Blue, l'autre victime traumatisée du Massacre de la Mésange Zombie. Je me sers de l'application pour modifier certaines images de mecs torse nu trouvées sur des plateformes internet, remplaçant leurs seins par ceux de stars du porno féminines.

Pourquoi ? Parce que je trouve ça drôle. En plus, je soutiens le mouvement de Libération du Téton, même si je n'oserais jamais joindre le téton à la parole en me mettant torse nu dans un lieu public.

Un jour, peut-être. Si j'ai la chance de présenter un

spectacle devant une grande foule, je pourrais faire « disparaître » mes tétons.

Zut. Voilà que je me demande à quoi ressemblent les tétons de Tigger, tout en me demandant à quelle star du porno féminin ils ressembleraient le plus.

Mon téléphone bipe, annonçant l'arrivée d'un message.

Quel heureux hasard.

J'étais justement en train d'utiliser l'application de Blue, et voilà qu'elle veut qu'on déjeune ensemble dans un futur proche.

C'est super. Blue est l'une de mes sextuplées préférées. Non seulement elle a dû surmonter le Massacre de la Mésange Zombie avec moi, mais elle est passionnée par l'espionnage, une activité étonnamment similaire à la magie.

Je lui réponds que je suis partante et elle m'indique où nous retrouver – un restaurant ne comportant aucune volaille au menu – et l'horaire.

En parlant de nourriture, je meurs de faim.

Je rejoins la cuisine, prends du lait d'avoine dans le frigo et une boîte de cornflakes dans le placard. Ça sera une journée « petit-déjeuner pour le dîner », ce qui nous arrive souvent, à moi et mes autres colocataires artistes crève-la-faim.

Je me laisse tomber devant la table et commence à enfourner ma nourriture, ne m'arrêtant que lorsque je remarque l'avant de ma boîte de céréales.

Supeeeeerrrr. Tony le Tigre me rappelle Tigger, lui aussi.

Je dois vraiment penser à autre chose.

Pourquoi a-t-on choisi un tigre pour représenter des féculents ? Ne devrait-il pas plutôt travailler dans un restaurant grill ? Et puis, « grr » n'est-il pas l'expression de la colère, chez les tigres ? Tony a l'air heureux, alors il devrait plutôt ronronner, non ?

Les tigres ronronnent-ils ?

Non. D'après une rapide recherche Google, quand ils sont heureux, les tigres feulent, un son semblable à un reniflement, qu'ils émettent en soufflant par leurs narines.

— Salut, lance une voix familière, me détournant de mon écran de téléphone.

— Salut toi-même, dis-je, en souriant à ma colocataire et amie.

Dans le monde de la magie, elle est connue en tant que La Profesora. C'est parce que son père était un célèbre magicien espagnol appelé El Profesor, et aussi parce que s'agissant des tours de cartes, elle pourrait enseigner au niveau supérieur.

Le nom écrit sur son certificat de naissance est Clarisa, néanmoins elle préfère se faire appeler Clarice, un nom qui sonne plus américain – et peut-être aussi parce qu'elle entend des agneaux hurler la nuit, comme l'héroïne éponyme du *Silence des Agneaux*.

Pourquoi aurait-elle appelé son chat Hannibal, sinon ?

Malgré son nom, elle ne ressemble pas à Jodie Foster, la Clarice originelle, ni à Julianne Moore, celle du film suivant. L'actrice qu'elle me rappelle le plus, c'est Penelope Cruz, et plus spécifiquement son personnage dans *Pirates des Caraïbes*, jusqu'à sa tenue style pirate : une chemise, une veste et un chapeau surmonté d'une plume qui pousse les gens à se demander si elle est en route pour une convention steampunk.

Connaissant mes soucis, Clarice me souffle un baiser, que je lui renvoie. Elle me rejoint ensuite pour mon « petit-déjeuner en guise de dîner », sauf qu'elle choisit plutôt des céréales Pirates Crunch – sûrement parce qu'elle a le même sens de la mode que leur mascotte.

— Tu veux voir un tour sur lequel je travaille ? propose-t-elle.

Elle m'a laissé pratiquer devant elle pendant une heure, hier, alors il est bien normal que je la laisse s'entraîner sur moi.

— Bien sûr. Tant que je n'ai besoin de toucher à rien pendant que je mange.

Elle sort un paquet de cartes et les mélange d'un geste qui semble authentique.

— Pense à une carte.

Waouh. Seuls les meilleurs magiciens commencent leur tour en vous demandant simplement de *penser* à une carte. La plupart vous diront d'en choisir une.

— J'en ai une en tête, dis-je, songeant au Trois de Piques.

— Pense à un chiffre, maintenant, continue-t-elle.

Je sens des frissons parcourir mon corps. Si elle

s'apprête à réaliser ce que je crois qu'elle va faire, ça va être époustouflant.

— J'en ai un, annoncé-je avec hésitation, avant de m'arrêter sur le dix-sept.

— Je vais poser les cartes face cachée sur la table, explique-t-elle. Quand on arrivera à ton numéro, dis-moi « stop ».

Pas possible, putain.

Elle commence à poser les cartes une par une.

Je compte jusqu'à ce qu'on arrive à mon numéro et lance :

— Stop.

Comment cela peut-il être la carte à laquelle je n'ai fait que penser ? Impossible. Elle s'apprête à compliquer la situation d'une manière ou d'une autre.

Mais non.

Elle retourne la carte, et c'est bien ce foutu Trois de Piques !

Je me sens soudain submergée par l'émerveillement. Ça me rappelle mon enfance, quand j'ai été dupée pour la première fois par un tour de magie, et que j'y suis devenue accro pour la vie.

L'instant suivant, un tas d'hypothèses sur sa façon de procéder affluent dans ma tête, gâchant ce moment. Elle a peut-être fait en sorte que je pense à cette carte et à ce numéro ? Ou bien elle s'est servie d'un genre de message subliminal pour me les planter dans la tête en mode *Inception* ?

Mais quand ? Comment ?

Je n'en ai aucune idée, et même si elle me le dirait

sûrement si je lui posais la question, je n'en ai pas envie – en partie parce que je devrais révéler l'un de mes plus grands secrets en retour, mais aussi parce que c'est plus drôle de ne pas savoir.

Parfois.

— C'était incroyable, la félicité-je. Tu es vraiment La Profesora.

Elle arbore un visage rayonnant et rassemble amoureusement ses cartes avant de les cacher dans sa poche.

Parmi nos colocataires, la rumeur dit qu'elle dort avec un paquet de cartes à la main et un autre sous son oreiller. Je ne serais pas surprise d'apprendre qu'elle possède aussi un vibromasseur en forme de paquet de cartes. Si l'attirance sexuelle pour les cartes existe, c'est clairement ce qu'elle ressent.

— Donc, lance Clarice d'un air très embarrassé. C'est à mon tour de collecter l'argent du loyer, ce mois-ci.

D'un coup, toute la chaleur résiduelle que j'éprouvais encore après son petit miracle s'envole.

Ça fait un bon moment que je n'ai plus fait de spectacle payant.

— La situation est critique à quel point, ce mois-ci ? demandé-je avec prudence.

Elle pousse un soupir.

— Sans ta part, on ne pourra pas payer à temps, et le propriétaire nous expulsera, c'est sûr. On a déjà payé en retard cinq fois.

Ouais. C'est bien ce que je craignais. Soudain, mes

céréales ont le même goût que la boîte en carton où elles étaient avant.

— Je vais appeler mes contacts de la télévision, promets-je. Quelqu'un aura peut-être besoin de quelque chose ?

Même si ce que je veux, c'est me produire moi-même, j'arrive à gagner un peu d'argent en jouant les consultantes pour des magiciens à succès trop occupés pour inventer de nouveaux tours à ajouter à leur répertoire.

— Merci, répond-elle en se levant. J'aime vraiment vivre avec vous toutes.

Je hoche la tête d'un air solennel. Mes colocataires sont principalement des magiciennes, cependant nous avons aussi une mentaliste – ce qui est quasiment la même chose – une jongleuse, une contorsionniste et même une comédienne. Que des femmes que j'apprécie beaucoup et que je n'ai pas envie de voir devenir sans abri, surtout pas à cause de *mes* problèmes d'argent. Elle s'en va et je vide mon bol. Puis je le dépose dans le lave-vaisselle et retourne dans ma chambre pour passer des coups de fil et envoyer des e-mails.

Plusieurs heures plus tard, je dois admettre que j'éprouve la sensation d'une catastrophe imminente.

Il semblerait que personne n'ait besoin d'une magicienne pas franchement célèbre.

Je devrais peut-être me trouver un travail de moldue, finalement ? En tant que serveuse, employée de banque ou éleveuse de pandas ? Ces emplois-là sont-ils difficiles à obtenir ?

Une chose est sûre : sachant comment s'est passée ma thérapie par exposition, le plus vieux métier du monde n'est même pas envisageable pour moi. Le strip-tease ne conviendrait pas non plus. Les barres métalliques qu'escaladent ces braves filles m'ont tout l'air recouvertes de plus de microbes que les rampes du métro de New York.

Je pousse un profond soupir.

Si on se fait expulser, non seulement je serai dans le pétrin, mais je causerai aussi des ennuis aux personnes qui me sont les plus proches en dehors de ma famille.

En parlant de famille, je pourrais peut-être supplier mes sœurs ou mes parents de me prêter de l'argent ?

Non. Hors de question. J'ai le malheur d'être quelqu'un de bien trop fier. Et puis, l'argent de la famille ne viendrait pas sans de lourdes contreparties. Par exemple, Octomaman exigerait que je repaie ma dette en lui donnant un ou deux petits-enfants.

Ouais, non merci. Je vais me trouver un boulot, même si je dois apprendre les bases de la magie à des adolescents, ou vendre des paquets de cartes truqués dans une boutique de magie.

Attendez une seconde. Je n'ai même pas vérifié si le paquet de Clarice était un vrai. Elle assure toujours n'utiliser que des paquets de cartes ordinaires, toutefois elle dirait ça que ce soit vrai ou pas, non ?

Quoi qu'il en soit, je garde l'idée de donner des cours en tête et vais sur ma chaîne YouTube pour lire les commentaires sous ma vidéo la plus populaire, celle où je « retiens mon souffle » sous l'eau pendant vingt minutes.

Comme il faut s'y attendre sur internet, quatre-vingt-dix pour cent des commentaires sont très impolis, le sujet le plus populaire concernant mon apparence très excitante dans le maillot de bain que je portais pour mon tour.

Ouais, voilà le plus intéressant. Mes seins, et pas ma capacité à survivre sans oxygène. Je n'étais pas privée d'oxygène pour de vrai, mais quand même.

La bonne nouvelle, c'est qu'il y a aussi un pour cent d'ados désirant savoir comment je fais ce ça. J'enregistre une vidéo à leur attention où je leur propose mes cours de magie. Je la poste en espérant que l'un de ces ados aura des parents riches.

Il est temps d'aller dormir. Sauf que quand je me couche, j'éprouve des difficultés à m'assoupir – mes craintes d'expulsions se mêlent aux souvenirs des yeux de Tigger… et autres parties de son corps. Comme Sa Dureté Royale.

Hum. Devrais-je me caresser pour m'ôter ça de la tête ?

Pour me mettre d'humeur, je mets de la musique sexy – « The Final Countdown » d'Europe. Cette chanson a beau avoir été utilisée dans Arrested Development pour se moquer des magiciens, je l'adore quand même.

Ensuite, je sors mon fidèle gode de ma table de nuit et l'observe en plissant les yeux. *Tu es trop petit. Et trop ordinaire. J'ai soudain envie de quelque chose de plus gros... et de plus régalien.*

Eh, entends-je presque répondre le pauvre gode. *Ce n'est pas la taille de l'océan qui compte, mais les vibrations des vagues.*

Faux.

Je prends mon ordinateur portable et envoie un e-mail à ma jumelle pour lui demander le lien du site internet où sa nouvelle meilleure amie vend ses jouets. J'ai envie d'acheter le plus gros godemichet disponible.

Je réalise mon erreur dès que j'ai appuyé sur la touche « envoyer ». J'ai besoin d'argent pour le loyer et les achats frivoles – ainsi que l'absence de spectacles de magie – sont la raison pour laquelle j'ai tant de mal à payer.

Oh, tant pis. Mon gode minuscule devra suffire.

Traite-moi encore une fois de minuscule, et je me court-circuite.

J'allume la vibration et songe aux traits ciselés de Tigger.

Boum. Je jouis en un temps record.

Tu vois. Petit, mais puissant.

Savourant le contrecoup de l'orgasme, je m'endors rapidement, mais fais des rêves étranges. L'un d'eux me rappelle ceux de *Donnie Darko*, sauf qu'au lieu du lapin géant, il y a le Joker de Batman. Après ça, je rêve de Jake Gyllenhaal accouchant du bébé d'Heath Ledger.

Chapitre Cinq

*L*a première chose que je fais le lendemain matin, c'est me rendre au café de l'autre jour avec mon ordinateur portable.

Ce n'est *pas* un stratagème pour tomber à nouveau sur Tigger. La connexion internet est meilleure ici que chez moi, c'est tout.

Malheureusement, aucune perspective d'emploi ne s'est manifestée, malgré tous les appels et les e-mails envoyés.

Pas de Dureté Royale non plus – même si je ne suis pas ici pour ça.

Puisque je ne devrais pas dépenser le peu d'argent que j'ai pour manger en ville, je rentre à la maison prendre un déjeuner rapide et passe le reste de la journée à chercher du travail.

Le lendemain, je me rends à nouveau au café – toujours pas dans l'espoir de tomber sur Tigger.

Je cherche un boulot. C'est tout.

Malheureusement, je n'ai toujours aucune piste. Le cœur lourd, je candidate à un poste de serveuse au café et dans quelques autres restaurants du coin, pour être aussitôt refusée à cause de mon manque d'expérience.

Maudite soit l'adolescente qui a passé tous ses étés à s'entraîner à faire des tours de magie au lieu de se trouver des boulots normaux.

Je m'apprête à rentrer quand je reçois un message de ma jumelle.

Bella et moi allons passer près de chez toi. On peut passer te voir ?

Je lui réponds que oui et me dépêche de rentrer.

D'ici à ce que je finisse de manger, j'ai tout oublié du message de ma sœur – jusqu'à ce que quelqu'un frappe à la porte de ma chambre, en tout cas.

— Oui ?

J'ouvre et me retrouve face à Harry. C'est l'une de mes colocataires préférées, et elle me rappelle Meg Ryan dans *Quand Harry rencontre Sally*, mais avec des lunettes rondes en plus. À ma grande déception, elle refuse catégoriquement que je l'appelle Sally. Née Harriet, elle se fait désormais appeler Harry en référence aux célèbres magiciens Harry Houdini et Harry Blackstone, même si compte tenu de ses lunettes, je la soupçonne fortement de s'être surtout inspirée d'Harry Potter.

Avant que je la rencontre, le nom Harry me faisait penser à mon Octopapa – vu qu'il s'appelle Harry – néanmoins il convient mieux à ma coloc. Pour la millième fois, je me demande si mes grands-parents se sont rendu compte qu'en appelant leur fils Harry alors qu'il avait pour nom de famille Hyman, il allait renvoyer l'image de la membrane virginale d'un yeti. Mais après tout, il le mérite, pour avoir appelé ma pauvre jumelle Holly. Holly Hyman fait aussi penser à une membrane virginale, et à celle d'une déesse vierge, cette fois. Et ne me parlez même pas de Blue et de certaines autres sextuplées.

S'ils n'avaient pas déjà été perturbés à force d'avoir joué des coudes pour se faire un peu de place dans un seul utérus, leur nom s'en serait chargé.

— Tu as des visiteurs, annonce Harry.

Elle a l'air contrariée de devoir jouer les majordomes, alors je n'oublie pas de la remercier avant de me précipiter vers la porte.

Je découvre Holly, accompagnée d'une femme qui semble sortir tout droit d'un magazine de mode.

Ce doit être Bella, la nouvelle meilleure amie de ma jumelle.

Putain. Elle est aussi sublime que le prétendait ma sœur. Elle me rappelle Angelina Jolie dans *Maléfique*. En fait, puisqu'elle est russe, ne devrait-elle pas plutôt me rappeler la Angelina Jolie de – alerte spoiler – *Salt* ?

— Vous êtes de vraies jumelles, lance Bella, son regard passant de mon visage à celui de ma sœur.

Hum. Elle n'a aucun accent.

— Ouais, répond Holly. Sauf qu'elle a été élevée par des vampires.

Je lève les yeux au ciel.

— Au moins, je n'ai pas été élevée à Downton Abbey… par Mary Poppins.

Bella me sourit.

— C'est vrai que ta sœur est supercalifragilisticexpialidocious.

Je lui rends son sourire. Je comprends mieux que Holly soit tombée sous son charme, maintenant. Si Bella était magicienne, elle rejoindrait Rasputina dans la liste des femmes avec qui je serais prête à coucher – si j'avais un pistolet collé sur la tempe, bien sûr.

— Donne-le-lui, murmure Holly à sa meilleure copine.

Est-ce à cause de ma pensée précédente, ou cette phrase a-t-elle vraiment une note vaguement sexuelle ?

— Ah, c'est vrai.

Belle lève la mallette dans sa main. Elle ressemble beaucoup à celle qui a projeté une douleur dorée quand Jules l'a ouverte, dans *Pulp Fiction*.

Attendez. C'est moi où le couvercle est décoré avec des organes génitaux dessinés à la main ?

Avant que j'aie pu poser la question, Bella ouvre la mallette et j'en détaille le contenu avec une fascination morbide.

Des godemichets.

Des colorés.

Des bulbeux.

Des fins.

Des petits.

Des gros.

Des énormes… et même un si immense qu'il en est obscène.

Certains en silicone.

D'autres en verre.

Et encore d'autres en métal.

Il y en a même un qui a l'air d'être en bois, même si j'espère vraiment que ce n'est pas le cas, parce que je n'aime pas du tout l'idée de se retrouver avec des échardes dans la nénette.

Holly doit se méprendre sur mon expression, parce qu'elle ajoute d'un ton coupable :

— J'ai parlé de ton e-mail à Bella et elle voulait te proposer une sélection.

— Bien sûr, acquiescé-je tout en continuant d'étudier la marchandise phallique sous mes yeux.

— Ils sont tous vibrants, précise Bella en prenant un ton de commerciale. Ils fonctionnent aussi tous avec l'application *teledildonics* de chez Belka, ton petit ami pourra donc te donner du plaisir à distance.

Si j'avais un petit ami – une personne très spécifique me vient en tête – je préférerais profiter de Sa Dureté Royale au lieu d'utiliser un godemichet. Ce serait comme préférer une copie à l'original.

— Dépêche-toi de choisir, lance ma jumelle, les joues légèrement rouges.

Oh. Une femme que je n'ai jamais rencontrée m'apporte ce genre de cadeau, et c'est *elle* qui est embarrassée ?

Et puis, le mot « choisir » me donne l'impression de participer à un autre tour de cartes.

— *Choisissez un godemichet, n'importe lequel.*

Quelqu'un s'exécute.

— *Maintenant, gardez le gode de votre choix en tête.*

Il mémorise le gode.

— *Cachons désormais le godemichet dans l'une des femmes de l'assistance.*

Il obéit.

Avec solennité, le magicien localise la femme et en sort le gode sans même lui ôter sa culotte.

— *C'est bien votre godemichet ?*

Ma jumelle me dévisage avec inquiétude.

— Je crois que l'indécision a fait crasher son cerveau.

Je secoue la tête et prends le gode qui ressemble le plus à Sa Dureté Royale en taille et en forme, sauf qu'il est rouge vif. Eh, c'est peut-être la couleur du drapeau ruskovien !

— Celui-là. Combien je te dois ?

Bella referme la mallette avec un bruit sourd.

— C'est un cadeau.

— Un cadeau ? répété-je, agitant le gode, que je tiens par la base, devant moi. C'est ton gagne-pain, non ?

— Si tu as l'impression de m'être redevable, argumente-t-elle avec un clin d'œil, tu pourras me dire ce que tu en as pensé. Tu seras comme une bêta-testeuse.

Super. Ça fera une conversation très amusante.

C'est alors qu'une idée me vient.

Je pourrais lui rembourser le gode grâce à mon

talent, ce qui me donnera l'occasion d'acquérir une expérience de scène inestimable.

Holly fronce les sourcils. Je crois qu'elle sait déjà à quoi je pense – c'est un genre de télépathie entre jumelles. Je ne peux pas lui en vouloir de ne pas être enthousiasmée par cette idée. Elle était là quand je n'étais qu'une magicienne débutante et a dû assister à tous les petits tours ennuyeux qui n'ont rien à voir avec les chefs-d'œuvre hilarants que je pratique aujourd'hui.

— Et si je te montrais un tour de magie ? proposé-je à Bella d'une voix peut-être un peu trop séductrice.

Son regard s'illumine.

— Vraiment ?

— Ouais, acquiescé-je en les poussant dans le salon. Donnez-moi une seconde.

Je me précipite dans ma chambre, y laisse le gode et prends quelques accessoires.

À mon retour, je me lance dans un spectacle d'une demi-heure pour Bella, qui s'avère la spectatrice parfaite : elle pousse des « oooh » et des « aaah » aux bons moments et demande « Comment t'as fait ça ? » comme si elle le pensait vraiment.

Il ne faut pas longtemps avant que mes colocataires nous rejoignent et commencent à se produire devant elle, ce qui ravit autant Bella qu'une enfant dans un magasin de bonbons le jour de Halloween.

Même ma jumelle blasée par la magie semble passer un bon moment.

Quand Harry termine son tour de la corde emblématique, Bella nous remercie avec effusion et offre des godemichets à tous les artistes, avant de repartir avec ma jumelle.

— Tu as choisi *ça* ? demandé-je à Clarice avec un signe de tête vers le godemichet qu'elle a sélectionné.

C'est celui en bois poli.

Elle hausse les épaules.

— Il correspond à mon personnage de scène.

C'est assez logique, en un sens. Les pirates ont des jambes de bois, et je suppose que s'ils se servaient de godemichets, ces derniers seraient aussi en bois. Les utilisateurs les appelleraient sûrement des godebois et hurleraient « argh, matelot, plus vite, plus vite » dans les affres de la passion.

Je souris.

— Alors tu vas ajouter un godemichet en bois à ton spectacle ?

— On doit rester dans son personnage de scène tout le temps, répond-elle en levant le menton.

Cette leçon pleine de sagesse tirée du *Prestige* au premier plan de nos esprits, nous nous séparons pour regagner nos chambres.

Je souris tout en verrouillant ma porte. Pour paraphraser un peu la maman de Forrest Gump, la vie est comme une mallette de godemichets : on ne sait jamais sur quoi on va tomber.

Avant de tester le nouveau jouet, je décide d'être sérieuse et de vérifier une dernière fois si mes recherches d'emploi n'ont pas porté leurs fruits.

Oui ! J'ai reçu un e-mail envoyé depuis mon site

internet, qui n'est utilisé que par mes clients potentiels ou les journalistes, comme Waldo.

Je regarde la provenance de l'e-mail et vois qu'il a été envoyé par un dénommé Anatolio, sans nom de famille.

Hum. Ça ne me dit rien.

Je lis la première ligne et grimace.

Chère Incroyable Hyman.

Abruti de Waldo.

Il a couvert mon tour sous l'eau pour son magazine, et m'a surnommée ainsi dans son article, affirmant qu'il s'agissait de mon nom de scène, ce qui n'était pas le cas jusqu'ici. Aujourd'hui encore, Waldo affirme qu'il ne pensait pas à mal. Hyman est mon nom de famille et beaucoup de magiciens emploient l'adjectif « Incroyable » dans leur nom de scène, comme l'Incroyable Kreskin ou l'Incroyable Randi.

Mais « Incroyable Hyman » est un surnom bien pire. Ça me fait ressembler à une superhéroïne vierge, ou au genre de truc qu'on entendrait dans une pub pour des esclaves sexuelles vierges ou des sacrifices de dragons. Le fait que je sois *effectivement* vierge (hymen intact ou pas) ne fait qu'empirer les choses.

Très bien. Peu importe. Je lis le reste du court message d'Anatolio. Il prétend avoir vu ma performance sur YouTube, avoir été impressionné et vouloir discuter avec moi d'une occasion en relation avec ça.

Intrigant. Surtout la dernière phrase :

C'est une proposition sérieuse. L'argent n'est pas un

problème. Indiquez-moi un lieu et une heure où nous retrouver.

Il m'a tout l'air du genre d'homme habitué à obtenir ce qu'il veut.

J'appuie sur « répondre » et lui demande s'il veut bien me retrouver au café que j'ai l'habitude de fréquenter – un endroit public, au cas où ce soit un taré.

Je reçois une réponse avant même d'avoir pu refermer mon ordinateur.

Que diriez-vous de demain matin à dix heures ?

C'est juste avant mon déjeuner avec Blue, mais deux heures devraient suffire pour parler affaires, alors j'accepte.

Qui est-ce, exactement ?

Je cherche des magiciens nommés Anatolio, sans résultat. Ce n'est peut-être pas un magicien ? Après tout, personne n'est parfait.

Le plus important, c'est de bien dormir cette nuit pour pouvoir épater ce client potentiel et lui donner envie de me payer un tarif élevé.

Puisque ma liaison avec un gode m'a aidée à dormir hier soir, je décide d'employer la même stratégie ce soir. En plus, je meurs d'envie d'essayer mon nouvel ami en silicone.

Quand je retourne au lit, je jette un coup d'œil coupable à mon ancien jouet.

Oh, ne t'en fais pas pour moi. Laisse mes piles s'épuiser et jette-moi à la poubelle. Je n'ai jamais attendu aucune loyauté de la part d'une personne aussi superficielle que toi.

Je hausse les épaules et regarde le nouveau gode.

Pas mal du tout. Bella est une conceptrice de talent. En fait, je l'aime tellement que je décide de lui donner un nom. Si je veux anthropomorphiser mes jouets, autant y aller à fond.

Pourquoi pas Dureté Royale ?

Non. C'est déjà pris. Je pensais plutôt au Régent.

Pourquoi pas Prince Régent ?

Validé. Je télécharge l'application nécessaire pour contrôler les vibrations du Prince Régent.

Je m'efforce de ne pas penser à Tigger tout en prenant mon pied, surtout pas ses yeux noisette, ses épaules larges ou son...

Oh, et puis tant pis.

Je m'autorise à visualiser le prince ruskovien et jouis avec fracas avant de m'endormir, un sourire idiot sur le visage.

Chapitre Six

J'arrive au café avec dix minutes d'avance, vu que je n'ai vraiment pas envie que mes colocataires et moi soyons expulsées à cause de mon manque de ponctualité.

Je prends une table dehors et sirote mon latte glacé tout en regardant les passants.

— Bonjour, me salue une voix d'homme sexy et familière.

Je lève les yeux et manque de m'étrangler avec mon latte.

C'est Tigger, dans toute sa gloire d'homme le plus intéressant du monde.

Les mots de la fameuse publicité me viennent spontanément en tête : « *Un jour, il vécut un moment gênant, juste pour savoir ce que ça faisait. Dans les musées, il a le droit de toucher les œuvres d'art. Ses ébats ont été détectés par un sismographe.* »

En fait, il est encore plus torride que dans mes

souvenirs, sûrement parce qu'il est bien mieux habillé et sans ses chiens.

Ses yeux de tigre pétillent avec malice.

— Quelle surprise de te trouver ici.

Je bondis sur mes pieds et exécute une révérence moqueuse.

— Votre Popotin Royal. C'est un honneur et un privilège.

Il sourit.

— On dirait que je t'ai fait forte impression.

Je lève les yeux au ciel de manière théâtrale.

— On se calme, *Tigger*.

— Tu vois, insiste-t-il, son sourire devenant suffisant. Tu as même posé des questions sur moi à ta sœur.

Zut. Il m'a bien eue. La faute à mes hormones.

Soudain, j'ai très soif et bois une grande gorgée de mon latte. Est-ce qu'on peut finir déshydratée si nos parties intimes produisent trop de jus ? Je demande pour une amie.

Il s'assied à ma table.

— Qu'est-ce que tu fais ? demandé-je vertement.

— Je me joins à toi, évidemment.

Incroyable.

— Ton ego doit être gigantesque, hein ?

Il baisse les yeux et répond :

— Tout est bien proportionné.

Super. Il vient de me mettre l'image de Sa Dureté Royale dans la tête.

Et dans la bouche.

— Ce siège est déjà pris.

Voilà. Je suis fière de la fermeté de ma voix.

Il hausse les sourcils.

— Par qui ?

J'étrécis les yeux.

— Ce ne sont pas tes oignons.

— Oh, je crois que si, au contraire.

Quel culot !

— Sérieusement. Va-t'en.

Il croise les bras sur son torse et demande :

— Où est Waldo ?

Je n'arrive pas à me mettre en colère, cette fois. Si on me donnait un dollar chaque fois que j'avais employé cette même phrase pour taquiner mon ami, le loyer ne serait plus un problème. Malgré tout, je conserve un ton sévère.

— Il est chez lui, même si ce ne sont pas tes affaires non plus. Où sont tes chiens ?

— Aussi chez moi. Je ne les emmène pas aux réunions d'affaires, répond-il en me lançant un regard appuyé.

Les réunions d'affaires.

Mes doigts se glacent malgré mes gants.

Impossible.

À moins que... ?

— Ah, lâche-t-il.

Cette fois, il arbore un sourire d'autosatisfaction – comme celui d'un chat qui a enfin réussi à manger le canari agaçant.

— Tu commences à comprendre.

Je me mets à grincer des dents.

— Quel est ton vrai nom ? Ça ne peut pas être Tigger.

— Quel rustre je fais, rétorque-t-il en tendant la main. Anatolio Cezaroff, à ton service.

Anatolio. Le nom du « client » dans mon e-mail.

Je lui serre la main dans un silence stupéfait.

Même s'il y a un gant entre nous, une décharge me parcourt le corps, tourbillonne et s'installe au niveau de mes parties intimes.

Putain. Si l'une des créatures de *Predator* me regardait avec sa vision thermique, je m'illuminerais comme un sapin de Noël.

Je dois faire un effort surhumain pour retirer ma main de la sienne.

— Pourquoi cette comédie ?

— Comment ça ? demande-t-il en inclinant la tête.

— Pourquoi ne pas avoir précisé qu'on s'était rencontrés dans ton e-mail ? As-tu vraiment envie de parler affaires, ou bien c'était juste une blague ?

— Oh, j'ai bien besoin de tes talents uniques, je peux te l'assurer, réplique-t-il.

Soit c'est le meilleur bluffeur que j'aie jamais rencontré, soit il dit la vérité.

— Quoi que tu veuilles, il y a intérêt à ce que ça ait un rapport avec la magie.

— C'est le cas, assure-t-il, les yeux pétillants.

Hum, OK.

— Ça va te coûter... cher.

— Je te l'ai dit, l'argent n'est pas un problème.

Je prends une grande inspiration et la relâche lentement. Si je n'avais pas été dans une situation financière aussi désastreuse, je l'aurais aussitôt envoyé promener, or dans l'état actuel des choses, j'ai besoin de voir s'il peut m'éviter l'expulsion.

— OK. Si on doit travailler ensemble, comment est-ce que je dois t'appeler ? Anatolio ? Votre Majesté ? Conn…

— Tu peux m'appeler comme tu voudras… sauf Nate.

Je souris malgré moi.

— Pourquoi pas Tony ? Tu sais, comme le tigre ?

— Si ça te convainc de travailler avec moi, fais-toi plaisir… même si je préfère que tu t'en tiennes à Tigger.

Il se penche en avant et ajoute :

— C'est comme ça que m'appellent mes proches.

Ah, ouais. J'ai très envie d'être proche de lui. En fait, j'ai envie de me jeter sur lui tête la première.

Non, le vagin le premier.

Je ravale ma salive.

— Va pour Tigger. Qu'est-ce que tu veux, alors ?

Il détaille ma tasse avec envie.

Je pousse un soupir.

— Tu veux qu'on prenne d'abord un café ?

Il hoche la tête.

— Alors va-t'en chercher un, lâché-je d'un ton impérieux, avant de réaliser que je dois ressembler à sa mère.

— Tu veux que je t'en apporte un autre ? propose-t-il.

Je secoue la tête et il s'éloigne.

Je sors mon téléphone et cherche « Anatolio Cezaroff » sur Google.

Waouh. Ma sœur ne plaisantait pas.

En plus d'être un prince, il est célèbre pour ses acrobaties. Je vois mentionnée la course (de motos, de voitures et de bateau), le funambulisme, l'escalade (avec ou sans matériel), le surf extrême et le snowboard.

C'est peut-être vraiment le type dont parlent ces pubs. Il a peut-être vraiment « *remporté le Tour de France, avant d'être disqualifié parce qu'il était en monocycle.* »

Il revient avec sa tasse et je m'empresse de cacher mon téléphone.

Il replie son corps musclé sur sa chaise avec grâce et boit une gorgée de café pendant que je regarde ses lèvres avec avidité.

— Crois-le ou non, mais je suis tombé sur toi en ligne avant qu'on se rencontre, déclare-t-il. J'ai fait une recherche sur « comment retenir son souffle pendant longtemps » et j'ai vu ta vidéo YouTube. Je ne t'ai pas épiée sur internet.

J'ai envie de ne pas y croire, cependant je le laisse continuer.

— Je ne sais pas si ta sœur te l'a dit, mais j'aime faire des excursions amusantes de temps en temps, et la prochaine est une plongée en apnée dans le Dyrka, explique-t-il. Tu connais ?

Je secoue la tête.

Une excursion marrante ? C'est vraiment comme

dans ces pubs. « *Il a joué à la roulette russe avec un magnum complètement chargé, et il a gagné.* »

— Le Dyrka est un lac souterrain célèbre de mon pays natal, m'apprend-il. Le matériel de plongée y est interdit. Ça te dit quelque chose ?

Je secoue à nouveau la tête.

— Je ne sais que deux choses concernant la Ruskovie : ma magicienne préférée vit là-bas et l'un de leurs princes pète plus haut que son cul.

Son sourire narquois réapparaît.

— Tu as rencontré mon frère Kaz ?

— Non. Pourquoi ? Il est encore plus imbu de lui-même que toi ?

Il sirote son café et je tente de rester subtile tandis que je fixe ses lèvres.

— Kaz est le diminutif de Kazimir, explique-t-il. Ce qui signifie « le grand et puissant destructeur de la paix ». Ajoute à ça le fait qu'il est propriétaire de l'une des plus grandes chaînes hôtelières du monde et que c'est un prince.

— Que signifie Anatolio ? demandé-je du ton le plus mordant possible. Je parie sur « ce sont les roses qui se penchent pour le sentir ».

— Non, répond-il, et s'il s'est rendu compte que je viens de citer la pub pour Dos Equis, il ne le montre pas. Mon nom signifie « celui qui vient de l'Est ».

— C'est de là que tu tiens ton surnom, Tigger ? Il y a beaucoup de tigres dans l'Est.

— Et si on se concentrait à nouveau sur l'affaire qui nous occupe ? suggère-t-il. Au cas où tu n'aurais pas encore compris, j'ai envie de faire de la plongée en apnée libre dans le Dyrka.

— De l'apnée libre. Sans matériel de plongée, tu veux dire.

— Tout à fait, acquiesce-t-il. Tu comprends pourquoi je m'adresse à toi, maintenant.

Non.

— Oui.

Sauf que je n'ai aucune idée de comment l'aider à accomplir un truc pareil.

C'est alors que je comprends.

Ma vidéo. Il m'a vue retenir mon souffle pendant vingt minutes et il croit que je peux lui apprendre à faire la même chose pour sa plongée.

— Je veux pouvoir retenir mon souffle pendant dix minutes, explique-t-il, confirmant mes soupçons. J'aimerais que tu deviennes ma coach en respiration.

Je bois une grosse gorgée de latte pour me donner le temps de reprendre mes esprits.

Il y a un problème.

Un gros.

Je n'ai aucune idée de comment retenir mon souffle pour de vrai, ou pas plus longtemps que quatre-vingt-dix secondes, en tout cas. Cette vidéo n'était pas réelle. Enfin, j'étais dans l'eau, et tout ça, mais je n'ai fait que donner l'illusion que je ne respirais pas pendant vingt minutes. Je n'étais pas assez *hardcore* pour faire ça pour de vrai, comme David Blaine affirme l'avoir fait.

Ma méthode était similaire à la manière du Magicien Masqué dans son émission : un tube respiratoire dissimulé dans l'eau, un réservoir d'oxygène caché et beaucoup de comédie. J'avais pu améliorer ma version du tour en me passant du masque flippant et en me servant de mon propre corps en maillot de bain en guise de distraction au lieu d'utiliser une assistante.

C'était un tour conçu pour impressionner le journal de Waldo, rien de plus. J'en avais eu l'idée en regardant *Insaisissables* – plus spécifiquement la scène dans laquelle Isla Fisher est « mangée par des piranhas ».

Je n'avais même pas envie de m'imaginer pratiquant ce tour pour de vrai, à cause de sa dangerosité. C'est à cause d'un numéro trop réel que la femme de Hugh Jackman est morte dans *Le Prestige*. OK, c'est une fiction, mais beaucoup de vrais magiciens sont morts durant des tours d'évasion sous l'eau. Et je n'ai pas envie de mourir tout de suite. Ce serait trop triste de mourir vierge.

— Donc, reprend-il. Tu veux bien m'aider ?

J'avale bruyamment ma boisson tandis que la magicienne qui est en moi se réveille.

Quelle importance si c'était pour de faux ? Fais-lui croire que c'était réel. Ça te permettra de le duper doublement. Tu as besoin d'argent pour le loyer et tu pourras te vanter d'avoir un prince pour client.

Il m'adresse un sourire à mettre le feu à ma culotte et ajoute :

— Dis oui.

— Oui, répété-je.

Je ne sais pas trop ce que je viens d'accepter – de lui

donner des leçons ou de devenir Mme Tigger. Non, *Princesse Tigresse.*

— Super, lâche-t-il. Et si on prenait notre première leçon à la salle de sport de Chelsea Piers ? Je t'y ferai entrer.

— Pourquoi ? demandé-je.

Il fronce les sourcils.

— Parce qu'ils ont une piscine.

Je frémis.

— Une piscine publique ? Pourquoi ne pas gagner du temps et plonger directement la tête dans les toilettes les plus proches ?

Il fronce encore plus les sourcils.

— Tu as un problème avec les piscines ?

— Pas avec les piscines. J'ai un problème avec la cryptosporidie, la lambliase, le norovirus, la shigellose, la légionellose, la...

— J'ai compris, m'interrompt-il.

Je dois bien lui reconnaître qu'il semble conserver son sérieux, alors que d'habitude, les gens prennent un air moqueur quand je leur explique ce type de dangers (de manière tout à fait raisonnable).

— Et si la piscine est privée ?

Je hausse les épaules.

— Tant qu'elle est approvisionnée en eau fraîche et bien chlorée, je pense pouvoir *te* laisser y entrer sans problème.

Son sourire narquois réapparaît.

— Alors tu t'inquiétais pour moi ?

— Ne te fais pas des idées. Je dois te garder en vie jusqu'à ce que tu me paies.

— Ouais, c'est ça. Et si je comprends bien, tu n'entreras pas dans l'eau avec moi ?

Est-il possible d'avoir envie et de redouter un scénario tout à la fois ? Une part de moi s'imagine nager nue avec lui, et cette part est à quelques secondes de se caresser sous la table. Une autre, bien plus saine d'esprit, s'imagine attraper toutes les bactéries et les virus de piscine connus et frémit.

— Aucune chance, dis-je. Il faudrait que tu remplisses une piscine d'eau stérile pour me convaincre d'entrer dedans. Dès que quiconque entrera dans cette eau – sang royal ou pas – elle ne sera plus stérile.

Il hoche la tête.

— Je vais en parler à mon frère.

Je fronce les sourcils.

— Qu'est-ce que ton frère a à voir là-dedans ?

— Je me suis installé dans l'hôtel de Kaz. Le penthouse à côté du mien dispose d'une petite piscine. Je suis sûr qu'il me laissera m'installer là et qu'il changera l'eau pour nous comme tu le requiers.

Un penthouse dans un hôtel ? Évidemment, c'est un prince, putain.

Mes perspectives financières s'améliorent de seconde en seconde.

— Qu'est-ce que tu en dis ? m'interroge-t-il, ses yeux noisette pétillants. Tu es partante ?

Chapitre Sept

Très bonne question.

Devrions-nous vraiment faire ça ?

Devrais-je le faire ?

D'un côté, j'ai désespérément besoin d'argent. Et puis, ça sera sûrement très sexy de le coacher. Ce sera comme dompter un lion, et je serai plus ou moins comme Siegfried et Roy. Enfin, pas *tout à fait* comme eux, j'espère. Ça ne s'est pas très bien passé pour Roy, à la fin.

Malheureusement, il y a aussi ce problème lié au fait que je ne sais pas du tout ce que je fais. Et si je lui apprenais ce qu'il ne faut pas et qu'il se noyait ?

— Je comprends, reprend-il. Tu ne peux pas t'engager avant qu'on ait parlé de la rémunération.

Je bois une grosse gorgée de latte pour me laisser le temps de réfléchir.

— Que dis-tu de ça, me lance-t-il en sortant sa carte de visite et en écrivant quelque chose dessus.

Quand je vois le montant proposé, j'en recrache mon café – ce qui n'est pas une très bonne technique de négociation.

Avec un sourire, il essuie les gouttes de latte que j'ai réussi à asperger sur sa joue.

— Je comprends. C'était un chiffre insultant. Et si je le doublais ?

Dieu merci, je n'ai plus de latte avec lequel m'étrangler. En laissant de côté l'argent, je n'arrive pas à croire qu'il ait réagi avec tant de désinvolture à la présence de ces gouttes de café sur son visage. Si les rôles avaient été inversés, je serais sûrement coupable de meurtre, à l'heure qu'il est. À moins qu'on parle plutôt d'homicide volontaire, quand c'est un crime passionnel ?

— C'était en dollars américains ? parviens-je à demander.

Il hoche la tête.

Je résiste à l'envie de m'éventer.

— OK, reprend-il. Je triple la somme.

J'écarquille les yeux.

— D'accord, je la quadruple, mais c'est ma dernière offre, m'annonce-t-il, l'air complètement sérieux.

Très bien. Mon dilemme moral de tout à l'heure me semble aussi éloigné qu'un couple divorcé après une bataille acharnée pour la garde des enfants. La plupart des gens seraient prêts à donner un coup de poing à leur grand-mère pour une somme pareille, ou à pratiquer le sexe anal avec leur ennemi ; peut-être même à lécher les rampes du métro de New York.

— Je suis sérieux, assure-t-il en fronçant les sourcils. Je n'irai pas plus haut que le quadruple de cette somme, mais puisque tu es si dure en affaire, que dirais-tu d'un bonus une fois l'entraînement terminé ? À ma discrétion, bien sûr.

— D'accord, acquiescé-je avec une assurance que je suis loin d'éprouver. J'accepte.

— Super.

Il affiche une autre expression narquoise de félin mangeur de canari (FMC, pour faire court), et continue :

— Tu as des leçons à me prodiguer, là, maintenant ?

Zut. Je vais devoir lui organiser un programme.

Mais comment ?

Je m'occuperai de ça plus tard. Pour l'instant, je décide de bluffer en lui apprenant l'exercice pour apaiser sa respiration que je pratique pendant mes sessions de désensibilisation – une compétence plutôt utile.

Je me lance dans mes explications, lui apprenant comment inhaler par le nez et laisser l'air aller jusqu'à son ventre plutôt que sa poitrine. À mi-chemin de la leçon, il lève la main comme un étudiant studieux.

Paradoxalement, ma respiration accélère.

— Oui ?

— Désolé de t'interrompre, déclare-t-il, l'air de le penser vraiment. Mais je sais déjà tout ce qu'il y a à savoir concernant la respiration par le diaphragme.

— Ah oui ?

C'est bizarre, de l'imaginer employer cet exercice

pour combattre le stress et l'anxiété. Il a l'air du genre de type que rien ne perturbe jamais.

— Ouais, acquiesce-t-il. Ça faisait partie de mon entraînement de plongée sous-marine.

Ah. Je ne savais pas que c'était un exercice utile pour la plongée sous-marine. Mais bon, ça veut dire que j'ai accidentellement donné l'impression de savoir de quoi je parlais. Youpi.

Je m'apprête peut-être à pratiquer ma plus grande illusion à ce jour.

— Tu peux m'apprendre autre chose ? demande-t-il.

Mince. Je suis à court de tours. Je suppose que je vais devoir faire semblant jusqu'à arriver à trouver quelque chose.

— Pour commencer, montre-moi comment tu respires par le ventre, demandé-je du ton de quelqu'un qui sait de quoi il parle.

— D'accord.

Il se renfonce dans sa chaise, ferme les yeux et commence à respirer d'une manière lente et délibérée.

Je m'évente et résiste à plusieurs pulsions bizarres, comme celle de me rapprocher de son cou pour le humer un bon coup.

Une expression délicieusement sereine s'empare des traits de Tigger, du genre dont Bouddha lui-même serait fier… à moins que cela n'éveille plutôt son désir, comme moi.

Hum.

Quand j'ai appris cette technique, l'un des conseils importants qu'on m'a donnés était de poser une main sur ma poitrine et mon ventre, puis de m'assurer que seule celle sur mon ventre bouge.

Si j'avais appris avec une coach, elle aurait sûrement fait ça avec *ses* mains.

Ouais. Ce n'est pas une pulsion bizarre de le toucher. Pas du tout.

— Je vais poser les mains sur toi, murmuré-je. D'accord ?

Sa mâchoire se raidit et sa respiration s'accélère, puis il hoche la tête.

— Grillé, lancé-je d'une voix sévère. Tu respires par la poitrine. Continue de respirer par le ventre quoi qu'il arrive.

Je le vois lutter pour retrouver une expression sereine, et c'est à ce moment-là que je pose la main gauche sur sa poitrine et la droite sur son ventre.

Bon Dieu de muscles.

Ses pectoraux sont durs comme la pierre sous ma paume gauche, et j'ai une tablette de chocolat sous la droite.

Je n'ai pas honte d'admettre que cet instant sera au premier plan de mon esprit quand je jouerai avec le Prince Régent ce soir.

Zut.

Concentre-toi.

Il respire à nouveau par la poitrine – de manière peu profonde, en d'autres termes – et je savoure l'idée que le contact de mes mains ait eu un impact sur lui.

— Je devrais sentir cet endroit se soulever, expliqué-je tout en caressant plus ou moins ses abdos.

Il prend quelques inspirations forcées et retrouve sa sérénité de plus tôt.

— Essaie de compter jusqu'à deux quand tu inspires, puis jusqu'à quatre quand tu expires.

Il s'exécute avec brio.

Je le fais recommencer avec un rythme différent – en grande partie parce que je n'ai pas envie de retirer mes mains.

Il fait toutes les versions de comptages différents comme un pro, et bien mieux que je le fais moi-même.

Je le laisse respirer pendant quelques minutes de plus. Puis, à contrecœur, je retire mes mains.

— Tu es plutôt doué pour ça.

Il ouvre les yeux et se redresse.

— Merci.

— Malgré tout, reprends-je. Je veux que tu t'entraînes à faire ça tous les jours pendant quarante minutes.

Ça ne peut pas faire de mal, hein ?

— C'est noté, acquiesce-t-il. Autre chose ?

— Non, dis-je. Je ne veux pas te surcharger dès le premier jour.

Et je n'ai aucune idée de ce que je pourrais lui apprendre de plus.

— Sois aussi autoritaire que tu veux, réplique-t-il. Je ne voudrais pas que tu te ramollisses pour moi.

Je regarde son entrejambe et écarquille les yeux en voyant la bosse qui s'est formée à cet endroit.

— Si c'était moi qui te disais ça, tu te sentirais insulté.

— Oh, ne t'en fais pas, *myodik*, répond-il, les yeux pétillants. On ne se ramollirait jamais avec toi.

Était-ce le « on » d'un membre de la royauté qui parle de lui à la troisième personne, ou désignait-il Tigger et Sa Dureté Royale ? Au lieu de lui poser la question, je demande plutôt :

— Miel est-il un nom masculin, en ruskovien ?

— Non. C'est en russe, ça, m'apprend-il avant de grimacer. C'est une langue barbare.

— Tant mieux, approuvé-je. L'espace d'une seconde, j'ai cru que tu sous-entendais que j'étais masculine.

Il fait courir son regard le long de mes courbes.

— S'il y a bien une chose que tu n'es pas, assure-t-il d'une voix rauque, c'est la masculinité.

Je commence à être si excitée que j'en deviens suicidaire – je suis à deux doigts de le sauter ici même, et au diable les germes.

Le désir peut-il triompher de tout ?

Non. Même s'il le pouvait – et c'est un « si » de la taille de Sa Dureté Royale – je ne devrais pas passer à l'acte, et pas seulement parce qu'on est dans un lieu public. Je m'apprête à me faire un peu de fric, ce dont j'ai bien besoin, et introduire le sexe dans cette équation risque bien de tout gâcher.

— Eh, lance-t-il, son regard s'aimantant au mien et grignotant un peu plus mes résolutions. Je ne voulais pas te mettre mal à l'aise.

Je secoue la tête dans l'espoir de calmer mes stupides hormones.

— Ne t'en fais pas. Ce n'est pas le cas.

Il étire les lèvres en un sourire rusé.

— Tant mieux. Bon, j'ai beaucoup réfléchi à la façon dont tu as pu me voler ma ceinture, et je crois que j'ai compris.

Je hausse un sourcil.

— Éclaire-moi.

— Une distraction, répond-il d'un ton satisfait.

Je ricane.

— C'est ça, ta réponse géniale ? Ce serait comme dire « tu as réussi en étant furtive ».

— Ouais. Ça aussi. Furtive. Exactement.

— Ce n'est pas une explication.

— Alors quelle est l'explication ? m'interroge-t-il très vite.

J'esquisse un sourire malicieux.

— Bien essayé.

— Je parie que tu ne pourrais pas recommencer, déclare-t-il en rajustant sa ceinture.

— Encore bien essayé. Pratiquer un tour une fois est divertissant. Le faire deux fois, c'est de l'éducation.

Tout en prononçant cette phrase, je décide que je lui volerai à nouveau sa ceinture – mais à un moment qui sera plus opportun pour moi.

— Comme c'est pratique, répond-il.

Je hausse les épaules.

— Je parie que tu ne pourras plus me duper. Même avec un autre tour, je veux dire.

Je résiste à l'envie de lui demander de m'épouser. Je ne vis que pour les défis de ce genre.

— Et qu'est-ce qui se passera quand je t'aurai dupé ?

Il se penche en avant et rétorque :

— Je ferai tout ce que tu voudras.

Si le but était de m'empêcher de me concentrer sur la magie – ou sur ma respiration – c'est mission accomplie. Je l'imagine me faire toutes sortes de vilaines choses, les plus sages étant un massage des pieds (il pourra porter des gants), une vidéo de lui en train de se masturber pour mon plaisir, la possibilité de l'utiliser en tant qu'assistant sexy…

Non. C'est un client.

Il faut que ce soit quelque chose de professionnel.

— Et si tu portais un t-shirt sur lequel est écrit « je voudrais être une sirène » ? proposé-je en me frottant les mains comme un super-vilain. Et un jean et des sous-vêtements sur lesquels seront brodées des sirènes.

— Marché conclu, accepte-t-il en me parcourant à nouveau du regard. Que feras-tu pour moi si je devine comment fonctionne ce tour ?

Merde. Je rougis comme une vierge effarouchée, maintenant.

Enfin, à proprement parler, je suis *vraiment* vierge.

Encore ce sourire narquois.

Grr.

Si j'avais vraiment des pouvoirs magiques, je m'en serais servi pour redonner une couleur normale à mes joues.

Non. Oubliez ça. Si j'avais vraiment des pouvoirs magiques, je ferais disparaître tous les germes du monde et j'arriverais à mes fins avec Tigger ici et maintenant.

Est-ce qu'on considérerait ça comme un consentement, si j'utilisais la magie pour faire en sorte qu'il soit partant ?

— Tu as perdu ta langue ? demande-t-il.

— Non, dis-je. J'ai juste un chat dans la gorge. Gros. À rayures. Qui rime avec Geiger.

— Tu es en train de dire que tu as un tigre dans la gorge ? Ou un Tigger ? Du genre, moi ? Et puis, c'est quoi, un Geiger ?

Je le dévisage d'un air suffisant.

— Un compteur Geiger mesure les radiations. Ça t'arrive d'ouvrir des livres ?

Il fait claquer sa langue.

— Tu ne m'as pas répondu. Qu'est-ce que je gagne si je comprends ton tour ?

— La même chose que si tu ne le comprends pas : un divertissement gratuit. C'est à prendre ou à laisser.

— Très bien, lâche-t-il. Dupe-moi.

Que devrais-je faire ?

J'ai quelques accessoires sur moi. C'est le cas de tous les magiciens. Toutefois j'ai envie de faire quelque chose de plus gros, qui lui coupera vraiment le souffle.

Hum, cette phrase ressemblait à un sous-entendu sexuel, non ?

Pour tout dire, j'envie certaines de mes colocataires. Clarice sortirait un paquet de cartes, à ma place, et Harry a toujours assez de corde sur elle pour pratiquer un tour ou une scène de BDSM spontanée. Quant à moi, je vais devoir improviser.

Pourrais-je faire disparaître l'une des tasses ?

Échanger le café contre une autre boisson ? Faire disparaître une pièce, puis la faire réapparaître dans un sachet de sucre ?

Non. Pas assez bien.

Un sachet de sucre dans son pantalon ?

Non, ça ressemble trop au vol de ceinture.

C'est alors que j'ai une idée.

Un classique.

Je laisse mon personnage de scène recouvrir mes traits et me mets à parler d'un ton aussi solennel que possible.

— Entre dans le café et prends une cuillère. En métal, pas en plastique.

L'air intrigué, il s'exécute et revient avec une cuillère.

— Tiens, dit-il en me la tendant.

Je balaie les images de nous deux blottis en cuillère l'un contre l'autre et saisis l'ustensile.

Je le lève devant mon visage et l'encourage à bien regarder.

Il observe sans ciller, comme s'il essayait de voir mon âme à travers mes yeux.

Soit ça, soit il pense à une autre pub Dos Equis, celle où il « *a remporté un concours de regard contre son propre reflet.* »

Quand j'ai le sentiment d'avoir suffisamment fait grimper la tension mystérieuse, je laisse l'illusion se déployer – et il voit la cuillère se plier.

— Waouh, murmure-t-il.

Une expression de pur émerveillement se peint sur

son visage, lui donnant une apparence presque enfantine.

La fierté enfle en moi. Il m'a fallu un moment avant de réussir à rendre cette illusion semblable à la scène de *Matrix*.

— Comment t'as fait ça ? m'interroge-t-il ses yeux hypnotisant la cuillère désormais tordue.

Je la lui tends pour qu'il l'examine.

— Ça veut dire que j'ai gagné ?

— Ouais, répond-il. T'as gagné. Explique-moi, maintenant.

— C'est très simple, annoncé-je avant de me pencher vers lui. Il n'y a pas de cuillère.

Il pousse un soupir.

— Très bien. Tu m'as eu deux fois. J'ai l'impression que les vêtements de sirène ne suffisent plus. Tu dois me laisser t'offrir le déjeuner aujourd'hui.

— Je dois retrouver ma sœur pour le déjeuner, débité-je presque machinalement.

— Oh, réplique-t-il. Bien sûr.

Est-ce de la déception que je lis sur son visage ?

Je me racle la gorge.

— En parlant de déjeuner, je ferais mieux d'y aller.

— Je comprends, répond-il, le visage dénué d'expression, cette fois. On peut échanger nos numéros avant que tu partes ?

Je reprends la carte de visite sur laquelle il a écrit son offre.

— C'est ton numéro de portable ?

Il hoche la tête.

J'entre son numéro dans mon téléphone et l'enregistre en tant que « Son Popotin Royal », avant de lui envoyer un message pour qu'il ait mon numéro.

Son téléphone sonne.

Comme d'habitude dans ce genre de situation, j'observe ses mains avec attention. En tant que magicienne, je me fais un devoir de mémoriser les codes PIN de tous ceux que je connais. Comme ça, si j'ai un jour l'occasion de voler leur téléphone, je pourrais exhiber mes « pouvoirs » en le déverrouillant « par magie ». Ça me permet aussi de pratiquer des tours de mentaliste du genre « pense à quelqu'un à qui tu as parlé récemment » avant d'annoncer le nom que j'ai vu en haut de leur historique d'appel. Ce petit tour a failli causer une rupture d'anévrisme à Waldo, quand je le lui ai joué quelques semaines plus tôt.

Tigger entre les numéros très vite, mais je crois les avoir quand même devinés. Puis il fait glisser son doigt sur l'écran, rendant mon clitoris jaloux.

— C'est bon. Merci. Je te ferai savoir quand je suis disponible pour la prochaine leçon.

— Prends ton temps, dis-je, et je le pense vraiment.

S'il procrastine, ça me donnera le temps de trouver un plan pour mes leçons.

Il se lève.

Je fais pareil.

Il semble à deux doigts d'ajouter quelque chose.

J'envisage de me rapprocher pour le serrer dans mes bras, avant de lui voler à nouveau sa ceinture, cependant il ne m'en laisse pas l'occasion. Après une révérence courtoise, il se retourne et s'en va.

———

Tout en sautant dans un taxi, je ne peux m'empêcher de me demander si son départ n'a pas été un peu trop brusque.

Si c'est le cas, pourquoi ? Est-il en colère qu'on n'ait pas pu déjeuner ensemble ?

Attendez une seconde. Était-ce sa façon de me proposer un rencard ?

Non. Impossible. C'est un prince sexy, et je suis une pauvre fille fauchée. Pourquoi voudrait-il sortir avec moi ?

Bah, aucune importance. Si, par miracle, il vient de m'inviter à sortir, j'ai bien fait de refuser, même si c'était sans le faire exprès.

C'est un client et j'ai besoin d'argent.

Même sans ça, j'évite les relations pour me concentrer sur ma carrière. Si tout va bien, elle inclura beaucoup de voyages pour mes spectacles, et les voyages ne sont pas propices aux relations. Ni à mon aversion pour les microbes, d'ailleurs, et il en regorge sûrement, étant un coureur de jupons.

Et puis, c'est un prince. Ça veut dire qu'il est au-dessus de mon rang, comme le diraient les personnages de *Downton Abbey*, la série préférée de ma jumelle. Il n'a peut-être même pas le droit de sortir avec une roturière pour plus qu'une aventure d'un soir, à cause de ses devoirs royaux. Et il est sûrement sous le feu des projecteurs, harcelé par les paparazzi et tout ça.

Une seconde, en fait, ce dernier détail ne me dérangerait pas. La publicité pourrait m'aider à lancer ma carrière de magicienne.

Mais non. Les relations sont une mauvaise idée, pour moi, et avec Tigger, ça serait sans aucun doute un désastre. Même en laissant de côté toutes les raisons que je viens d'énumérer, j'ai le mauvais pressentiment qu'en suivant cette voie, je risquerais fort d'attraper l'une des maladies les plus effrayantes qui existent.

Les sentiments.

Le taxi s'arrête et j'entre en courant dans le restaurant choisi par Blue.

Oh non.

La pancarte sur la porte me glace le sang.

Je sors mon téléphone de mon sac à main et écris un message à ma sœur :

Où es-tu ? Il est hors de question que je mange dans ce restaurant, ou ne serait-ce que je mette les pieds à l'intérieur.

Chapitre Huit

J'arrive, répond Blue. *Quel est le problème ?*

J'observe à nouveau l'enseigne et réfrène ma nausée avant de me mettre à taper furieusement ma réponse : *Tu te fous de moi ? Si j'avais envie de me suicider, je ferais une overdose de somnifères.*

Un taxi jaune se gare contre le trottoir et ma sœur en sort, une expression exaspérée sur le visage.

Mes sœurs sextuplées étant monozygotes, elles sont aussi identiques les unes des autres que Holly et moi, autrement dit, elles ont le même visage, mais avec des coiffures différentes, une répartition de graisse différente et ainsi de suite. Il y a aussi une certaine ressemblance entre ma jumelle, moi et les sextuplées. Grâce au hasard de la génétique, on se ressemble plus que la plupart des sœurs. Ce qui explique peut-être pourquoi Blue me rappelle aussi Cate Blanchett, mais dans *Heaven*, où elle a les cheveux coupés au carré.

— Qu'est-ce qui ne te plaît pas avec ce restaurant ? demande Blue.

— Ça, répliqué-je en pointant l'enseigne du doigt.

— Ouais, soupire-t-elle. C'est un B.

Le département de santé de New York inspecte les restaurants et leur donne une note entre « A » et « C ». « A » signifie que l'endroit a reçu entre zéro et treize remarques d'infractions sanitaires, tandis que « B » veut dire qu'il y en a eu entre quatorze et vingt-sept. Autrement dit, un « B » équivaut à des rats s'étranglant avec des blattes, tandis que des singes venus du zoo viennent jeter leurs excréments aux clients. Un « C » signifie vingt-huit violations ou plus, je visualise donc l'intérieur de ces restaurants comme un paysage post-apocalyptique rempli de rats mutants infestés mangeant le personnel pendant que les clients se dévorent mutuellement et que la nourriture revient à la vie style zombie.

Je la regarde en plissant les yeux.

— Tu dirais quoi, toi, si je te traînais au Chick-fil-a ?

Elle tressaille.

— Ou au KFC ?

Elle pâlit.

— Au Popeyes. Au Church's Chicken. Au Zax…

— Assez, m'interrompt-elle. On va te trouver un restaurant avec un « A ».

Eh ouais. La peur des oiseaux de Blue s'étend aussi à ceux qui sont frits.

— Laisse-moi une seconde, annoncé-je en sortant mon téléphone.

Même les restaurants notés « A » ne m'inspirent pas confiance, raison pour laquelle j'ai supplié Blue d'inventer une application qui décompose les données brutes des inspections, que la ville de New York met gratuitement à disposition de tout le monde. Je donne mon emplacement à l'application, qui m'indique un restaurant ayant eu un score de zéro.

Ah ah ! Ça s'appelle la Planète des Crêpes.

Prometteur.

Je m'assure qu'ils ne servent aucun plat à base de volaille et découvre que non. Ils font même des crêpes sans œufs.

— Qu'est-ce que tu dis de ça ? demandé-je en montrant le menu à ma sœur.

Elle pousse un soupir théâtral.

— Allons-y.

Un rapide trajet en taxi plus tard, nous entrons dans le Planète des Crêpes et je lance un regard approbateur autour de moi. Les crêpes sont préparées devant les clients et le type qui les fait lave la crêpière et enfile de nouveaux gants entre chaque crêpe.

Ce doit être le déjeuner le plus sûr que j'aie pris depuis longtemps.

Blue commande en premier, choisissant une crêpe savoureuse avec tous les suppléments.

Je grimace intérieurement. Chaque fois que je regarde les informations, je tends l'oreille pour découvrir quels plats ont donné des maladies transmises par la nourriture aux gens, de manière à les rayer de mon régime. Au moins deux des garnitures dans la crêpe de Blue sont sur ma liste de choses à « ne jamais manger ». Je ne lui dis rien, cependant, parce qu'elle me l'a explicitement interdit.

Ce que je comprends. C'est déjà assez grave d'avoir avoué à mes sœurs que le Père Noël n'existait pas – les magiciens sont sceptiques par nature, j'ai donc élaboré cette joyeuse théorie du complot très tôt dans ma vie. J'ai aussi mis fin à leur croyance en la fée des dents. En parlant de ça, qui est l'esprit malade qui a inventé cette histoire ? Une créature volante surnaturelle intéressée par les dents ? Pardon, les dents des *enfants*, parce que c'est tellement plus rassurant. Est-ce qu'elle les conserve en formant une petite pile cauchemardesque quelque part ? Ou est-ce qu'elle les mange ? Et si c'est la dernière hypothèse, la fée des dents doit avoir les dents sacrément dures, non ?

Bref, je crains que mes sœurs finissent par me lyncher, si je gâche leur goût pour le jambon ou d'autres aliments – elles ont déjà failli le faire après le Père Noël-gate.

Quand vient mon tour de commander, je prends la crêpe au sucre avec les garnitures venant d'un bocal, comme le Nutella ou le miel.

— Voulez-vous du sucre à la vanille ? m'interroge le type.

Je suis à deux doigts de hurler « oh putain, non ! », toutefois je parviens à articuler un « non merci » plus modéré.

Un certain type de parfum à la vanille provient des excréments des castors. C'est la raison pour laquelle je conduis des recherches très minutieuses concernant les produits au parfum vanille avant de les approcher de ma bouche.

Et c'est aussi pour ça que je ne bois jamais de schnaps.

Quand nos plats sont prêts, Blue insiste pour payer. Nous prenons nos crêpes et nous installons à une table dans un coin de la salle.

Je coupe ma crêpe et la regarde, attendant qu'elle dise quelque chose.

— Quoi ? demande-t-elle, sur la défensive.

— Tu sais.

Je plante ma fourchette dans mon morceau de crêpe et le porte à ma bouche, résistant à l'envie de gémir quand le goût riche et sucré explose sur mes papilles.

— Je sais quoi ?

Je repose ma fourchette.

— Tu as payé, commencé-je en pliant un doigt. Tu voulais qu'on mange ensemble au lieu de notre appel vidéo habituel.

Je plie un second doigt.

— Soit tu t'apprêtes à me confier un gros secret, soit tu as besoin d'un service.

— Très bien, lâche-t-elle en empalant sa crêpe avec sa fourchette. J'ai besoin de ton aide.

Je ne peux m'empêcher d'esquisser un sourire malicieux.

— Avec quoi ?

Elle tranche sa crêpe en deux.

— Je veux apprendre à jouer au poker… et à tricher.

Waouh. Ce n'est pas tout à fait comme si elle m'avait demandé de lui apprendre à crocheter les serrures ou à plier des cuillères, mais presque.

— C'est un sacré service, remarqué-je. Tu sais ce que je pense du fait d'enfreindre le code du magicien.

Elle soupire.

— Je me doutais que tu dirais ça.

— J'aimerais savoir pourquoi.

Elle pousse un autre soupir encore plus théâtral.

— Je me doutais aussi que tu dirais ça.

Elle sort son téléphone chic, ouvre une image et me la montre.

J'émets un sifflement et scrute l'écran.

La photo ressemble à la scène d'un porno. Un genre rare, conçu exclusivement pour les femmes.

Un groupe d'hommes très attirants est assis autour d'une table, dans une sorte de sauna. Ils portent des serviettes et – pour l'un d'eux – des lunettes d'aviateur. De la sueur perle sur leurs visages ciselés et leurs muscles fermes sont bandés, clairement tendus par la concentration.

Le niveau de testostérone dans cette pièce doit être assez élevé pour tuer un cheval.

Le plus étrange, dans ce tableau, est peut-être le fait qu'ils tiennent des cartes à jouer à la main. Cela plus les jetons sur la table et le désir de ma sœur d'apprendre le poker, me laisse deviner que c'est à ça qu'ils jouent. Je me demande ce que Clarice penserait de cette image. Voir autant d'hommes sublimes tenir des cartes à jouer lui permettrait-il de se libérer de son attirance sexuelle pour les cartes ?

Peut-être. Ou bien ça ferait l'effet inverse. Si une femme regardait cette image un peu trop longtemps, elle pourrait finir par avoir envie d'acheter un paquet de cartes. C'est peut-être même ce qui est en train de m'arriver. Pourquoi aurais-je si désespérément envie de voir Tigger nu dans cette pièce avec des cartes dans les mains, sinon ?

Ma sœur reprend son téléphone et je relève les yeux.

— J'avais déjà entendu parler du yoga sexy, mais jamais du poker bikram.

— C'est marrant que tu dises ça, répond-elle en souriant. On appelle ça le Club de Poker Sexy.

J'émets un petit rire.

— C'est vrai que ces mecs sont sexy. J'aimerais beaucoup être à la place des cartes dans leurs mains.

C'est un mensonge, bien sûr, néanmoins j'ai continué à faire semblant depuis l'époque où je me faisais passer pour une déesse du sexe aux yeux de mes sœurs, au lycée.

— En fait, la seule façon de rendre cette photo plus sexy, ce serait qu'ils révèlent les atouts cachés sous ces petites chanceuses de serviettes.

— L'un de ces atouts est interdit, réplique-t-elle en fronçant les sourcils.

— Compris, dis-je. La première règle du Club de Poker sexy est « pas touche au petit copain de ta sœur ».

Cette devise se trouve aussi être celle que nous avons fait le serment de respecter entre nous huit. Elle cesse de froncer les sourcils et ajoute :

— Et la deuxième règle est – à l'unisson – « pas touche au petit copain de ta sœur ».

Je lui souris.

— Lequel ?

Elle m'indique du doigt celui qui porte des lunettes.

— Pas mal du tout, avoué-je en étudiant ce délice pour les yeux de qualité.

Il me rappelle vaguement Ryan Reynolds, mais avec des traits slaves.

— Alors, quel est ton plan ? Tu apprends à tricher, puis tu le bats à une partie de strip-poker torride ?

Elle lève les yeux au ciel, puis demande :

— Tu veux bien m'aider ?

Je me mords la lèvre.

— Je pourrais, mais pas comme tu le penses.

Elle recommence à froncer les sourcils.

— Explique-toi.

Je remue les mains pour lui désigner mes gants.

— La manipulation de cartes est un exercice difficile, quand on porte ça tout le temps. Et comme si ça ne suffisait pas, les gens veulent toujours toucher les cartes des magiciens, alors… j'ai honte de l'admettre, mais je ne suis pas très douée dans cette branche de magie.

— Quoi ? s'exclame-t-elle en me dévisageant comme si l'As de Piques venait d'apparaître sur mon front. Pourquoi m'avoir fait regarder des tours de cartes un milliard de fois, alors ?

Je hausse les épaules.

— Un magicien célèbre a dit un jour « les tours de cartes sont la poésie de la magie ». J'en connais certains, bien sûr. On en connaît tous, mais je ne suis pas une experte… et encore moins pour tricher aux cartes.

Elle étrécit les yeux.

— Tu m'as laissé croire que tu m'aiderais.

— Et je le ferai, assuré-je, et c'est à mon tour de sortir mon téléphone. Je connais quelqu'un qui doit être l'une des meilleures manipulatrices de cartes du monde.

Je lance une vidéo de Clarice en pleine démonstration de triche au poker.

— Tu vois ?

Ma sœur observe la vidéo, et son expression devient calculatrice.

— Mets-moi en contact avec elle, lance-t-elle une fois la vidéo terminée.

— J'aurais besoin d'un service en retour, la préviens-je.

Elle ricane.

— Un service rien que pour m'avoir mise en contact avec quelqu'un ?

— Un agent immobilier ne mérite-t-il pas d'être payé pour avoir mis en contact un acheteur et un vendeur ? Une agence de voyages ne mérite-t-elle pas…

— Tu sais que je pourrais la trouver toute seule, si je

le voulais, hein ? J'ai vu son visage et je sais qu'elle fait partie de tes connaissances.

C'est vrai. Ma sœur travaille pour une agence du gouvernement qui aime écouter les conversations téléphoniques de tout le monde – ou, comme elle le dit elle-même « L'Agence qui n'existe pas » – elle peut donc localiser n'importe qui presque sans la moindre donnée, et sûrement aussi écouter leurs appels téléphoniques, après ça.

— Fais-moi confiance, reprends-je avec autant d'assurance que possible. Tu auras besoin que j'intercède en ta faveur.

Pour dire la vérité, elle pourrait se mettre Clarice dans la poche rien qu'en prononçant le mot « poker ».

— Très bien, lâche Blue tout en portant un morceau de crêpe à sa bouche. Qu'est-ce que tu veux ?

Je lui adresse mon sourire le plus sournois.

— J'aimerais que tu me crées une autre application.

Elle lève les yeux au ciel.

— Je n'arrive pas à croire que tu puisses avoir besoin d'aide pour ça. Tu possèdes le QI le plus élevé de la famille. Pourquoi ne pas apprendre à coder ?

Ouais, c'est un autre tour que je leur ai joué. Des scientifiques étudient mes sœurs sextuplées depuis leur naissance, à la recherche de similarités et de différences selon toutes sortes de paramètres. Mes sœurs et moi avons parfois été incluses dans ces recherches, qui impliquaient notamment des tests de QI. J'ai triché à l'un d'eux. Enfin, pas tout à fait – disons que j'ai étudié pour le test, alors que mes sœurs ne l'ont pas fait.

Raison pour laquelle j'ai eu un score bien plus élevé que je n'aurais dû. Tout le monde pense que ce test ne mesure que les aptitudes, ce n'est pas vrai.

— Tu n'as peut-être même pas besoin de coder pour celui-là, dis-je d'une voix calme. Je veux trafiquer le correcteur automatique des gens.

Son sourire nous rend encore plus semblables que d'habitude.

— Quand tu dis « les gens » tu parles des créatures dont le nom de famille est Hyman.

— Oui. Et mes colocataires.

Elle se gratte le menton.

— Tu ne pourrais pas pirater leur téléphone et créer des raccourcis ? demandé-je. Pour transformer « coca » en « cul », « conférence » en « cunnilingus », et ainsi de suite ?

— D'accord, acquiesce-t-elle. Marché conclu. Mais seulement parce que ce projet précis me plaît.

— Super. J'espère que ça veut dire que tu accepteras de m'aider avec un dernier truc.

Elle hausse un sourcil.

— C'est deux services, maintenant ?

— Celui-là est insignifiant, pour quelqu'un qui possède tes ressources, lui assuré-je. J'aimerais apprendre tout ce qu'il y a à savoir à propos d'un mec.

Elle hausse les deux sourcils.

— Un mec ?

— Ouais, et sans que tu me poses la moindre question sur lui.

Tigger est à moi, et je ne suis pas prête à le partager

avec qui que ce soit, que ce soit verbalement ou autrement.

— Très bien. Envoie-moi son nom et je verrai ce que je peux déterrer sur lui sur le chemin du retour.

Elle mange un gros morceau de crêpe et je suis son exemple.

— Donc, reprends-je après avoir dégluti. Il y a des femmes dans le Club de Poker Sexy ?

— Pas que je sache, répond-elle en haussant les épaules.

— Elles ne sont pas admises ? Ou rares ?

C'est un peu un sujet sensible, pour moi. La magie est un domaine quasiment exclusivement masculin, et je me suis sentie à la fois seule et indésirable jusqu'à ce que je rencontre mes merveilleuses colocataires.

Blue est soit plongée dans ses pensées, soit occupée à mâcher sa nourriture avec soin.

— Je pense que le poker est plus un truc d'hommes, c'est tout.

— Ça craint. Le mouvement des suffragettes s'est précisément battu pour qu'il y ait une femme dans ce sauna. Il est temps de se rebeller.

Elle lève sa fourchette comme si c'était un verre.

— Oyez, oyez, j'aimerais m'offrir en sacrifice pour la cause.

Il serait plus traditionnel d'utiliser une vierge – moi, par exemple – en guise de sacrifice, mais je garde ça pour moi et dévie la conversation pour échanger des ragots sur le reste de notre famille.

Au bout d'un moment, on se met à parler de la

présence de nos Octoparents en ville, et du fait qu'ils demandent à ce qu'on se retrouve tous.

— J'amènerais un homme, si j'étais toi, remarque Blue avec sagesse. Même si c'est ton pote gay. Ça te facilitera la vie. C'est ce que j'espère pouvoir faire aussi.

Elle a raison. Ma jumelle a convié son nouveau petit ami à son déjeuner (qui était en fait le mien) et affirme que ça l'a beaucoup aidée, même si elle a fini par me mettre dans le pétrin au passage.

Qui pourrais-je amener ?

Waldo ?

Y croiraient-ils une seconde, si j'affirmais qu'on est en couple ?

Je sais qui j'ai *envie* d'inviter... au rassemblement avec mes parents, et partout ailleurs, même à mes rendez-vous chez le gynécologue.

Tigger.

Hum. C'est trop tard pour ajouter une faveur en échange de mes cours ?

Non. C'est une mauvaise idée de l'amener là-bas. Octomaman n'est plus toute jeune et l'exposer à un spécimen masculin aussi sexy risquerait de faire flancher son pauvre cœur.

Blue hoche la tête d'un air compréhensif.

— Tu es en train de songer au type sur qui tu m'as demandé de faire des recherches ?

— Ouais.

Elle finit son assiette, s'essuie les mains et sort son ordinateur portable de son sac en bandoulière.

— Comment il s'appelle ? Je vais faire une rapide recherche tout de suite.

— Anatolio Cezaroff, annoncé-je.

Elle entre le nom et fronce les sourcils.

Oh, zut.

J'espère vraiment qu'elle ne s'apprête pas à m'annoncer qu'elle l'a piraté et a appris qu'il avait une maladie vénérienne.

Ou pire encore… une femme.

Chapitre Neuf

*E*lle lève la tête de son écran, les yeux écarquillés.

— C'est un prince.

Ouf. C'est ce qui l'a ébranlée ?

— Eh bien, oui.

— Un vrai prince ? demande-t-elle en passant une main dans ses cheveux.

— Non. Pas un vrai. En fait, c'est une version non violente de Terminator, renvoyée dans le passé pour glisser des pilules contraceptives dans la nourriture de Sarah Connor.

Avec un soupir exaspéré, elle reporte son regard sur son écran et commence à pianoter sur le clavier. Au bout de quelques minutes, elle me regarde à nouveau.

— Tu l'as cherché sur Google ?

— Un peu.

Elle fait un geste vers l'écran.

— Je ne suis pas sûre que je devrais t'obtenir la

moindre info au-delà de ça, surtout sachant qu'un tas d'infos sont déjà publiques. Ses données plus privées ont l'air protégées par son gouvernement, et je n'ai pas envie de causer un incident international en allant fouiner. Si jamais la Ruskovie abrite un jour un groupe terroriste, *là*, on pourra parler.

— Super. Excellent plan. Espérons que des terroristes vont infiltrer son pays rien que pour que tu puisses l'espionner.

Elle referme son ordinateur et le remet dans son sac.

— C'est toi qui veux l'espionner.

Je coupe un morceau de crêpe d'un geste un peu trop brusque.

— Au moins, je ne me balade pas avec une photo de lui tout nu sur mon téléphone.

Elle plante sa fourchette dans ce qu'il reste de sa nourriture encore plus brutalement, mais ne répond rien.

— On peut changer de sujet ? demandé-je.

Elle accepte avec joie et nous nous remettons à échanger des ragots sur notre famille. Avec huit sœurs, on a presque élevé ça au rang d'art.

Une fois le déjeuner terminé, je rentre chez moi en taxi et cherche Tigger sur Google sur la route.

Les articles ne font que dresser la liste interminable de ses aventures. À mes yeux, la plus impressionnante reste son ascension du Mont Everest. Je n'ai jamais escaladé de montagne de toute ma vie, mais c'est sur ma liste des trucs à faire avant de mourir – ainsi que l'escalade de la Dureté Royale de Tigger.

Certains liens renvoient vers des vidéos de lui en train d'accomplir ses exploits, et je les regarde avec gourmandise.

Intéressant. La plupart du temps, il arbore une expression émerveillée sur le visage, la même que j'ai vue pendant mon tour de la cuillère pliée.

Je lis d'autres articles, jusqu'à en trouver un qui me provoque un pincement au cœur.

Tigger a été blessé alors qu'il faisait du *base-jump* il n'y a pas si longtemps. Il est même tombé dans le coma, et il lui a fallu deux semaines avant de reprendre conscience.

L'inquiétude et la culpabilité me tordent l'estomac.

Le pauvre homme a failli mourir, et je compte participer à une autre de ses cascades – en lui prodiguant de fausses leçons, en plus.

S'il se noie, je ne me le pardonnerai jamais.

Mais après tout, qui a dit que mes leçons devaient forcément être fausses ? Je pourrais apprendre tout ce qu'il y a à savoir concernant l'art de retenir son souffle, puis le lui enseigner du mieux que je peux. Et puis, je pourrais toujours prétendre que, selon mon opinion professionnelle, il ne devrait pas faire d'apnée libre.

Ouais, c'est ça.

Ma culpabilité se dissipe, et je la balaie facilement. En général, la culpabilité est un sentiment courant chez moi, un type bien spécifique qu'on appelle « la culpabilité du magicien » dans mon métier. C'est ce qu'on ressent quand on dit des trucs du genre « je vais vous laisser choisir une carte dans ce paquet parfaitement *ordinaire* », alors que le paquet en question ne contient que des as.

Une fois ma culpabilité étouffée, je recommence à me renseigner sur lui et tombe sur des images indésirables, comme celle de Tigger sur un tapis rouge, accompagné d'un genre de mannequin, ou celle où il embrasse la main d'une athlète féminine célèbre.

Mais en fait, à quoi je m'attendais ?

C'est un coureur de jupons, après tout.

Comme une masochiste, je cherche d'autres images de ce type, jusqu'à repérer un truc intéressant.

Le magazine de Waldo a publié beaucoup d'articles sur la famille royale ruskovienne.

Avant que j'aie eu le temps d'appeler Waldo pour lui parler de ça, le taxi s'arrête. Je paie, fonce dans mon appartement et avertis Clarice qu'elle va peut-être être contactée par ma sœur.

— Merci d'avoir pensé à moi, répond-elle. J'aimerais bien avoir du boulot.

Je lui fais un clin d'œil.

— J'espère que tu seras toujours aussi reconnaissante après avoir travaillé avec Blue. Elle peut être assez pénible.

— Comme toi ? demande Clarice en inclinant son chapeau de pirate.

Sans gratifier cela d'une réponse, je rejoins ma chambre, décapite Manny et coince mon téléphone dans son cou.

Il est temps d'avoir une petite vidéoconférence avec Waldo.

Pendant que la sonnerie se répète, je me prépare à laisser un message vidéo du style « Hum. Où est Waldo ? » Mais je n'en ai pas l'occasion, parce qu'il décroche.

— Eh, quoi de neuf ?

— Salut, dis-je en plissant les yeux pour essayer de discerner l'arrière-plan mouvant. Où est Waldo aujourd'hui ?

Il lève les yeux au ciel.

— Ah ah ah. C'est Central Park que tu vois derrière moi.

Il retourne le téléphone pour que je puisse vérifier qu'il dit vrai.

— J'étais juste en train de déjeuner avec un pote du boulot, et je m'apprête à aller interviewer un propriétaire d'hôtel célèbre.

— Compris. J'ai une question en lien avec ton boulot, si tu as une seconde ?

— J'ai quelques minutes devant moi. Je t'écoute.

— Qu'est-ce que tu sais de la royauté ruskovienne ?

— Ah, répond-il. On dirait que tu as deviné qui était ce connard impoli de l'autre jour, toi aussi.

— Anatolio Cezaroff.

— C'est ça, acquiesce-t-il. J'ai posé des questions sur lui à certains de mes collègues du magazine. Un type vraiment déplaisant.

Je fronce les sourcils.

— Déplaisant ?

Il hoche la tête.

— Un vrai playboy. À ce qu'on dit, il sort avec une fille différente tous les soirs... et ne les rappelle jamais ensuite. En plus, il pratique tous ces sports déments et se fout de se blesser ou de blesser quelqu'un d'autre au passage.

Il m'observe d'un air entendu à travers la caméra de son téléphone.

— Si j'étais une femme, je resterais loin de lui.

Merde. Je n'ai pas envie qu'il voie l'impact que ses paroles ont sur moi, alors je réponds avec légèreté :

— Si tu étais une femme, tu t'appellerais Wenda. Ou Wilma.

Waldo bombe le torse et entre en mode paternaliste.

— Wenda et Wilma sont les amies jumelles du personnage fictionnel en question.

— C'est pas vrai ? dis-je, décidant de faire comme s'il n'avait pas déjà tempêté à ce sujet un bon nombre de fois, déjà.

— Son véritable nom est Wally, continue-t-il avec une bonne dose d'amertume dans la voix. Pour une raison incompréhensible, il se fait appeler Waldo en Amérique du Nord. Pas Charlie comme en France, ou Willy comme en Norvège, ou Walter comme en Allemagne...

— Ou Wang comme en Chine, complété-je en imitant le ton de sa voix. Ou Weiner comme en Israël. Ou Wacko comme en...

— Tu sais quoi, je suis assez occupé, alors je vais décamper.

Sur ces mots, il raccroche, et j'ai soudain l'impression d'être une amie minable. Je l'ai peut-être taquiné plus que d'habitude parce que j'avais envie de tuer le messager. Je n'ai pas apprécié ce qu'il m'a confié sur Tigger, même si ses mots confirment mes propres soupçons.

Mon téléphone bipe, annonçant un message.

Quand on parle du loup. C'est Tigger.

Est-ce que tu as d'autres leçons à me donner ne requérant pas de piscine ? demande-t-il. *Mon frère dit qu'il peut me procurer une chambre avec piscine, mais que ça prendra deux jours pour la nettoyer et la remplir d'eau fraîche.*

Oui, dis-je.

En vérité, j'espère avoir des leçons à donner, quand j'aurais fait quelques recherches.

Super. Pourquoi pas demain ?

Demain ? Ça ne me laisse pas beaucoup de temps pour me préparer. Et puis, la culpabilité que j'ai ressentie plus tôt refait surface.

C'est alors qu'une idée me vient, qui devrait me faire gagner un peu de temps et apaiser ma culpabilité.

Il faut qu'un médecin te déclare apte à la plongée sous-marine libre.

Voilà. Si un professionnel médical lui dit qu'il est capable de retenir son souffle pendant de longues périodes sans danger, je ne risquerais pas de le noyer durant nos entraînements, au moins.

En parlant de ça, j'ai soudain une idée marrante : je pourrais utiliser la technique de torture par l'eau sur lui. Comme ça, il aura toutes les sensations de la noyade à un risque minimal.

Mais non. J'ai peut-être juste envie de lui faire subir ça à cause de ma conversation avec Waldo.

Bien sûr, répond-il. *Je devrais avoir ça d'ici quinze heures. Ça te convient ?*

Moi qui croyais gagner du temps.

Oui, tapé-je, avant de me souvenir du loyer et d'ajouter : *Je peux avoir une partie du paiement en avance ? Je dois couvrir certaines dépenses.*

Aucun problème.

Nous décidons ensuite des moyens de paiement.

J'attends quelques minutes, puis vérifie mon compte en banque.

Ouais.

Le loyer de ce mois-ci n'est plus un problème.

J'envoie l'argent à Clarice, puis me penche sur un souci qui éclipse celui du loyer : après tout ce que j'ai appris concernant mon client, je vais devoir faire très attention à ne développer aucun sentiment pour lui.

En suis-je capable ?

J'ai plutôt intérêt. L'argent que je m'apprête à gagner me rapprochera de mon plus grand désir : produire mon propre spectacle de magie.

Une fois motivée, je me plonge dans mes recherches concernant l'apnée libre.

Je commence par les conférences de David Blaine sur la façon de retenir son souffle à la télévision, soi-disant pour de vrai.

C'est intéressant. Il dit qu'il a envisagé de dissimuler

un appareil de respiration à l'intérieur de son corps, un modus operandi qui me plaît. C'est l'un des rares cas où, en tant que femme, j'aurais un avantage – un endroit supplémentaire où cacher des trucs.

Je souris en m'imaginant commander un gode magique spécial à la nouvelle meilleure amie de ma jumelle. À en croire ma brève interaction avec elle, elle adorerait l'idée. Blaine mentionne aussi le perflubron, un liquide qu'on peut respirer. Non. Ça ne sert à rien pour la plongée, pas à moins de pouvoir drainer l'étendue d'eau dans laquelle on compte plonger, avant de la remplir de cette substance bien pratique. Même un prince ne serait pas assez riche pour ça.

Pour finir, Blaine aborde la plongée libre et explique que les mouvements épuisent les réserves d'oxygène. Mais le plus gros problème, quand on essaie de retenir son souffle, c'est le CO_2 qui s'accumule dans le sang.

J'en prends note pour me renseigner là-dessus plus tard.

Il mentionne ensuite une compétence importante, une technique de respiration appelée la purge – mais ce n'est pas aussi dégoûtant que ça en a l'air, et ça pourrait s'avérer pratique si j'ai un jour le courage de me lancer dans un tour sous l'eau pour de vrai ; ou de tailler une pipe.

Après ça, il explique que perdre du poids peut aider à retenir son souffle.

Youpi. J'ai désormais une excuse pour examiner le corps de Tigger. Une part de moi était un peu déçue que la piscine – et l'absence de vêtements relatif aux piscines – ne serait pas au programme de demain.

Attendez, qu'est-ce que je raconte ? J'essaie de ne pas développer de sentiments.

Je regarde le reste de la conférence. Puis j'envoie un message à Tigger pour lui demander s'il possède un équipement mentionné par Blaine : une tente hypoxique.

Non, mais j'en ai utilisé une quand je me préparais à gravir l'Everest, répond-il.

Super, tapé-je. *Quand tu seras prêt, je te ferai peut-être dormir dans l'une d'elles pour augmenter ton nombre de globules rouges.*

Boum. Je donne vraiment l'impression de savoir de quoi je parle.

C'est noté, réplique-t-il. *Je suis impatient de te voir.*

Je ne réponds rien.

Il n'est pas impatient de me voir. Il est impatient de débuter son entraînement. Il y a une différence – même si je ne devrais en avoir rien à faire.

Je passe le restant de la journée à continuer mes recherches, ainsi que le lendemain matin. Quand l'heure du déjeuner arrive, mon plan de leçon est prêt. Je vais apprendre à Tigger comment ralentir les battements de son cœur quand il retient son souffle, puis je lui enseignerai une technique appelée « remplissage de poumons » – une manière d'entasser autant de volumes d'air que possible dans les poumons.

Durant l'heure qui précède mon départ, je me maquille et ai la main un peu plus lourde que d'habitude sur le fard à paupières. Je lisse mes cheveux au fer à lisser jusqu'à ce qu'ils tombent le long de mon dos comme de la soie noire. Puis j'enfile une robe noire moulante et mes hauts talons préférés. Je mets mes plus beaux gants noirs et m'étudie dans le miroir.

Pas mal. Ma jumelle dirait sûrement que je ressemble à un vampire, mais personne ne peut nier que les vampires bien habillés sont sexy.

Même si je n'essaie pas d'être sexy. En tout cas, pas dans le but de le séduire.

Néanmoins je me rends dans un hôtel chic et je n'ai pas envie de ressembler à la plèbe.

C'est ma version, et je compte bien m'y tenir.

Mon téléphone m'indique que mon taxi est en bas. Je me regarde une dernière fois dans le miroir avant de partir.

Souviens-toi, Gia :

Ne.

Pas.

Développer.

De sentiments.

Chapitre Dix

Quand le taxi me dépose, je regarde ma destination, incrédule.

Le Palace Hôtel ressemble tout à fait à ce à quoi on s'attend : à un palais. Sa conception a clairement été inspirée par un mélange de styles architecturaux européens, et on y reconnaît un peu de tout, du Kremlin au Buckingham Palace. À l'intérieur, l'immense du lobby est décoré selon un motif hybride rappelant tous les palais : des icônes russes côtoient des fresques italiennes et les employés – sûrement les bagagistes – portent des capes, des bicornes et des culottes tape-à-l'œil.

Clarice adorerait cet endroit, en particulier les perroquets colorés suspendus dans des cages décoratives. S'il n'y avait pas eu Hannibal, son chat, Clarice aurait sûrement adopté un perroquet et lui aurait appris à rester posé sur son épaule.

Par contre, ma sœur Blue ferait une crise de

panique si elle se retrouvait ici. À ses yeux, les perroquets sont comme les clowns de Stephen King aux yeux du reste du monde. Oh, et si Blue parvenait à survivre à la vue des perroquets, les paons qui se baladent dans le lobby l'achèveraient pour de bon.

Les paons ne sont-ils pas un cliché de gens riches ?

Quand j'étais petite, je croyais à tort que leur nom anglais n'était pas *peacock*, mais *pee-cock*, ce qui n'est pas si stupide, quand on y réfléchit : « pee » signifie « pipi » et « cocks » queue, or le pipi sort bien des queues. En revanche, « pea » veut dire « pois », et ces derniers n'ont rien à voir avec les queues. En grandissant, j'ai trouvé assez ironique que ces oiseaux (comme tous les oiseaux) n'urinent pas. Au lieu de ça, ils déversent un mélange d'urine et de caca depuis un organe appelé le cloaque. Ils n'ont pas non plus de queue – encore une fois, ils n'ont que le cloaque mentionné plus haut.

Mes réflexions étymologiques et ornithologistes sont interrompues par Tigger, qui sort de l'ascenseur et arrive vers moi.

Ah.

Il l'a vraiment fait.

Il porte un t-shirt déclarant fièrement « j'ai envie d'être une sirène » et son jean est brodé de dessins d'Ariel avant qu'elle possède des jambes. Comment a-t-il réussi à obtenir ça si vite ? Je ne pense pas qu'on vende des jeans pour homme adulte de ce type de motifs où que ce soit. À moins que si, et que je sois juste mal informée ?

Porte-t-il aussi des sous-vêtements à l'effigie des sirènes ?

Non, j'en doute. Comment je pourrais le savoir ? Et puis, il ne portait même pas de sous-vêtement, la dernière fois.

Ce qui m'époustoufle le plus, c'est que malgré cette tenue, il reste sexy en diable. Ça me rappelle une autre pub : « *Quand il tient un sac à main de femme, il a l'air viril.* »

Le t-shirt moulant et la façon dont le pantalon souligne ses jambes musclées aide aussi pas mal.

— Salut, lance-t-il en me parcourant d'un regard brûlant.

Il a l'air d'apprécier ma tenue de vampire. Et c'est bien normal.

J'esquisse une révérence.

— Votre Royal Popotin, je me prélasse dans votre lumière majestueuse.

Il répond par une révérence courtoise qui ne serait pas déplacée dans l'une des séries britanniques de prestiges qu'apprécie tant ma jumelle.

— J'en suis honoré, Votre Mielitude.

— Non, tout le plaisir est pour moi… Votre Odieuseté, rétorqué-je en souriant. Jolies sirènes, au fait.

Il affiche un sourire narquois.

— Je respecte toujours mes paris ; ce doit être mon côté gallois.

Je presse une main sur mon collier de perles inexistant.

— Cette remarque n'est-elle pas offensante pour les Gallois ?

— Tu parles comme mes parents, répond-il tout en faisant un geste vers l'ascenseur. Mon penthouse est juste au-dessus.

Il ouvre la marche, ce qui me permet d'apprécier son popotin recouvert par son jean.

Une fois dans l'ascenseur, et même si la cabine est spacieuse, je ne peux m'empêcher d'avoir l'impression qu'il prend toute la place.

Le fait qu'il émane de lui une odeur aussi délicieuse que la dernière fois n'arrange rien. Des notes d'océan mélangées à quelque chose qu'on a envie de lécher.

Arrête ça, Gia. C'est comme ça qu'on finit par attraper des sentiments... et la syphilis.

Par chance, le trajet en ascenseur est très court.

Nous sortons dans un couloir spacieux et tournons à droite.

Un bagagiste en culotte approche de nous avec deux laisses au bout desquelles se trouvent deux chiens familiers : noms de code Panda et Koala.

En nous voyant, les deux créatures deviennent tout excitées.

Je fais un pas en arrière.

— Empêche-les de me baver dessus, s'il te plaît.

Le bagagiste tire sur les laisses et les chiens se contentent de remuer la queue avec enthousiasme.

— Tu as peur des chiens ? demande Tigger.

— Je ne laisse personne me lécher le visage, mais

encore moins les créatures qui ont aucun problème à manger du caca.

Les yeux de Tigger parcourent mon visage avec grand intérêt. Est-il triste d'apprendre qu'il lui sera impossible de me lécher ?

Les chiens nous dépassent en faisant tout un raffut et une fois qu'ils sont partis, Tigger glisse une carte magnétique devant le lecteur d'une porte toute proche.

— C'est ici.

J'entre dans sa demeure pas si modeste et fais mon possible pour m'empêcher de rester bouche bée.

C'est une vraie suite, qui comporte même une cuisine équipée. La vue de Central Park depuis les baies vitrées est spectaculaire et les meubles sont étonnamment modernes, compte tenu du thème de l'hôtel. Mais le plus bizarre, c'est l'assortiment de bouquets de fleurs éparpillés dans tout le salon.

Une douzaine de ses conquêtes féminines ont-elles abandonné leur bouquet de la Saint-Valentin derrière elles ?

— Tu aimes ? m'interroge Tigger en suivant mon regard.

— C'est magnifique.

Je m'avance jusqu'au bouquet le plus proche et hume l'une des marguerites.

— Ton frère décore toutes les chambres de cette manière ?

— Bien sûr que non, répond-il en remuant le bouquet que je viens de renifler d'une main experte.

La manière expérimentée à laquelle bougent ses mains me fait penser à une danse.

— Je les ai faits moi-même.

Je le dévisage tandis qu'il rajuste la composition florale. Elle est encore plus jolie qu'avant, alors qu'elle était déjà à un niveau professionnel.

J'étudie à nouveau les bouquets.

— C'est toi qui as conçu toutes ces compositions florales ?

Il hoche la tête.

— Je pratique une forme d'art ruskovienne appelée *kandelabr*. C'est inspiré du *ikebana*.

Je déteste son talent pour conserver un visage impassible. Je n'arrive pas à déterminer s'il se moque de moi.

L'ikebana est l'art de la composition florale japonais – j'imagine sans mal une geisha faire ça, mais pas ce prince viril et casse-cou.

Mais après tout, pourquoi pas ? En quoi est-ce différent du jardinage ? Et cette activité-là est unisexe.

— Ce doit être un art très apaisant, remarqué-je en examinant les motifs symétriques qui mêlent les couleurs avec un intérêt renouvelé.

— C'est exactement ça, sourit-il. C'est ma grand-mère qui m'a appris. Le proverbe « l'oisiveté est le pire des fléaux » était particulièrement vrai dans mon cas, alors le *kandelabr* s'est avéré être un don du ciel pour tous mes proches.

J'imagine un adorable petit Tigger jouant avec des fleurs et un sourire niais étire mes lèvres.

Il se racle la gorge et reprend :

— Donc... quelle leçon vas-tu m'apprendre aujourd'hui ?

Ah, oui. Ce n'est pas une visite de courtoisie.

Je lui explique les techniques de respirations que j'aimerais qu'il apprenne, et il n'a l'air surpris par aucune d'entre elles. De manière générale, il prend tout ça au sérieux, à tel point qu'il a préparé des gadgets médicaux servant à mesurer les réactions de son corps à l'entraînement. Je n'en reconnais que deux : un moniteur d'oxygène à placer sur son doigt et un bracelet qui mesure ses battements de cœur.

À ma demande, il se couche sur un canapé et s'exerce à chaque technique à mesure que je les lui explique.

Je ne suis pas une experte, toutefois je pense qu'il fait un excellent étudiant. Je n'ai pas besoin de tout lui réexpliquer une deuxième fois et il excelle aussitôt dans chaque exercice.

Dommage que tout ça m'excite autant. Quand il expire entre ses lèvres serrées, j'imagine ce que je ressentirais s'il faisait ça sur mon clitoris. Quand il glisse son doigt dans le moniteur d'oxygène, je regrette qu'il ne le glisse pas plutôt en moi, et ainsi de suite pendant tout l'entraînement.

— Beau boulot, lâché-je une fois à court de leçons à lui apprendre, et quand j'ai le sentiment que ma libido est à deux doigts d'exploser. Il ne reste plus qu'un dernier truc à faire, maintenant. Lève-toi, s'il te plaît.

Il saute sur ses pieds et s'étire, comme un chat. Ou un tigre.

Quand j'approche de lui, il écarquille les yeux, immobile, en gardant le silence. Il se contente de me regarder… attendant sûrement l'occasion de bondir.

D'un geste aussi blasé que possible, je déboutonne le haut de sa chemise.

Pour la première fois, son moniteur de rythme cardiaque se met à biper.

Quand je défais le deuxième bouton, la magicienne en moi ne peut s'empêcher d'agir.

D'un geste furtif, je tends mon autre main vers sa boucle de ceinture ornée de l'emblème familial.

Il étrécit les yeux et prend une expression très féline.

Je défais son dernier bouton.

— Retire-la.

Tandis qu'il retire sa chemise, je décide qu'il est assez distrait pour ne pas me sentir lui voler sa ceinture, c'est donc ce que je fais tout en m'efforçant de ne pas admirer la peau virile, lisse, dure et musclée qui vient d'apparaître devant mes yeux.

Quand sa chemise tombe au sol, sa ceinture est cachée dans mon dos.

Je déglutis et fais un pas en arrière.

Si j'avais porté un moniteur de rythme cardiaque, il aurait fait un court-circuit.

Je ne peux plus m'empêcher de le détailler, et ce que je vois provoque une chaleur qui s'accumule aussitôt dans mon clitoris.

Tigger a les muscles fins, puissants et bien définis d'un dieu grec. Je parie qu'il pourrait me soulever d'une seule main – et je n'aurais rien contre... même s'il y a d'autres choses, comme des parties du corps, contre lesquelles j'aimerais bien me coller.

Est-ce bien sain, d'avoir si peu de graisse ? Je sais que pour les femmes, c'est dangereux d'en avoir moins de dix pour cent, et je suis sûre que la sienne se comptabilise en un seul chiffre.

Enfin, que ce soit bon pour sa santé ou pas, il est sublime, à tel point que mes ovaires passent en surcharge. Ou en surovaires, plutôt.

Un sourire suffisant étire le coin de ses lèvres.

— Tu aimes ce que tu vois ?

Les joues brûlantes, je repense à l'autre fois où il a prononcé cette phrase exacte : le jour de notre rencontre, quand Sa Dureté Royale est apparue devant moi.

Avant que j'aie réussi à faire fonctionner ma bouche, Tigger bondit.

Il se rapproche et incline la tête.

Stupéfaite, je recule en trébuchant.

— Qu'est-ce... qu'est-ce que tu fais ?

Le sourire suffisant disparaît, remplacé par de la confusion.

— Désolé. Je croyais qu'il se passait un truc.

— Tu comptais m'embrasser ? articulé-je dans un couinement.

— Désolé, répète-t-il en récupérant sa chemise et en

l'enfilant. J'aurais dû te demander avant. J'ai juste eu l'impression… laisse tomber. C'est ma faute.

Il comptait m'embrasser ?

Moi.

Lui.

Je secoue la tête pour dissiper le brouillard dans ma tête.

— Non, c'est moi qui suis désolée. Je ne voulais pas envoyer des signaux contradictoires.

Il reboutonne sa chemise et mes ovaires se mettent en deuil.

— J'en prends l'entière responsabilité, assure-t-il.

— Non, c'est ma faute, insisté-je en me mordant la lèvre. J'aurais dû t'expliquer pourquoi je te demandais de retirer ta chemise.

Il hausse un sourcil.

— Et c'était pour quoi ?

Je ravale la salive qui s'est accumulée dans ma bouche plus tôt et réponds :

— D'après mes recherches, la perte de poids peut permettre de retenir son souffle plus longtemps. Ça fait plus de place pour tes capacités pulmonaires.

— Et ? demande-t-il en se remettant à sourire.

— Tu n'as pas grand-chose à perdre. Tiens.

Je sors sa ceinture de derrière mon dos sans ambages. Je regrette de l'avoir prise.

— Tu te souviens que tu voulais voir ce tour une deuxième fois ? C'est fait, maintenant.

Il prend sa ceinture, l'air impressionné. Puis une expression rusée se peint sur son visage.

— Puisque ma ceinture est déjà ôtée, tu veux voir si j'ai de la graisse à perdre sur les jambes ? Je suis sûr que c'est pour ça que tu as volé ma ceinture au départ, et pas parce que tu espérais que ça se passe comme la dernière fois.

Une chaleur m'envahit à nouveau les joues.

— Tu ne portes toujours pas de sous-vêtements ?

Son sourire s'élargit.

— Je ne reviens jamais sur un pari. Je te devais des sous-vêtements à motif de sirènes, tu te souviens ?

Ah, oui. À cause de la surcharge hormonale, j'avais presque oublié.

— Je suppose que je vais devoir vérifier, maintenant, remarqué-je, regrettant de ne pouvoir me sentir aussi assurée que le laisse croire ma voix. Mais pas de baiser.

L'air amusé, il laisse tomber son pantalon.

Par la queue de Houdini !

Une part lointaine de moi doit reconnaître que son caleçon est effectivement décoré de sirènes, cependant le reste est concentré sur Sa Dureté Royale, tendue sous ledit caleçon. L'une des sirènes a l'air d'être couchée sur un canon.

Je détourne les yeux et observe ses jambes.

Mauvaise idée – à supposer que l'objectif ait été d'atténuer mon excitation, en tout cas.

Ses jambes sont aussi sexy et musclées que la partie supérieure de son corps, et me donnent presque envie d'envisager à nouveau l'éventualité d'un baiser.

— Un sou pour tes pensées ? m'interroge-t-il d'une voix traînante.

— Jolies sirènes, réussis-je à articuler en reportant mon regard sur son visage. Mais je ne vois pas de graisse. On dirait que la perte de poids ne fera pas partie de ton programme. Remets ton pantalon, s'il te plaît.

Il se rhabille avec une expression amusée sur les traits.

— Donc, reprends-je en faisant mon possible pour ne pas laisser entendre ma déception dans ma voix. On se voit une autre fois ?

— Non, rétorque-t-il avec le ton impérieux approprié à son rang. Tu dois me laisser t'inviter à dîner.

Chapitre Onze

$\mathcal{J}$e le dévisage en clignant des paupières.

— Un dîner ? Un rencard, tu veux dire ?

Ses yeux se mettent à pétiller.

— Juste en gage de ma reconnaissance pour ton travail bien fait.

Je fais un pas en arrière.

— Je ne suis pas sûre...

— Je pensais que tu croyais en l'amitié entre un homme et une femme, remarque-t-il en inclinant la tête. À moins que Waldo ait mis fin à tes illusions à ce sujet ?

— On *peut* être amis, rétorqué-je en posant les mains sur mes hanches.

— Dans ce cas, on devrait pouvoir dîner ensemble sans aucun problème, argumente-t-il d'une voix onctueuse. Alors, tu veux que je porte cette tenue de fan des sirènes au restaurant ?

— Pas si je dois être vue avec toi, dis-je, cédant à son insistance.

Il hoche la tête et se dirige vers une pièce attenante, sûrement sa chambre.

La tentation de le suivre discrètement pour l'observer se changer est forte, mais ce serait trop bizarre, tout bien considéré.

Grr. Pourquoi ne l'ai-je pas laissé garder les vêtements qu'il portait ? S'il est habillé avec élégance, ça ressemblera encore plus à un rencard.

Et puis, pourquoi suis-je si soulagée de m'être mise sur mon trente-et-un ?

Avant que j'aie pu réfléchir plus avant à cette question, il revient vêtu d'un costume sur mesure.

Je pousse intérieurement un soupir. Si je voulais apaiser mon désir, lui demander de se changer était une sérieuse erreur de calcul.

— Comment tu as pu t'habiller aussi vite ?

Il hausse les épaules.

— J'ai été à l'école militaire pendant quelques années, en Ruskovie. À l'époque, j'aurais pu m'habiller et faire mon lit en même temps que je mettais ce costume.

— Une école militaire ?

Il esquisse un bref signe de tête.

— Mes parents m'y ont envoyé en punition. L'équivalent moderne serait sûrement de me prescrire de la Ritaline.

Je remue d'un pied sur l'autre. Son expression troublée me met étrangement mal à l'aise.

— J'aimerais bien savoir me changer aussi vite, remarqué-je pour le distraire. L'une des illusions que j'aimerais pratiquer sur scène dans mon futur spectacle impliquera une robe changeant de style et de couleur en un clin d'œil.

Son front se lisse. Un point pour mes ruses féminines.

— Ton spectacle ? Parle-moi de ça.

— Il n'y a pas grand-chose à dire, avoué-je avec un sourire piteux. C'est juste un truc que j'aimerais faire un jour.

— J'adorerais voir ça.

J'aimerais pouvoir l'embrasser pour avoir dit ça, toutefois je me contente de battre des cils.

— Si mon rêve devient réalité, je t'inviterai, promets-je.

— Tu devrais rencontrer mon frère, répond-il, l'air songeur.

J'arque un sourcil.

— Le grand et puissant destructeur de la paix ?

— Ouais, ricane-t-il. On est dans l'hôtel de sa Majesté, après tout, ce serait la moindre des politesses.

Quand il déverrouille son téléphone, je vérifie que j'ai bien mémorisé son code pin la dernière fois. Ouais, c'est bien ça. Il envoie un message, puis s'approche d'un mini frigo et fouille dedans.

— Qu'est-ce que c'est que ça ? le questionné-je en indiquant du doigt la boîte en plastique transparente dans sa main.

Il s'approche de moi et me la montre.

— Qu'est-ce que c'est ? répété-je en examinant le drôle de truc blanc dans la boîte avec dégoût.

— Du fromage, répond Tigger en approchant la boîte de mon visage.

Je fais un pas en arrière et il écarte la boîte.

— Mon frère est obsédé par le fromage.

— Ah, dis-je d'un ton évasif.

Certaines personnes aiment les *golden shower*, et d'autres mangent du fromage. Qui suis-je pour les juger ?

— Mon frère s'est montré très accommodant s'agissant de la chambre avec piscine, continue-t-il. Je me suis dit que j'allais lui faire un petit cadeau.

— Espérons que ce fromage a été pasteurisé pour tuer la salmonellose, déclaré-je sans pouvoir m'en empêcher, ou bien ton cadeau va se transformer en séjour à l'hôpital.

Il hausse les épaules.

— Vu le prix qu'il coûte, je pense que c'est sans danger.

— Espérons aussi qu'aucune moisissure contenant des mycotoxines ne s'est développée sur ce fromage. Elles peuvent être mortelles.

Son téléphone vibre, annonçant l'arrivée d'un message, et il y jette un œil.

— Si quelqu'un sait comment consommer du fromage sans danger, c'est Kaz.

Habituée aux positions laxistes des gens concernant la sécurité alimentaire, je songe à devoir me résigner au fait qu'on ne soit pas d'accord.

Il se dirige vers la porte et me la tient ouverte.

— Il est dans la suite où je vais m'installer.

Nous traversons le couloir et entrons dans la suite en question.

Waouh.

Ce penthouse est encore plus luxueux que celui qu'on vient de quitter, mais ce n'est pas ce que je trouve le plus intéressant.

Un homme nous attend à l'intérieur, et il ressemble encore plus au produit d'une romance à la *Brokeback Mountain* que Tigger, peut-être à cause de son expression taciturne.

Je me demande si c'est parce qu'il n'a pas eu sa dose de fromage depuis longtemps. Le fromage contient des caséomorphines, des composants semblables à la morphine qui s'attachent aux récepteurs opiacés du cerveau. Après avoir lu cet article, j'ai arrêté le fromage d'un coup, et j'ai continué à en avoir envie pendant un an. Alors que lorsque j'ai arrêté la dinde – sous toutes ses formes – ça ne m'a manqué qu'une seule journée de cette année-là, celle de Thanksgiving.

Oh, et ai-je mentionné qu'il y avait un grizzly à côté de M. Sombre et Ténébreux ?

Ouais. Un ours étonnamment bien élevé, qui n'est peut-être qu'un chien.

J'ai donc désormais vu un chien panda, un chien koala et peut-être un chien grizzly.

Où est le chien ours polaire, histoire de compléter le tableau ?

— Mon frère, lance Kaz d'une voix dénuée d'expression.

— Mon frère, répond Tigger sur le même ton. La pièce est-elle assez propre et en ordre pour toi ?

L'expression du visage de Kaz semble dire « Ça ne nous amuse pas du tout », avec le « nous » royal.

— Non, répond-il à voix haute. Mais elle le sera peut-être d'ici demain.

Je regarde autour de moi. Même ma jumelle, qui pourrait en donner pour son argent à Marie Kondo, considérerait cette pièce comme bien rangée.

— C'est pour toi, annonce Tigger en lui tendant la boîte.

Kaz l'ouvre et une odeur étrangement familière – bien qu'assez déplaisante – envahit la pièce.

Kaz renifle l'air et une émotion chaleureuse se peint sur son visage taciturne, même si c'est peut-être mon imagination.

— Du pule ? demande-t-il en fermant la boîte.

On joue au « mot du jour » ? Je crois que c'est comme ça que j'ai appris que « pule » signifiait « pleurnicher » ou « se plaindre » en anglais.

— C'est ça, répond fièrement Tigger. Je l'ai fait livrer de Serbie exprès pour toi.

— Merci beaucoup, répond Kaz.

Je me racle la gorge.

— Un fromage de Serbie ?

— Où sont passées mes bonnes manières ? s'exclame Tigger. Kazimir, je te présente Gia. Gia, voici mon frère, Kaz.

— C'est un plaisir de vous rencontrer, rétorque Kaz d'un ton si hautain que je suis tentée de faire une révérence sarcastique. Vous n'avez jamais entendu parler du fromage Pule ?

Super. Un fromage qui vous fait pleurnicher ou vous plaindre.

Et puis quoi encore ? Un fromage qui rend hystérique ?

— Il est constitué à soixante pour cent de lait d'âne des Balkans et à quarante pour cent de lait de chèvre, m'apprend Kaz.

OK, ça explique l'odeur. Mes parents ont des ânes et des chèvres dans leur ferme, et maintenant que j'ai le contexte, je me rends compte que c'est ce que sent le fromage.

Miam. Qui n'aurait pas envie de goûter ça ? On pourrait peut-être ajouter un peu de lait de putois ? Et quelques scarabées bousiers.

Qui a eu l'idée de traire un âne ? Ou une chèvre ? D'ailleurs, qui a eu l'idée de traire une vache, une créature bovine dotée de cornes ? Que pensent les vaches, quand ça arrive ? Sûrement ce que je penserais si j'avais des montées de lait et qu'un éléphant venait se servir de sa trompe pour *me* traire. Et puis, la personne ayant inventé le processus de la traite a-t-elle aussi songé « youpi, maintenant que j'ai accompli cet acte bizarre, et si je buvais ce fluide corporel blanc ? » C'était quoi, l'inspiration de base ? Le bukkake ? En parlant de ça, existe-t-il une culture dans laquelle on consomme le sperme des taureaux, ou de n'importe quel autre animal ? Je sais qu'on mange leurs testicules, dans certaines régions – oui, je mets tout ça dans le même sac, sans mauvais jeu de mots.

Note à moi-même : mener quelques recherches anthropomorphiques.

— Gia n'est pas seulement coach en respiration, explique Tigger. Elle est aussi illusionniste.

— Ah oui ? réplique Kaz en me regardant avec un intérêt renouvelé. Où vous produisez-vous ?

— Elle cherche une salle où faire son spectacle, annonce Tigger. Elle est incroyable. Tu devrais voir ce dont elle est capable avec une cuillère.

Kaz hausse un sourcil.

— Il y a des ustensiles dans la cuisine.

— Va en chercher une, l'encourage Tigger. Tu ne le regretteras pas.

Kaz se rend à la cuisine de la suite et son chien reste assis là comme une statue.

Je dévisage Tigger en plissant les yeux.

— Tu te crois malin ? Je sais que tu as juste envie de me voir répéter mon tour.

Il cligne des paupières.

— Tu vas réussir à résister à l'envie de frimer devant un nouveau spectateur ?

Putain. Comment peut-il déjà me connaître aussi bien ? Kaz revient avec une fourchette, l'air encore plus maussade qu'avant.

— Ils n'ont mis aucune cuillère dans la cuisine.

Il a prononcé ça sur le même ton que s'il avait

annoncé « Le chirurgien a laissé son scalpel à l'intérieur de votre corps avant de vous recoudre. »

— Une fourchette fonctionnera encore mieux, dis-je.

Kaz me donne la fourchette d'un air dubitatif et je la lève devant moi de manière théâtrale, avant de commencer. J'observe leurs expressions tandis qu'ils scrutent la pointe du milieu se plier sous leurs yeux.

Comme la dernière fois, une expression émerveillée se peint sur le visage de Tigger. En comparaison, celle de Kaz est indéchiffrable.

— Waouh, marmonne Tigger quand une autre pique se plie.

Kaz conserve la même expression impassible.

Quand la tige de la fourchette se plie en deux, cependant, Kaz écarquille les yeux et Tigger lâche un hoquet.

Je leur tends la fourchette tordue.

— Dans *Matrix*, ils ont dû utiliser des effets spéciaux pour faire ça.

Tigger examine la fourchette avec attention, puis Kaz fait la même chose.

— Merci, dit Kaz en rangeant la fourchette dans sa poche. Entre le fromage et le spectacle, je pourrais presque pardonner mon frère pour avoir encore une fois demandé à changer de chambre.

— Ce n'est que la troisième fois, se justifie Tigger.

— Tout à fait, rétorque Kaz.

— Je peux voir la piscine ? questionné-je pour dissiper toute hostilité potentielle.

Si ces deux-là ressemblent un tant soit peu à mes sœurs, cette situation pourrait dégénérer en crêpage de chignon en un clin d'œil.

— Par ici, annonce Kaz en nous guidant jusqu'à un balcon avec une autre vue à couper le souffle.

C'est là que se trouve la piscine, dans laquelle de l'eau s'écoule lentement.

— Je la fais filtrer par osmose inversée, explique Kaz en réponse à mon regard interrogateur. Tigger m'a dit que l'eau devait être assez propre pour qu'on puisse la boire.

Je regarde l'eau avec envie. Je suis trop poule mouillée pour entrer dans la plupart des piscines, mais celle-ci est l'une des rares où je pourrais nager – et je n'ai plus fait ça depuis que j'étais enfant.

— Tu veux te baigner un peu avant mon entraînement de demain ? m'interroge Tigger.

Les membres de la royauté ruskovienne ont-ils des dons de télépathie ? J'ai très envie de répondre oui, mais je ne peux pas. Quand j'aurai nagé dedans, l'eau sera contaminée pour lui.

— En fait, j'insiste pour que tu le fasses, reprend-il. Quelle que soit la technique que tu veux que j'utilise, je veux d'abord te regarder faire.

Je me mords la lèvre.

— Eh bien, si tu insistes…

— J'insiste, affirme Tigger en croisant les bras sur son torse.

Son expression sévère le fait ressembler au jumeau de Kaz.

Je prends une grande inspiration.

— Je prendrai une douche très minutieuse demain. Et je suis en parfaite santé.

Kaz lance un regard interrogateur à son frère et Tigger répond par un geste qui semble vouloir dire « ne pose pas de question ».

Je suppose qu'il a déjà deviné beaucoup de choses en voyant mon attitude vis-à-vis des germes.

Le téléphone de Tigger vibre une fois de plus et il baisse les yeux dessus.

— Ah. C'est notre réservation pour le dîner. On ferait mieux d'y aller.

Mon estomac gargouille, trahissant ma faim.

Je suppose que je mangerais bien quelque chose.

— C'était sympa de vous rencontrer, Kazimir, lancé-je en lui faisant un signe de la main. Votre hôtel est impeccable.

Est-ce une esquisse de sourire que je vois dans les yeux de Kaz ?

— C'était un plaisir de vous rencontrer pour moi aussi. Vous avez un vrai talent, me complimente-t-il en tapotant la poche qui contient la fourchette pliée.

Rayonnante devant ce compliment, je laisse Tigger me guider hors de la pièce.

L'ours est toujours assis là où Kaz l'a laissé. Il doit avoir un doctorat de Harvard en tant que « bon chien ».

Quand nous entrons dans l'ascenseur, ma joie se dissipe et l'inquiétude s'infiltre en moi. Malgré ce qu'a dit Tigger concernant les dîners entre amis, cette sortie va ressembler à un rencard. Ce serait le cas de n'importe quel repas partagé avec un prince aussi sublime que celui-ci, même si c'était dans un fast-food.

Suis-je assez forte pour ne développer aucun sentiment infectieux, ce soir ?

Peut-être.

Avec un peu de chance.

S'agissant de Tigger, ma peau n'est pas la seule partie de moi perfidement faible.

Chapitre Douze

Une Lamborghini noire nous attend devant l'entrée de l'hôtel.

Hum. Je me demande si, comme dans la pub « *Quand il fait sortir une voiture d'un parking, son prix augmente* ».

Tigger m'ouvre ma portière avant que le voiturier ait eu le temps de le faire.

Zut. Est-il aussi un gentleman ? Mes pauvres ovaires.

Tout en bouclant ma ceinture, je sens une inquiétude différente m'envahir. La ceinture est comme celle des voitures de course, et me rappelle que Tigger est connu pour avoir battu des records de vitesse.

Il se glisse derrière le volant et met sa ceinture à son tour.

— Tu ne vas pas rouler trop vite, hein ? demandé-je avec méfiance.

Il m'adresse un sourire.

— On est à Manhattan. Il y a des limites de vitesse à respecter.

Je laisse échapper un soupir soulagé, mais tout l'air se coince dans ma trachée quand Tigger enfonce la pédale de l'accélérateur.

Les pneus crissent sur le gravier et une odeur de caoutchouc envahit mes narines tandis que la Lamborghini s'élance sur la route en rugissant, dix fois plus vite que la vitesse autorisée.

Pense-t-il que ces pubs pour la bière sont vraies ?

« *Les voitures regardent à droite et à gauche pour vérifier qu'il n'arrive pas avant de traverser la route.* »

« *Une fois, il a été arrêté pour excès de vitesse et c'est le flic qui a reçu une amende.* »

— Ça va, ou tu veux que je ralentisse ? demande Tigger.

Durant le temps que met le son à atteindre mes tympans, il a déjà traversé au moins cinq pâtés de maisons.

Merde. Qu'est-ce qui cloche chez lui ? Une fois, j'ai lu un truc à propos de la maladie d'Urbach-Wiethe, un trouble génétique rare qui provoque une incapacité à ressentir la peur. Tigger en souffre-t-il ? C'est peut-être un trait de famille, un peu comme l'hémophilie chez les descendants de la Reine Victoria ?

— Gia ? m'appelle-t-il. Tu vas bien ?

Je grommelle une réponse négative.

Il me lance un regard inquiet – et si je trouvais sa conduite effrayante quand il regardait la route, mon niveau de terreur est désormais équivalent à ce que je ressens quand je dois entrer dans des toilettes publiques. De Staten Island. Dans cette décharge transformée en parc.

Mon visage doit être plus pâle que d'habitude, parce que Tigger reporte son attention sur la route et ralentit la voiture, ne roulant plus qu'au double de la limite de vitesse.

— Désolé. C'est mieux, là ?

— Encore trop vite, articulé-je, dans un hoquet.

Il ralentit la voiture jusqu'à ce que les autres voitures ne disparaissent plus à toute vitesse dans le rétroviseur.

Je parviens enfin à reprendre mon souffle.

— Merci. On est encore loin ?

— On arrive, en fait.

Il se gare en douceur à côté d'une devanture de magasin sur laquelle est écrit quelque chose en cyrillique.

Ouf. On est arrivés en un seul morceau. Et à mon grand soulagement, la note du contrôle sanitaire inscrite à côté de la vitrine est un fier « A ». Sans ça, on aurait dû avoir une conversation assez gênante.

— C'est du russe ? demandé-je avec un signe de tête vers l'enseigne.

— Non. Du ruskovien. Mais le nom signifierait la même chose en russe.

— Les deux langues sont similaires, hein ? l'interrogé-je une fois qu'il m'a ouvert la porte.

Il se frotte le menton.

— Autant que le français et l'espagnol, je dirais.

— Je n'ai aucune idée du degré de similitude entre ces deux langues, avoué-je.

Je détaille à nouveau l'enseigne comme si cela pouvait m'aider.

— Tu ne parles pas espagnol ? Je croyais que la plupart des Américains avaient des notions.

Je secoue la tête.

— Je l'ai appris à l'école, mais je ne me souviens pas de grand-chose. Et je n'ai jamais étudié le français. Et toi ? Tu parles quelles langues ?

— Le russe, le français et l'espagnol, bien sûr, répond-il avant d'énumérer la moitié des langues parlées en Europe. Je suis moins doué dans certaines que dans d'autres. Tout dépend du temps que j'ai passé dans le pays.

Il me rappelle encore une fois ce type de Dos Equis qui « *parle russe... en français.* » Et peut-être aussi « *qui est considéré comme un trésor national dans des pays où il n'a jamais mis les pieds* ».

Deux types baraqués se tiennent devant le restaurant, et nous ouvrent les portes.

Ils portent les mêmes tenues à culotte que les bagagistes de l'hôtel de Kaz.

Ce doit être un truc de Ruskovien.

Quand nous sommes à mi-chemin de l'entrée, un homme étrange vêtu d'une veste en tweed m'aveugle avec le flash de son appareil-photo à l'air professionnel.

Qu'est-ce qui se passe ?

L'air furieux, Tigger hurle quelque chose aux deux videurs.

Ils se précipitent vers l'inconnu preneur de photo comme une bande de rugbymen.

— Eh ! s'écrie l'homme quand le plus gros des deux lui prend son appareil-photo. Vous ne pouvez pas faire ça.

Le molosse à la culotte ne lui répond même pas. Il se contente d'entrer dans le restaurant, appareil-photo à la main. L'autre reprend son poste à la porte comme si de rien n'était.

— C'était quoi, ça ? demandé-je à Tigger quand nous entrons.

— Un paparazzi, répond Tigger.

Il prononce ce mot avec autant de dégoût que j'en aurais exprimé en parlant de l'E. Coli.

— Ah, dis-je en regardant derrière moi. Logique. J'avais oublié à quel point ton Popotin Royal était important.

Il me guide jusqu'à une table confortable illuminée par des bougies et tire une chaise pour moi.

— Désolé pour ça. En général, je suis plutôt doué pour esquiver ces vautours, mais celui-là a été assez malin pour épier cet endroit. Il a dû se douter que ce n'était qu'une question de temps avant que moi ou l'un de mes frères ayons envie de cuisine ruskovienne.

— Tu n'as pas à être désolé, lui assuré-je.

Je parcours le restaurant des yeux. Il y a des photos de champignon partout. La déco doit avoir *Alice au pays des Merveilles* pour thème, ou peut-être juste le psychédélique. Tigger fronce les sourcils.

— Non. Je suis vraiment désolé. Toute personne vue avec moi se retrouve inévitablement dans les tabloïds, et généralement dans un article rempli de mensonges.

Comme toutes ces femmes avec qui tu as fait copain-copain ?

Mais je n'ai pas les couilles – ou les ovaires – de répliquer ça.

— Je ne suis pas du tout inquiète, assuré-je à la place.

— Ah non ? répond-il.

Je le vois se mordre l'intérieur de la lèvre, ce qui me distrait un instant.

— Toute publicité serait géniale pour ma carrière d'illusionniste, expliqué-je en m'efforçant de rester concentrée. Aussi scandaleuse soit-elle.

Il m'adresse un sourire chaleureux et prend son menu.

— Je suis soulagé, alors.

Je saisis mon menu à mon tour, mais il est en ruskovien.

— C'est quel genre de restaurant ? l'interrogé-je.

— Ça s'appelle le Champignon Croustillant. Ils sont spécialisés dans toutes sortes de plats à base de champignons, qui sont très populaires en Ruskovie. Tu aimes les champignons ?

Je hausse les épaules.

— Ils sont sur ma liste de nourriture sans danger,

mais je les ai toujours considérés comme un accompagnement.

— Tu vas te régaler, alors, assure-t-il en faisant un geste de la main à un serveur en culotte.

Pendant qu'ils se lancent dans une conversation en ruskovien, je sors discrètement mon téléphone et vérifie le score d'infractions sanitaires exact de cet endroit.

Ils ont eu zéro, ce qui est génial.

Le serveur se tait et Tigger se tourne vers moi.

— Des deux plats du jour, je pense que tu aimeras le steak Crinière de Lion.

— De Lion et pas de tigre ? demandé-je avec un sourire.

Il me le rend et répond :

— Les champignons Crinière de Lion sont connus pour leurs bienfaits sur la santé. Ils stimulent la mémoire et les fonctions cognitives. Les moines bouddhistes en consomment depuis des milliers d'années pour mieux se concentrer durant la méditation.

J'avise le serveur et reprends :

— Cet homme travaille-t-il pour vous en échange d'une commission ?

— Ce restaurant appartient à Son Altesse Royale, Andrej Cezaroff, répond le serveur en faisant un pas en arrière.

Je m'approche tout au bord de mon siège et reporte mon attention sur Tigger.

— Ton père ? l'interrogé-je.

Il secoue la tête.

— Mon frère, rectifie-t-il.

Je lui lance un regard curieux.

— De combien de membres se compose ta famille ?

— J'ai neuf frères, répond Tigger sans sourciller. Alors, qu'est-ce que tu dirais d'un steak de Crinière de Lion ?

Neuf ? On dirait que nos familles sont similaires – même si je parie qu'avoir autant de frères n'est pas tout à fait la même chose que de grandir avec un tas de filles, sans parler du fait qu'ils vivaient dans un château au lieu d'une ferme pour animaux complètement dingue.

Je me tourne vers le serveur et l'interroge :

— Le champignon est bien cuit ?

— Oui, maîtresse, répond-il.

Maîtresse ? Je ne porte même pas mon pantalon en cuir, aujourd'hui.

— OK. Je vais essayer.

Le serveur s'incline et s'éloigne.

— Qu'est-ce que tu vas manger ? demandé-je à Tigger.

Il prononce un mot qui ressemble à Paganini, toutefois je suis sûre qu'il ne va pas manger ce célèbre violoniste mort – même si on ne sait jamais, avec la royauté. Ils en ont peut-être fait mariner une partie.

— Super, je suis contente d'avoir posé la question, annoncé-je.

Il éclate de rire.

— C'est un champignon. Je crois qu'en anglais, il s'appelle amanite tue-mouche, ou fausse oronge.

Je fronce les sourcils.

— Le champignon au chapeau rouge à pois blancs ?

Il hoche la tête.

— Celui sur lequel est assise la chenille dans *Alice au pays des Merveilles* ? ajouté-je.

— Ce n'est pas exactement le même, mais oui.

— Ils ne sont pas venimeux ?

— Pas si on les fait bouillir deux fois en changeant l'eau chaque fois.

Je le regarde, bouche bée.

— Ça me paraît dangereux.

— J'ai mangé pire, m'apprend-il en écartant les bras. Du fugu, de l'ackee, du Sannakiji, du Hakarl… j'ai tout essayé.

Je lève mon téléphone devant mon visage d'un geste appuyé et cherche tous les plats qu'il vient de mentionner.

Ah ouais. Comme je le pensais, il doit souffrir de la maladie d'Urbach-Wiethe. Le fugu est encore plus dingue : c'est un sashimi, donc c'est cru, et en plus, c'est constitué d'une espèce de poisson-globe venimeuse et létale. L'ackee est un fruit et il n'est pas aussi mortel, mais il peut quand même causer le coma ou la mort si on le mange avant qu'il soit assez mûr. Le Sannakiji désigne des tentacules de poulpe vivantes, ce qui est à la fois dangereux et choquant, et le Hakarl est du requin du Groenland cuit, un poisson se servant d'un composant toxique présent dans son corps en guise d'antigel naturel. S'il n'est pas assez cuit, il peut causer toutes sortes de joyeusetés mortelles.

Désormais inquiète, je fais une recherche sur le champignon Crinière de Lion.

Ça va. Il n'est pas toxique et ses bienfaits sur le cerveau semblent vérifiés.

Je range mon téléphone et lance un regard désapprobateur à Tigger.

— Ne t'inquiète pas, l'amanite est sans danger une fois cuite, remarque-t-il, pressentant visiblement mon appréhension.

— Et si le cuisinier commettait une erreur ?

Il balaie cette remarque de la main.

— J'ai déjà mangé de l'amanite crue, une fois… sous la supervision d'un shaman. Il faut juste vomir au bon moment, et on entre dans un trip hallucinogène.

Je le dévisage en étrécissant les yeux.

— Quand tu dis « au bon moment » ce que tu sous-entends, c'est « avant qu'il te tue », hein ?

Il sourit.

— Si ça t'inquiète à ce point, je ne mangerai plus jamais ça cru. Les champignons contenant de la psilocybine sont bien meilleurs.

Avant que j'aie eu le temps de répondre, nos plats arrivent.

Le sien ne contient pas les chapeaux rouges bien reconnaissables et le mien ressemble à la viande d'un petit animal. Quelles sont les probabilités pour que le steak de Crinière de Lion soit en réalité constitué de chatons ou de lionceaux ?

J'en coupe un petit morceau et le porte à ma bouche.

Par les papilles d'Houdini, c'est le truc le plus délicieux que j'aie jamais goûté. C'est sucré, riche, musqué et charnu, avec une texture qui rappelle celle d'une queue de langouste. Tigger m'observe avec avidité. J'ai dû gémir de plaisir en mangeant.

Je fais de mon mieux pour être plus discrète à la bouchée suivante et il attaque sa nourriture à son tour.

— Donc, lancé-je en m'efforçant de ne pas le regarder manger son plat empoisonné. Que font autant de membres de la royauté ruskovienne à New York ?

Il avale la bouchée qu'il mâchait.

— La réponse est dans la question. On est si nombreux qu'on n'a pas tous les responsabilités royales que tu pourrais croire. En ce qui me concerne, je suis ici pour suivre une physiothérapie.

Mon prochain morceau de champignon me donne l'impression de n'avoir aucun goût.

— J'ai lu un article concernant ton coma. Un accident de *base-jump*, c'est ça ?

Il hoche la tête.

— J'étais sur le plus haut gratte-ciel de Moscou. Au début, tout était incroyable, et puis… je me suis réveillé dans un hôpital en Ruskovie.

L'expression sombre sur son visage me provoque un pincement dans la poitrine. Je ne suis pas du genre à faire des câlins, pourtant j'ai désespérément envie de le serrer dans mes bras jusqu'à ce que cet air maussade inhabituel pour lui disparaisse.

— Ta famille a dû être dévastée, commenté-je doucement.

— Mes frères m'ont été d'un grand soutien, répond-il en prenant sa fourchette. Mes parents ont plutôt endossé une attitude à la « je te l'avais bien dit ».

Je fronce les sourcils.

— Tu es sérieux ?

Il rit, mais je sens une certaine tension dans ce son.

— Mes parents m'avaient déjà déshérité bien avant cet incident. « Comportement inconvenant », voilà ce qu'ils pensent de mon choix de vie.

Je pose ma main gantée sur la sienne.

— Je sais que ce n'est pas la même chose, mais peu de personnes dans ma famille prennent ma carrière de magie au sérieux. Ils pensent qu'on ne peut pas se faire d'argent sans diplôme de fac.

Il rive son regard sur moi, et l'intensité de ses yeux noisette me donne l'impression d'être une biche face à face avec un tigre.

— Tu es une magicienne plus talentueuse que tous ceux qui sont jamais venus présenter des spectacles dans notre château. Je suis certain qu'une carrière incroyable t'attend.

Je souris comme une idiote. Si son plan diabolique était d'user de la flatterie pour entrer dans mon lit, ça fonctionne.

Allô ? Ne pas développer de sentiments, tu te souviens ?

Mon euphorie se dissipe et je retire ma main. Pour rendre la situation moins gênante, je prends la salière et en verse dans mon assiette.

— En parlant de carrières, tu parviens à monétiser tes aventures d'une manière ou d'une autre, ou tu gagnes ta vie en faisant autre chose ?

Zut. Pourquoi est-ce que je viens de lui rappeler qu'il n'a plus accès à la fortune de sa famille ?

— Les deux, admet-il, et à mon grand soulagement, il n'a pas l'air ébranlé. Je suis sponsorisé par un tas de marques, mais mes revenus les plus substantiels proviennent de mon parc d'attractions.

Je hausse les sourcils.

— Un parc d'attractions ? répété-je.

Il hoche la tête, les yeux brillants.

— Avant que mes parents me coupent les vivres, j'ai fait jouer les relations de ma famille pour rassembler assez d'investisseurs pour construire un parc d'attractions sur le thème de la Ruskovie dans mon pays natal. Il est composé de montagnes russes, d'attractions usant de la 3D et on peut même y vivre des expériences du type « faites partie de la royauté pour le temps d'une journée ».

— Oh, waouh. Qu'est-ce qui t'a donné envie de faire ça ?

— Je voulais que le grand public connaisse le même afflux d'adrénaline et le même émerveillement que je ressens lors de mes diverses aventures, explique-t-il en souriant. Je me serais satisfait d'attendre le seuil de rentabilité, mais le parc est devenu un succès qui a dépassé toutes mes attentes. Des gens viennent en Ruskovie pour le visiter, un peu comme les touristes qui vont à Orlando pour Disney World.

Oh. Donc c'est un entrepreneur à succès, et pas seulement un playboy accro aux sensations fortes. Logique, je suppose. Comment aurait-il pu me payer aussi bien alors qu'il est déshérité, sinon ?

Et puis, j'avais raison quand j'ai cru lire de l'émerveillement sur son visage, durant ses exploits. Le plus intéressant, c'est que j'ai lu la même expression quand il me regardait pratiquer ma magie. Il ne faisait pas que me lécher les bottes, quand il a complimenté mes talents d'illusionniste.

Sans pouvoir m'en empêcher, je cherche à susciter un nouveau compliment de sa part.

— Moi aussi, j'essaie d'émerveiller les gens avec ma magie. Mais sans l'afflux d'adrénaline.

— C'est vrai, répond-il en toute franchise. Je pense que ta magie fera beaucoup de bien au monde. Les gens ont tendance à perdre le sens de l'émerveillement en grandissant, et c'est bien dommage.

Waouh. Je n'avais jamais envisagé la magie comme autre chose qu'un moyen de divertissement. Pourtant il a raison. Quand elle est pratiquée correctement, la magie peut susciter chez un adulte le même émerveillement que celui qu'éprouverait un enfant, ne serait-ce qu'un instant.

Il plante sa fourchette dans un morceau de je-n'ai-pas-envie-de-savoir-quoi.

— C'est pour ça que tu as décidé de devenir magicienne ?

Je coupe un autre morceau de mon steak de champignon tout en réfléchissant à cette question.

— Je m'y suis intéressée après avoir vu un spectacle de magie. Quand j'ai essayé de refaire les tours moi-même, j'ai découvert que j'aimais sentir l'attention des gens sur moi. Plus tard, je voulais juste faire ressentir de l'émerveillement, de l'étonnement, de l'éblouissement et de la surprise. Il est aussi important pour moi de devenir une *femme* magicienne célèbre.

— Pourquoi ? demande-t-il en arquant un sourcil.

— Pour les aider à mieux comprendre, je fais une petite expérience avec les gens, en général. Tu veux essayer ?

Il hoche la tête.

— Première étape, imagine-toi dans la peau d'une petite fille, commencé-je avec un sourire.

Il ferme les yeux et arbore une expression de grande concentration.

— C'est bon, annonce-t-il d'une voix haut-perchée.

Je réprime un rire. S'imagine-t-il avec des couettes ? En train de sauter à la corde ?

Ou de faire les poches de la petite brute de la maison d'à côté ?

— Maintenant, réponds à ces questions très vite, sans trop y réfléchir, poursuis-je. Commence par nommer un homme scientifique.

— Einstein, répond-il de cette même voix de petite fille.

— Maintenant, donne-moi un nom de femme scientifique.

— Madame Curie, réplique-t-il, toujours dans son rôle.

— Un homme magicien.

— David Blaine, énonce-t-il sans hésiter.

— Une femme magicienne.

Il ouvre la bouche, puis la referme. Il fronce les sourcils. Pour finir, il rouvre les yeux et me regarde, frustré.

— Rasputina, déclaré-je, songeant qu'il la connaîtra peut-être, vu qu'elle habite dans son pays natal.

Il se donne une tape sur le front.

— Tu as raison, lâche-t-il de sa voix normale.

— C'est cette difficulté que tu as eue à trouver que je voulais pointer du doigt, reprends-je. Il n'existe aucune célébrité femme pour l'instant.

— Je vois. Et tu veux devenir cette célébrité qui inspirera les petites filles à devenir des magiciennes ?

— Tout à fait. Comme Rasputina et les autres pionnières qui m'ont inspirée, moi. Il est temps de briser le plafond de verre des chapeaux de lapin.

Il hoche la tête d'un air approbateur.

— Je parie tout ce que tu veux que tu accompliras ton noble objectif.

— Je l'espère.

Un essaim de papillons tourbillonne dans mon ventre, même si je devrais plutôt parler d'une volée de colombes, vu que les magiciens sont réputés pour leur capacité à faire apparaître des colombes de nulle part.

Personnellement, je ne ferais jamais de tours avec des colombes – ou des lapins – pour des raisons d'hygiène.

Si les cuillères pouvaient faire caca, je ne les plierais

pas non plus. D'un autre côté, même si quelqu'un créait génétiquement des colombes ne déféquant pas, je ne pourrais pas m'en servir pour autant. Blue ne viendrait jamais à mes spectacles et en plus, ce ne serait qu'une question de temps avant qu'Hannibal, le chat de Clarice, dévore mes pauvres assistants pour le dîner... accompagnés d'un bon Chianti.

Tigger arbore une expression sournoise.

— En parlant de tes talents, tu peux me montrer un autre tour, ce soir ? demande-t-il, les yeux posés sur une fourchette.

— On ne répète pas deux fois un tour et on n'utilise pas d'accessoires durant le dîner, rétorqué-je.

Il ressemble à un enfant à qui on vient de refuser un dessert.

— Je peux jouer les mentalistes pour toi, par contre. C'est un type de magie exclusivement mental.

Ses yeux se mettent à pétiller d'excitation.

— Vas-y, s'il te plaît.

— OK. Pense à deux formes simples – l'une à l'intérieur de l'autre, comme un cœur dans un carré, lui proposé-je en dessinant mon exemple dans le vide.

— Fait, répond-il.

— Maintenant, visualise une carte à jouer dans la forme intérieure.

— C'est bon, annonce-t-il.

Il a l'air mal à l'aise – une réaction commune de la part du spectateur, à ce moment du tour.

Je tends une main dans un geste théâtral et pose l'autre sur ma tempe, imitant le Professeur X. Le métier de magicien (ou de mentaliste) ressemble beaucoup à celui d'un acteur jouant le rôle d'un magicien ou d'un mentaliste, comme l'a dit le célèbre Robert Houdin.

Je fais comme si j'avais capturé la pensée de Tigger et annonce d'une voix solennelle :

— Tu penses à la Reine de Cœur à l'intérieur d'un triangle dans un cercle.

Tigger laisse tomber sa fourchette.

J'arbore un sourire diabolique.

— Comment ? murmure-t-il.

— Avec talent, dis-je.

Il reprend sa fourchette.

— Tu es une femme dangereuse.

— Ne t'avise pas de l'oublier.

Avant qu'il ait pu me supplier de lui révéler mes secrets, je change de sujet et lui demande comment sont ses frères.

Il se fait un plaisir de me raconter des anecdotes de son passé, comme la fois où ses frères et un cousin ont créé une équipe de football tous ensemble.

— Et toi ? m'interroge-t-il. Tu as d'autres frères et sœurs mis à part Holly ?

Je lui parle des sextuplées et d'à quel point ça pouvait parfois être la folie, avec huit filles dans une ferme remplie de toutes sortes d'animaux exotiques.

Nous nous échangeons des histoires à tour de rôle – elles sont étonnamment similaires, même si on a grandi dans un pays et un contexte socio-économique différent.

— Je suppose qu'une horde de frères et sœurs

provoquent le même genre de chaos quel que soit leur genre, remarque-t-il.

— Le mot « horde » est-il le terme approprié, dans ce cas précis ? l'interrogé-je tout en prenant un morceau de nourriture.

— Peut-être plutôt une colonie ? suggère-t-il en faisant un signe de la main au serveur.

— C'est pour les rats et les frères, souligné-je en souriant. Pour des sœurs, on parlerait plutôt d'une volée… comme pour les pies.

Le serveur s'empresse de nous rejoindre et converse avec Tigger en ruskovien.

— Un dessert ? me propose ce dernier.

Je hoche la tête, surtout parce que je me demande s'ils seront à base de champignons. Le seul ingrédient plus bizarre à mettre dans un dessert, ce serait de l'ail.

Eh oui. Le dessert est une crème brûlée au caramel et aux cèpes, accompagnée d'une glace au thé vert. À ma grande surprise, c'est à la fois crémeux et croustillant et cela me fait ressentir une sensation de chaleur douillette.

Ça pourrait être pire. Une fois, ma jumelle anglophile m'a servi un pudding appelé le Spotted Dick J, et il n'avait même pas une forme de godemichet.

Sans surprise la boisson de type café servie ici est aussi à base de champignon – et ça me plaît. Si je parlais ruskovien, je serais peut-être même revenue ici, à supposer que je puisse me le permettre.

Pendant qu'on savoure le dessert et le breuvage au champignon, Tigger me parle des traditions ruskoviennes. Il s'avère qu'ils ont une fête qui rappelle La Tomatina en Espagne, mais qu'au lieu de se jeter des tomates, ils se balancent du raisin.

— Pourquoi ? l'interrogé-je.

Il hausse les épaules.

— Pourquoi a-t-on un festival de l'ours ?

— Laisse-moi deviner. Les gens se déguisent en ours ?

Il affiche un grand sourire.

— Et on mange de la nourriture d'ours, comme le *myodik*.

Le regard brûlant qu'il me lance me fait presque m'étrangler avec un morceau de cèpes – cependant quand je l'imagine en train de lécher mon pot de miel, son attitude est plus féline qu'ourse.

Je me racle la gorge.

— C'est pour ça que tes chiens ressemblent à des ours ?

Il mange la dernière bouchée de son dessert et répond :

— Je n'y avais jamais réfléchi, mais peut-être. Le chien de Kaz a l'apparence typique d'une race ruskovienne appelée *Misha*. À l'origine, cette race était réservée à la famille royale.

— Alors comment t'es-tu retrouvé avec un panda et un koala ? l'interrogé-je.

Il sourit.

— Celui qui doit porter des lunettes correctrices s'appelle Caradog, et c'est un Misha normal. Il se trouve juste avoir un pelage inhabituel.

Méphistophélès, par contre, a cette apparence parce que ce n'est pas un pure-race.

— Tu as appelé ton chien Méphistophélès ? m'étonné-je. Ça revient quasiment à lui demander d'être un fauteur de troubles, non ?

Il émet un petit rire.

— Il n'a pas besoin d'être encouragé dans ce domaine. Étant mon petit bébé à poils, il était destiné à causer des ennuis.

Est-ce que je viens d'entrer en ovulation ? Ce doit être à cause des images indésirables de petits fauteurs de troubles moitié Gia, moitié Tigger en train de courir partout et de faire un tas de bêtises. C'est ridicule. Il devrait exister un vaccin contre les sentiments. Déterminée à garder la tête froide, je repousse mon assiette vide et engloutis le reste de mon « café » aux champignons d'un geste appuyé.

— Prête à rentrer à la maison ? demande-t-il, comprenant le message.

— Oui, dis-je en faisant semblant de bâiller. Je suis fatiguée.

Fatiguée de me pâmer devant lui.

Je lui indique mon adresse pendant que nous récupérons l'addition. Il rejette mon offre de partager la note et, une seconde plus tard, je suis de retour dans sa voiture suicidaire.

À ma grande stupéfaction, il respecte les limitations de vitesse dès le début. Malgré ça, mon cœur bat aussi fort que lorsque Tigger roulait comme un figurant de *Fast and Furious*.

Qu'est-ce qui m'arrive ? Suis-je conditionnée à avoir peur dans sa voiture après un seul trajet ?

Il ne me faut pas longtemps avant de comprendre ce qui m'arrive vraiment.

Même si je continue de m'accrocher fermement à mon mantra « notre dîner n'était pas un rencard », mon cœur – comme d'autres organes vitaux et moins vitaux – n'a clairement pas reçu le mémo. Pour la défense de mon cœur, ce dîner ressemblait vraiment à un rencard. Plus que la plupart des vrais rencards que j'ai pu connaître. Voilà qui explique ma surcharge d'adrénaline.

Nous approchons du moment du rencard où, dans mon expérience, la situation se passe en général très mal pour moi.

Le baiser d'au revoir. Ou l'absence de baiser.

C'est à ce moment-là que tous les mecs réalisent que je n'en vaux pas la peine et me larguent ou cessent de me contacter.

Je déglutis et pratique la technique de respiration que j'ai récemment apprise à mon étudiant si sexy.

Non. Ça ne marche pas. Pas plus que le fait de rappeler à mon cœur – et d'autres organes – que ce n'était *pas* un rencard.

— Tu vas bien ? demande Tigger.

Merde. On ne roule plus.

Je regarde par la fenêtre.

Ouais. *Home sweet home.* On s'est téléportés jusqu'ici ?

— Très bien, dis-je avec un temps de retard.

Je défais ma ceinture de luxe, croise son regard félin, et la volée de colombes déclenche une révolte de prisonniers dans mon ventre.

Il défait sa ceinture sans détourner les yeux de moi.

— J'ai passé un très bon moment.

Maudit soit-il. C'est la phrase post-rencard et pré-baiser la plus courante qui soit.

— Moi aussi, avoué-je.

C'est l'euphémisme de l'année.

Il appuie sur une touche et la voiture se déverrouille.

Aucun de nous ne bouge.

Sors.

Ouvre la portière.

Arrête de le dévisager.

Je reste collé à mon siège, comme hypnotisée – et je sais ce que ça fait, l'une de mes colocataires étant hypnotiseuse.

Lentement, très lentement, une force gravitationnelle m'attire vers lui.

Qu'est-ce qui se passe, putain ?

Il se penche vers moi à son tour. Il n'est pas immunisé à la physique, l'alchimie ou la folie de masse qui est à l'œuvre.

Est-ce que ça va enfin se produire ? L'espace d'une seconde, je m'autorise à éprouver de l'espoir.

S'il y a bien un moment où le désir devrait conquérir toutes mes peurs, c'est maintenant. Depuis que je l'ai vu nu, je ne suis plus qu'une machine à hormones sur pattes, prête à exploser à la moindre provocation – dans tous les sens du terme.

Nos lèvres ne sont plus qu'à un centimètre les unes des autres.

Par les couilles d'Houdini... est-ce qu'on va vraiment s'embrasser ?

Chapitre Treize

*D*eux choses se produisent en même temps.

Il commence à murmurer quelque chose, sauf que je n'entends pas quoi, parce que mon instinct d'esquive de germe s'éveille et que je fais un bond en arrière – me cognant la tête contre la vitre.

L'expression sur son visage est différente de toutes celles que j'ai pu voir dans cette situation.

Ce n'est ni de l'agacement, ni un air blessé, ni du rejet.

C'est de l'inquiétude. Peut-être aussi de la compassion… et je déteste ça.

— Ma tête va bien, assuré-je, avant de me contredire en frottant l'arrière de mon crâne douloureux.

— Je te jure que j'avais l'intention de te demander si tu voulais m'embrasser, déclare-t-il d'une voix sincère. Je ne comptais pas me lancer aussitôt, cette fois. Je suis désolé si…

— C'est moi qui me suis lancée, dis-je d'une voix amère.

Il incline la tête.

— Alors pourquoi...

— Il y a un risque d'herpès, d'hépatite B, de syphilis et de papillomavirus, lâché-je. En général, un simple baiser peut déposer huit millions de bactéries d'une langue à une autre, et après le baiser, nos microbiotes...

— Je comprends, déclare-t-il doucement.

Je le regarde en clignant bêtement des paupières.

— Vraiment ?

Il hausse les épaules.

— C'est raccord avec les gants et tes craintes concernant l'eau de piscine.

Ah, c'est vrai.

Comment ai-je pu oublier ?

Je me mordille la lèvre.

— Tu dois me croire folle.

— Jamais, me contredit-il, les yeux rivés aux miens. Crois-le ou pas, je pratique toujours une évaluation des risques avant mes exploits. Parfois, je décide de ne pas aller au bout parce que les risques me paraissent trop grands, mais en général, je finis par me lancer. La plupart des gens me croient fou parce que ma tolérance aux risques et plus élevée que la leur. Il serait hypocrite de ma part de te traiter de folle parce que ta tolérance au risque penche dans la direction opposée.

Je pousse un soupir.

— Pourquoi ne peux-tu pas réagir comme un

connard ? Tu me donnes encore plus envie de t'embrasser.

Son regard s'assombrit.

— Alors tu en as envie ? C'est juste une question de craintes sanitaires ?

— Je crois, avoué-je en baissant la tête. Peut-être. J'ai vécu un événement traumatisant dans mon enfance, qui a déclenché tout ça.

— Qu'est-ce qui s'est passé ? demande-t-il.

Quand je lève les yeux, je vois une expression effrayante sur son visage.

— Quelqu'un t'a fait quelque chose ?

La question est imprégnée de tant de menaces que mon sang se glace – alors même que la partie rationnelle de moi-même sait qu'il est furieux contre l'hypothétique coupable d'un événement qui ne m'est jamais arrivé.

— Personne ne m'a fait de mal, m'empressé-je de le rassurer. C'était autre chose, un truc un peu stupide.

Je lui raconte le Massacre de la Mésange Zombie, et à mesure que je parle, l'expression effrayante sur son visage est remplacée par de la compassion.

— Tu as vu un thérapeute ? demande-t-il.

Je secoue la tête.

— J'ai fait des recherches de mon côté. Je n'ai pas envie d'une solution médicale – qui se résumerait sûrement à du Zoloft – et la thérapie serait de type cognitivo-comportemental, ce que je fais déjà par moi-même.

— Ah oui ?

Il a l'air impressionné, alors je lui explique que j'utilise le porno en guide de thérapie par exposition. À mesure que je parle, une expression songeuse et assez machiavélique se peint sur son visage.

— Quoi ? demandé-je en plissant les yeux.

— Je pensais juste aux nombreuses choses qu'on pourrait faire sans le moindre échange de fluide.

Ma respiration se coince un instant dans ma gorge.

— De quoi tu parles ?

Un sourire sexy étire ses lèvres.

— Tu pourrais te servir de moi comme guide de thérapie par exposition en chair et en os.

Ma surcharge ovarienne recommence à grimper en flèche.

— Que je me serve de toi ?

— Si tu n'aimes pas ce terme, tu peux voir ça comme un entraînement que je te donne. Tu le fais pour moi, je serais ravi de te rendre l'ascenseur.

Je ne sais pas ce qui est le plus sexy – l'idée de me servir de lui sexuellement, ou celle d'un entraînement coquin.

— Quand ? l'interrogé-je en hoquetant.

— Maintenant ? propose-t-il, ses narines se dilatant.

Je lèche mes lèvres soudain devenues sèches.

— Comment ?

— Comme tu voudras, murmure-t-il. Je suis tout à toi ce soir.

Je n'ai pas les mots. Un kaléidoscope d'images cochonnes défile dans ma tête, et c'est un miracle que je n'ai pas un orgasme sur le champ.

— Laisse-moi le temps d'organiser ma chambre, annoncé-je d'une voix faible.

Il hoche la tête.

— J'attends tes instructions.

L'esprit embrumé, je descends de la voiture et me précipite dans mon appartement.

Aucune colocataire ne croise mon chemin. Tant mieux. J'espère que ce sera aussi le cas quand je ferai entrer Tigger ici. Je n'ai pas envie de perdre du temps à faire les présentations.

Je ne sais même pas ce que je compte faire de lui, cependant quoi qu'il arrive, la sécurité avant tout, alors je fouille dans le placard du couloir et localise l'équipement dont on s'est servi pour repeindre les murs du salon.

Je retourne ensuite dans ma chambre en courant, si excitée que je manque de trébucher dans les meubles, et j'installe tout.

On va vraiment faire ça ?

Craignant que Tigger n'ait changé d'avis, je ressors en courant et le trouve en train d'attendre derrière la porte d'entrée. Il doit m'avoir suivie.

Je déglutis et recourbe le doigt d'un air séducteur.

— Entre.

Il entre dans l'appartement avec une grâce féline.

Nous sommes en train de traverser le couloir quand je remarque qu'il s'est arrêté de marcher.

Oh non. Il s'est dégonflé ?

Je me retourne et le vois en train d'observer quelque

chose près de la porte de la chambre de Clarice, l'air mal à l'aise.

M'attendant à découvrir une énorme araignée, je suis son regard.

Un visage plat et poilu lève la tête vers moi.

C'est Hannibal, le chat – un Persan au pelage blanc duveteux et aux yeux bleus. Pas le genre de créature qu'on observerait comme Tigger le fait, en bref.

— Qu'est-ce qu'il y a ? demandé-je à Tigger à voix basse.

— Rien, répond-il.

Toutefois il ne bouge toujours pas, les yeux rivés sur la boule de poils sur son passage.

— Tu es allergique aux chats ? l'interrogé-je.

Il secoue la tête.

— Alors quoi ?

Il remonte ses manches et me montre une pâle cicatrice sur son avant-bras.

— La grand-mère de mon cousin, la duchesse douairière, était ce qu'on pourrait appeler une femme à chats. Je dois cette cicatrice à l'un de ses compagnons. Depuis lors, je préfère les chiens.

Mon regard passe de Tigger à Hannibal, avant de revenir sur lui.

— Tu as peur des chats ?

Cette montagne de muscles peut-elle vraiment avoir peur d'une boule de poils blancs ?

Que ferait-il s'il connaissait le nom sinistre du chat ? Ou s'il rencontrait le chat de ma sœur Blue,

Machette – un animal vraiment effrayant, dont même les gens normaux restent loin ?

Ses pommettes prennent légèrement des couleurs.

— Je n'ai pas peur. C'est une simple évaluation des risques. Je me suis retrouvé à l'hôpital avec une infection pendant une semaine, après m'être trop approché de l'une de ces bestioles.

Il lance un regard noir à Hannibal, que le chat lui rend tout en remuant la queue en guise d'avertissement.

Je pourrais jurer avoir vu Tigger pâlir légèrement, avant de mettre fin à ce duel de regards. D'habitude, c'est la princesse qui a besoin d'être sauvée du monstre. Aujourd'hui, c'est au tour du prince. Je m'avance vers la porte de Clarice et l'ouvre tout doucement.

— Du balai.

Faisant comme si c'était ce qu'il voulait dès le départ, Hannibal se faufile dans l'entrebâillement de la porte, la queue bien haute.

Je referme la porte tout aussi discrètement et observe Tigger.

— On peut y aller ?

— Je n'ai *pas* peur des chats, marmonne-t-il en me suivant.

Je lui tapote la manche d'un geste compatissant.

— Tu devrais essayer de manipuler du caca de chat.

— Pourquoi ? s'étonne-t-il.

Sa façon de me fixer en plissant les yeux me rappelle un chat magnifique – oh, comme c'est ironique. En parlant d'ironie, le surnom de Tigger était-il une plaisanterie de la part de ses frères ?

— Les chats abritent des parasites qui feraient en sorte que les gens apprécient les chats, à ce qu'il paraît. Dans ton cas, ça te permettrait peut-être d'avoir un avis plus neutre à leur sujet.

— Non merci, répond-il.

— Ouais, ça vaut sûrement mieux. On dit aussi que les parasites des chats poussent à avoir un comportement à risque, et tu le fais déjà bien assez.

Il soupire.

— On peut arrêter de parler de chats, s'il te plaît ?

Soudain, je me sens vraiment stupide.

— Je n'en parlerai plus jamais, promets-je d'une voix solennelle.

Et je suis sincère. Il s'est montré si compréhensif concernant mes problèmes, c'est le moins que je puisse faire. Et puis, je suis soulagée qu'il ait peur de quelque chose. Ça veut dire qu'il n'a pas la maladie d'Urbach-Wiethe, et qu'il ne la transmettra pas à nos potentiels enfants.

Une seconde, des enfants ? Je devrais déjà commencer par l'embrasser, non ?

J'ouvre la porte de ma chambre et lui fais signe d'entrer. Aussitôt, il écarquille les yeux.

— Assieds-toi là, l'invité-je en pointant du doigt la chaise que j'ai préparée.

Quand il obéit, l'épaisse bâche en plastique qui recouvre la chaise émet un crissement.

— Accorde-moi une seconde, lancé-je.

J'enfile le costume que j'ai acheté il y a un petit moment, au cas où je devrais me rendre dans un hôpital – ce qui n'est encore jamais arrivé, par chance.

Il s'agit d'une combinaison de protection assortie d'un gros masque, et le tout s'est avéré très pratique durant mon projet de peinture. Grâce au masque, j'étais la seule dans la maison à ne pas me retrouver défoncée par les émanations.

Tigger étudie ma tenue des pieds à la tête, les yeux pétillants.

— Est-ce que je vais me faire assassiner ?

Mais de quoi il parle ?

Je m'examine dans le miroir, puis j'étudie la pièce couverte de plastique, le ruban adhésif dont je me suis servi pour tout fixer, et enfin le mannequin dans le coin de la chambre.

Oh zut.

Il a raison.

Ma chambre ressemble à l'antre d'un tueur en série.

Chapitre Quatorze

*J*e grimace.

— Désolée. Ce n'est pas un décor des plus sexy. Je voulais juste qu'on ne prenne aucun risque.

— Alors tu es passée en mode *Dexter* ?

Mon visage est brûlant sous le masque.

— Je me suis dit que quoi qu'on fasse, tu finirais par jouir…

L'amusement s'accroît dans ses yeux.

— Mon sperme ne devrait pas être radioactif.

Ça dépend de sa définition du mot.

— J'ai vu bien assez de porno pour savoir que ce truc peut jaillir dans toutes les directions, répliqué-je, sur la défensive.

— Tu crois que je vais en asperger partout comme une lance à incendie ? me taquine-t-il en souriant. Je suppose que je suis flatté… mais un préservatif suffirait à éviter ça, non ?

Un préservatif. Excellente idée. Je me dirige vers ma table de chevet et lui jette un petit sachet argenté.

Il le regarde en fronçant les sourcils.

— Pourquoi tu as ça ici ? Je croyais que tu n'avais pas de relation sexuelle.

— C'est vrai, mais je ne suis pas une nonne pour autant.

Les joues rouges, j'ouvre mon tiroir de table de chevet et en sors mes deux godemichets – Prince Régent et le plus petit.

Tu crois qu'il va se rendre compte que je suis sa doublure ? demande Prince Régent dans ma tête tandis que je l'agite en l'air et qu'il se dresse fièrement.

Mon ancien gode, par contre, semble s'être flétri. *Je suis juste « le plus petit » ? Pourquoi ne pas te contenter de me faire fondre pour me transformer en vagin ?*

Tigger contracte la mâchoire et je me demande s'il m'imagine en train de jouer avec eux.

Ma rougeur se développe jusque sur ma poitrine.

— Tu crois qu'on en aura besoin ? L'un d'eux peut être contrôlé par le biais d'une application, alors…

— Non, *myodik*, m'interrompt-il d'une voix plus rauque que d'habitude. Pour l'instant, je veux juste que tu te caresses pour moi.

D'un seul coup, ma respiration devient saccadée et mes tétons sont aussi durs que des balles. Je déglutis, retire mon bras de la manche du costume et l'abaisse le long de mon corps jusqu'à avoir atteint mon sexe.

— Comme ça ? le questionné-je en remuant la main

dans un geste exagéré pour qu'il comprenne ce qui se passe.

Il hoche la tête, les yeux brûlants.

— Exactement.

Attendez. Une seconde. C'était censé être *ma* thérapie par le porno.

— Retire tes vêtements, ordonné-je.

Un sourire sombre étire le coin de ses lèvres et il commence à se déshabiller.

Par les tablettes de chocolat de Houdini… il n'a retiré que sa chemise, mais rien que de voir ces pectoraux et ces abdos durs fait battre mon cœur deux fois plus vite.

Quand il abaisse son pantalon, je me mets à hyperventiler.

— Tu es mouillée ? murmure-t-il.

— Comme une cascade, lâché-je.

— Continue de te toucher.

Il retire son caleçon, libérant Sa Dureté Royale.

Nom. D'une. Pipe.

Comment peut-être être à ce point en érection alors que je ressemble à un figurant du film *Contagion* ?

Et puis, comment Sa Dureté Royale peut-elle être encore plus grosse que dans mes souvenirs ? Elle éclipse le Prince Régent sans le moindre mal.

Eh. Ce n'était pas très gentil. Le Prince Régent semble se flétrir comme son petit frère.

Ce n'est pas mon frère – et c'est bien fait pour lui, après m'avoir fait ressembler à un clitoris.

En parlant de clitoris, le mien est enflé et palpitant.

Une tension s'y accroît peu à peu, mais j'éprouve aussi une sensation de vide, que seule Sa Dureté Royale pourrait combler.

— Caresse-toi, articulé-je avec difficulté.

Avec un grognement approbateur, Tigger arrache le sachet du préservatif avec ses dents et l'enfile.

Putain, c'était sexy.

Mais la capote est peut-être de trop ? Je préférerais avoir une vue dégagée. Ce serait gênant, si je mettais de la musique maintenant ? En général, je fais ça en écoutant « The Final Countdown ».

— Glisse un doigt en toi, ordonne-t-il tout en faisant glisser son poing de haut en bas sur son membre.

Je m'exécute et mes muscles internes se crispent avidement autour de mon doigt. Cette sensation ne me satisfait pas. Un doigt est un piètre remplacement de ce que j'ai sous les yeux.

Il accélère le mouvement de son poing.

— Pince-toi le téton.

Je rentre mon autre main dans le costume, le glisse sous mon soutien-gorge et fais ce qu'il m'a demandé.

Putain, ce que c'est bon. Une décharge de plaisir me transperce le corps, transformant mon clitoris en un phare de félicité.

— Plus vite, grogne-t-il tout en caressant presque violemment son sexe.

Des gémissements s'échappent de mes lèvres tandis que j'accorde mes caresses aux siennes.

Ses muscles se raidissent.

Mes doigts de pied se crispent.

Un son distant menace de pénétrer le brouillard de plaisir, mais je l'ignore.

— Gia, grogne-t-il.

Ce simple mot suffit. Je pousse un cri étouffé sous le masque et je jouis.

Il grogne de plaisir et se décharge dans le préservatif.

Waouh.

J'ai l'impression qu'il y avait beaucoup de liquide.

Cette protection supplémentaire n'était peut-être pas de trop, pour finir.

— Ouf, lâché-je en remettant les bras dans les manches de mon costume.

Il me sourit.

— C'était incroyable, commente-t-il en retirant le préservatif de son énorme sexe avec prudence.

Le son entendu plus tôt se répète et mon cerveau comprend enfin qu'on frappe à la porte.

Zut.

Je m'apprête à demander qui c'est quand la porte s'ouvre en grand.

Chapitre Quinze

J'entends la voix de Clarice avant de la voir.

— Salut. C'est toi qui as laissé entrer Hannibal dans ma…

Elle s'arrête net et écarquille les yeux.

Je suis son regard et une nouvelle vague de chaleur inonde mon visage.

Sa Dureté Royale est toujours hissée. Je suppose qu'il faut quelques secondes avant que tout redescende.

J'ai aussi une conscience aiguë de la combinaison de protection que je porte et de la pièce recouverte de plastique.

Je n'imagine même pas dans quel genre de lieu fétichiste Clarice pense avoir mis les pieds. Ça existe, le jeu de rôle « tueur en série » ? Ou bien elle pense qu'on joue au docteur… pendant une épidémie sortie du film *La Menace Andromède*.

— Je suis vraiment désolée, marmonne-t-elle en reculant. Je croyais entendre ton porno, pas…

Je n'entends pas le reste, parce qu'Hannibal choisit cet instant pour bondir dans la pièce.

En voyant sa bête noire, Tigger laisse tomber le préservatif dans sa main et attrape son pantalon d'un geste instinctif.

Je m'attends à moitié à ce qu'Hannibal ait peur de Sa Dureté Royale, ou de Prince Régent, d'ailleurs. Quand l'une de mes colocataires a mis un concombre derrière lui, il a fait une crise de panique.

Mais non, il se dirige droit vers Tigger. Je suppose que l'objet phallique doit être vert pour lui poser problème.

— Arrête ! hurlé-je au chat.

— Hannibal ! s'exclame Clarice d'un ton sévère.

Le chat accélère le pas. En un clin d'œil, il est aux pieds de Tigger.

Oh non. Sa Dureté Royale est toujours fièrement dressée. Est-il la cible du chat ? Va-t-il enfin faire honneur à son nom et…

Non.

Le chat ne cherche pas à goûter de la chair fraîche. Son véritable objectif s'avère être – pour citer son homonyme cinématographique – « mille fois plus sauvage et terrifiant ».

Horrifiée, je vois Hannibal attraper le préservatif entre ses dents et se précipiter vers moi.

Mon masque étouffe mon cri tandis qu'un terrible scénario se déroule devant mes yeux : le chat griffe ma combinaison pour la trouer, puis déverse le sperme dedans… je ne sais trop comment.

Mon cri doit effrayer Hannibal, parce qu'il change de direction et se met à grimper sur le mur couvert de plastique comme s'il avait été mordu par une araignée radioactive.

L'adhésif dont je me suis servie pour maintenir la bâche en place n'aime pas ça du tout et cède, toutefois Hannibal bondit sur le morceau d'à-côté avant d'avoir été étouffé au-dessous, puis il atterrit par terre derrière Clarice et moi avant de s'enfuir de ma chambre.

— Hannibal ! s'écrie Clarice en le poursuivant.

Je m'élance après eux, avant de me rendre compte que ma tenue n'est pas faite pour courir.

Je me dandine, pantelante, et regarde Clarice disparaître dans la cuisine.

Je la suis et quand j'arrive, je la trouve au milieu de la pièce, l'air confuse.

— Où est-il ? demandé-je, à bout de souffle.

Elle secoue la tête.

— Je croyais l'avoir vu courir ici.

Un mouvement dans mon dos me fait sursauter, mais ce n'est que Harry.

— Je crois avoir vu un gros minet, annonce-t-elle dans sa meilleure imitation de Titi, avant d'ajouter de sa voix normale : Il avait un préservatif dans la bouche. Comment ça se fait ?

— Où est-il ? hurlons-nous à l'unisson, Clarice et moi.

Harry me détaille de haut en bas.

— Qu'est-ce que c'est que cette tenue ?

— Où est le chat ? grogné-je.

Harry fait un pas en arrière.

— Du calme. Il est dans ma chambre. Je l'y ai enfermé avant de venir vous voir.

Avec un soupir soulagé, Clarice s'avance vers un tiroir et en serre une paire de pinces et me les fourre dans les mains.

Je scrute l'objet en plissant les yeux.

— C'est pour quoi faire ?

— Récupérer le préservatif, répond Clarice en levant les yeux au ciel.

— Pourquoi moi ?

Elle me balaie du regard et répond :

— Tu portes un costume de protection, et c'est le préservatif de ton petit ami.

— Un petit ami ? répète Harry d'un air intrigué.

— Ce n'est pas mon...

Avant que j'aie pu terminer ma phrase, mon non petit ami apparaît.

Harry a l'air impressionné, tout comme Clarice – même si elle vient de le voir sans pantalon.

— Laisse-moi faire, déclare-t-il en tendant la main vers les pinces.

Il n'a pas du tout l'air embarrassé.

— Non, répliqué-je en serrant bravement les pinces. Je m'en occupe.

La dernière chose dont j'ai envie, c'est de voir Tigger perdre l'un de ses beaux yeux à cause du chat.

Nous avançons prudemment vers la chambre de Harry, qui nous ouvre la porte.

Hannibal est bien là, au milieu de la pièce, roulé en

boule d'un air satisfait et nous ignorant comme seul un chat peut le faire.

Le préservatif est à côté de lui.

Beurk.

Je me prépare mentalement.

Tu portes une combinaison. Tu peux le faire.

Bravement, j'approche en me dandinant et ramasse le risque biologique avec les pinces... avant de le retourner dans tous les sens, bouche bée.

— Qu'est-ce qu'il y a ? demande Clarice.

— Il est vide.

Je continue d'examiner le latex comme si je pouvais faire réapparaître le sperme par magie – eh, ce serait un sacré tour de magie, ça.

— Vide ? répète Tigger, incrédule.

— Il y avait quoi, là-dedans ? demande Harry, ce qui lui vaut un drôle de regard de la part de Clarice.

Tous en même temps, nous tournons les yeux vers Hannibal – qui, de toute évidence, attendait ce moment précis pour se lécher les babines de manière très délibérée.

Il émet peut-être même un bruit de déglutition.

— Beeeurk ! s'exclame Harry. Il l'a mangé ?

Chapitre Seize

*T*igger lance un regard offensé à Harry.

Clarice a l'air constipée.

— Je pense que le mot correct serait plutôt « avalé », remarque-t-elle d'une voix étranglée.

Je ne sais pas si je devrais être jalouse d'Hannibal, dégoûtée ou inquiète à l'idée qu'apparaissent bientôt des créatures mi-tigre, mi-chat Persan.

Cela crée un précédent très fâcheux. Avant qu'on ait compris ce qui se passe, le chat va commencer à avoir envie de lait humain. Ou de sang. Et puis, les fluides corporels sont peut-être bien le meilleur tremplin vers la chair, surtout pour une créature qui partage 95,5 pour cent de son ADN avec les lions et les tigres. Clarice dit déjà en plaisantant que si elle ne nourrit pas Hannibal correctement, il se repaîtra de nos yeux.

Tigger se raidit comme s'il s'apprêtait à mener des troupes dans une parade.

— Laisse-moi faire, propose-t-il en tendant la main vers les pinces.

Je les lui donne en prenant garde de ne pas laisser échapper le préservatif.

— Je vais m'en débarrasser, déclare-t-il, avant de regarder mes colocataires pour ajouter d'un ton impérial : Je suis Tigger. Et vous ?

Elles semblent faire un effort pour réprimer un rire quand elles se présentent.

— C'était un plaisir de vous rencontrer, Harry et Clarice, annonce Tigger avec une révérence courtoise, les pinces fermement serrées autour du préservatif.

— De même, répond Harry timidement.

— N'hésite pas à revenir, ajoute Clarice en pouffant de rire.

Je m'assure que Clarice me voie lever les yeux au ciel, puis je me tourne vers Tigger.

— Laisse-moi te raccompagner à la porte, proposé-je.

Mes amies restent en arrière, même si je sais qu'elles sont pendues à nos lèvres.

Quand nous atteignons la porte, je la déverrouille.

Tigger secoue les pinces pour faire voleter le préservatif comme un drapeau sous la brise.

— C'était mémorable.

J'essaie de ne pas regarder la capote tandis qu'une chaleur se déploie sur mon visage, avant d'atteindre les régions récemment stimulées de mon corps. Au lieu de ça, je me raccroche au sujet le plus neutre que je puisse trouver.

— Tu es d'accord pour qu'on reprenne l'entraînement demain ?

Un sourire danse sur ses lèvres.

— Tu es d'accord pour reprendre le tien ?

La rougeur qui me recouvre la peau s'étend jusqu'à mes doigts de pied.

— Bien sûr, dis-je d'une voix tendue.

— Cool, réplique-t-il en ouvrant la porte. Je t'enverrai un message.

Il se dirige vers sa Lamborghini avec une posture pleine de dignité malgré l'objet qu'il transporte, et je le regarde partir en trombes à la vitesse du son.

— Jolie voiture, remarque Harry dans mon dos.

— Joli tout, renchérit Clarice avec une moue faussement boudeuse. Tu nous as caché des choses.

— Ah, oui, ajoute Harry en posant les mains sur les hanches. Raconte.

Je pousse un soupir.

— Attendez-moi dans le salon. Il faut d'abord que je me change.

D'ici à ce que je me débarrasse de la combinaison de protection, toutes mes colocataires m'attendent dans le salon, et pas seulement Clarice et Harry.

Avec un autre soupir, je me lance dans mon récit, et ma tâche est facilitée par le fait que, contrairement à mes sœurs de sang, mes sœurs de magie savent tout de mes problèmes avec l'intimité.

Quand j'ai terminé, tout le monde se met à parler en même temps et tout ce que j'entends, c'est : « Tu peux l'embrasser à travers un film plastique ? » et « Tu ne peux pas le faire avec un préservatif ? »

— Merci, mais je trouverai une solution toute seule, dis-je d'une voix sévère.

Clarice fait sortir tout le monde et m'adresse un sourire compatissant.

— Ma pauvre. Tu dois te sentir comme un diabétique dans la chocolaterie de Charlie.

— Tu n'as même pas idée, approuvé-je.

Puis je souhaite une bonne nuit à tout le monde et je me dirige vers ma chambre.

———————

Pendant que je remets de l'ordre dans ma chambre et suis ma routine du soir, une douzaine de questions tourbillonnent frénétiquement dans ma tête, comme une volée de colombes au moment d'être nourries.

Pourquoi a-t-il proposé de m'entraîner ? Qu'est-ce que ça signifiait, pour lui ? Vais-je réussir à le regarder en face, demain ? À l'entraîner ? À le laisser m'entraîner ? Je tremble fiévreusement à cette idée.

En parlant d'entraînement, est-ce que ça a marché ? Suis-je plus près de réussir à avoir une relation intime avec un homme ?

Difficile à dire, toutefois l'idée d'une relation intime avec un inconnu hypothétique ne m'attire plus. J'ai quelqu'un de spécifique en tête, quelqu'un qui me rappelle les pubs pour la bière du genre « *Une fois, il a amené un couteau pour un duel de pistolets... juste pour rendre ça plus équitable.* » Ou bien « *Quand il est à Rome, ce sont les Romains qui font comme lui.* »

Non. C'est de la folie. C'est un client. Et un prince playboy.

Ce qui me ramène à la question de savoir pourquoi il m'a offert ses services. Quel est son but ?

Clairement, l'objectif final de l'entraînement est qu'on couche ensemble – à moins qu'il ne s'agisse que d'un vœu pieux de ma part. Mais pourquoi un homme qui pourrait avoir n'importe quelle femme s'embêterait-il avec moi ? La difficulté pique-t-elle sa curiosité… pour l'instant ? Suis-je un genre d'Everest qu'il a décidé de conquérir ? En allant là où aucun homme n'est encore allé, et en baisant l'imbaisable ?

Ne trouvant aucune réponse satisfaisante à mes interrogations, je me couche et me tourne dans tous les sens pendant des heures avant de tomber dans un sommeil agité.

———

Je me réveille très tard et regarde mon téléphone.

Pas de nouvelle de Tigger.

J'espère qu'il n'a pas changé d'avis concernant notre entraînement.

Je sors mon ordinateur portable et cherche quelque chose à apprendre à Tigger s'il me contacte. Quand la faim se fait sentir, je prends un yaourt à la noix de coco en guise de petit-déjeuner – un autre type mineur de thérapie par exposition. Le yaourt grouille de bactéries, mais vu qu'elles sont bénéfiques, je les laisse pénétrer mon corps… presque sans réticence. Je suis rassurée de savoir que depuis sa création dans les années quatre-vingt, cette marque de yaourts n'a jamais été la cause d'une maladie alimentaire.

Je regrette juste d'éprouver cette drôle de sensation duveteuse sur ma langue, qui me donne l'impression étrange que les petites queues de millions de lactobacilles sont en train de se trémousser au rythme de « The Final Countdown ».

Au moment où je termine mon petit-déjeuner, j'ai enfin des nouvelles de Tigger.

Je vais voir un médecin ce matin. On peut se retrouver plus tard dans la journée ? Peut-être à seize heures ?

Ah, il va donc bien voir un médecin pour s'assurer qu'il a le droit de faire de la plongée libre. J'en suis ravie. Comme ça, je craindrais moins de le voir se noyer.

On se voit à l'hôtel, dis-je, et ces stupides colombes battent des ailes d'impatience dans mon ventre.

Je reprends mes recherches sur la plongée libre, cependant un message me distrait au bout de quelques minutes.

Ça vient de Blue.

Ton amie experte des cartes n'est pas venue au brunch qu'on avait programmé. Je l'ai appelée et lui ai envoyé un message, mais je n'ai pas eu de réponse. Tout va bien ?

Hum. Ça ne ressemble pas à Clarice de gâcher une occasion professionnelle.

Je me dirige vers sa chambre et frappe.

Pas de réponse.

Quand j'ouvre la porte, je ne vois qu'Hannibal, les yeux fermés – sûrement en train de digérer son gros repas d'hier soir.

Je referme la porte en prenant garde de ne pas le réveiller. J'ai passé un accord tacite avec ce chat. Je ne le dérange pas, et il ne m'étouffe pas dans mon sommeil, ne me dévore pas le visage et ne se frotte pas contre moi.

Où est Clarice ?

Je l'appelle et lui envoie un message.

Elle ne répond pas.

Je me mets à cogner aux portes de mes autres colocataires, mais elles sont toutes sorties. Juste au moment où je me prépare à appeler tout le monde au hasard, je reçois un message groupé de la part de Harry.

Clarice est à l'hôpital.

Chapitre Dix-Sept

*J*e lis le reste du message de Harry dans une brume de panique.

Elle y explique avoir reçu un appel embrouillé de Clarice, qui n'a duré que quelques secondes, et qu'elle n'a aucune idée de ce qui ne va pas chez notre amie. Elle connaît juste le nom de l'hôpital.

Le cœur battant la chamade, j'appelle une voiture et me précipite dans ma chambre pour me préparer. Pour éviter d'avoir à mettre les pieds dans un hôpital, j'envisage de lécher la rampe du métro, d'entrer dans des toilettes publiques et peut-être même de manger dans un restaurant noté C.

Mais Clarice est mon amie et je dois aller la voir.

D'une manière ou d'une autre.

L'estomac noué, je localise la combinaison de protection d'hier soir. J'ai précisément acheté ce costume dans l'éventualité où je devrais me rendre dans un hôpital – et pas pour exciter un prince. Je

191

l'enfile, néanmoins ne mets pas le masque tout de suite, au risque que le chauffeur de taxi s'enfuie en me voyant.

Je récupère aussi un magnifique paquet de cartes que j'ai acheté pour l'anniversaire de Clarice.

Rien ne lui remonte plus le moral que des cartes.

Je sors en me dandinant et localise la voiture.

J'ai bien fait de ne pas mettre de masque. La conductrice lance déjà un regard bien assez méfiant à ma combinaison.

— Je vais à l'hôpital, annoncé-je.

La femme réagit comme le font tous les New-Yorkais mis face à quelqu'un dont la place serait dans un asile : elle évite mon regard et ne montre aucun signe qu'elle m'a entendue.

J'envoie un message à Blue pour la mettre au courant de la situation.

Quel hôpital ? demande-t-elle.

Je lui réponds et recommence à me demander ce qui a pu se passer.

Mon imagination masochiste invente un tas de scénarios. Clarice a-t-elle eu un accident de voiture ? S'est-elle fait agresser ? A-t-elle attrapé une maladie alimentaire ?

Elle est trop jeune pour avoir fait une crise cardiaque, toutefois on ne sait jamais.

La voiture s'arrête.

Je sors aussi vite que me le permet la combinaison, enfile mon masque et rejoins l'entrée de l'hôpital en me dandinant.

Les portes automatiques coulissent devant moi, mais mes pieds refusent de bouger.

Merde.

Clarice est là-dedans. Elle lutte peut-être pour sa vie. Le moins que je puisse faire, c'est entrer pour être à ses côtés.

Mes pieds refusent toujours de bouger.

Même avec la combinaison, j'ai trop peur d'y aller.

Merde.

Je suis la pire amie du monde.

Je fais un petit pas vers la porte.

Non. Mes pieds me ramènent aussitôt en arrière.

Un message fait biper mon téléphone, me tirant brusquement de ma torpeur.

C'est Blue.

Je viens de contacter l'hôpital. Clarice a fait une réaction allergique.

Oh, non. Je me sens soudain glacée de la tête aux pieds. Les allergies sont extrêmement dangereuses. À quoi est-elle allergique ? Elle n'en a jamais parlé.

Je mobilise toute ma volonté pour traverser les portes en face de moi, or avant d'avoir pu trouver le courage de le faire, je reçois un autre message de Blue.

Elle va bien. Elle vient de sortir.

Une vague de soulagement chasse mon anxiété et je remarque alors que les infos que vient de me partager Blue semblent très privées.

Les employés de l'hôpital lui auraient vraiment appris tout ça par téléphone ?

J'espère qu'elle n'a pas piraté la base de données de

l'hôpital – ou qu'elle ne s'est pas fait prendre, en tout cas.

— Gia ? appelle une voix familière dans mon dos.

C'est Harry. Elle a les yeux écarquillés et ses cheveux blonds coupés courts sont plus ébouriffés que d'habitude.

— Tu l'as vue ?

Je secoue la tête et lui répète ce que Blue vient de m'apprendre.

— Allons la chercher, propose Harry.

Je m'apprête à lui expliquer mes soucis avec ça, mais c'est alors que les portes s'ouvrent et que Clarice apparaît, le visage juste un peu enflé.

Quand je retire mon masque, le soulagement que j'éprouve est teinté de culpabilité. J'ai beau être heureuse de voir que mon amie est vivante et en bonne santé, une partie de moi est tout aussi soulagée de ne pas avoir à entrer dans l'hôpital.

— Tu vas bien ? demandons-nous à l'unisson, Harry et moi.

— Je vais appeler un taxi pour qu'il nous ramène à la maison, annoncé-je en sortant mon téléphone.

Clarice hoche la tête et lâche :

— Putain de fourmis.

Une fois que j'ai appelé le taxi, j'échange un regard inquiet avec Harry.

— Tu as des démangeaisons ? demande Harry avec prudence.

— Je pense qu'elle parle des insectes, lancé-je.

Même si ça ne rend pas sa déclaration plus claire pour autant.

— Mais attendez. Je crois que je comprends, maintenant. Les…

— Cette sale bête était grimpée dans ma chaussure, explique Clarice d'un ton indigné. Quand j'ai essayé de le faire sortir, il m'a mordue.

— Les fourmis sont toutes de sexe féminin, remarque Harry.

Je lui lance un regard désapprobateur.

— Très bien, répond Clarice en rajustant son chapeau de pirate. *Elle* m'a mordue. Quelle garce.

— Et tu es allergique aux fourmis ? l'interrogé-je.

— Il semblerait, oui, répond Clarice. Je me suis aussitôt mise à enfler.

Elle fait un signe de tête vers l'hôpital et continue :

— On m'a dit que si je n'avais pas aussitôt appelé le 911, je serais morte.

— Putain de fourmis, lâché-je, horrifiée.

Dois-je ajouter les fourmis à ma liste des petites créatures à éviter ?

— On devrait acheter une araignée veuve noire à placer dans la maison, suggère Harry.

Cette fois, Clarice et moi la regardons toutes les deux comme si elle avait perdu la boule.

— Les veuves noires mangent des fourmis, explique Harry comme si c'était évident.

— Elles sont aussi venimeuses, rappelé-je. Et même si ce n'est pas un problème qui nous concerne, elles dévorent leur compagnon.

Clarice frémit.

— Je préfère me reposer sur l'EpiPen.

— Hannibal devrait s'avérer plus utile qu'une araignée, de toute façon, remarqué-je. Les chats aiment manger les fourmis, eux aussi.

Notre voiture arrive et nous montons tous dedans. J'apprends à nos autres colocataires et à Blue que Clarice va bien et qu'elle est en chemin vers la maison avec nous. Puis je sors le paquet de cartes que j'ai amené avec moi et le tends à Clarice.

Comme je l'espérais, cela la met de bien meilleure humeur et elle examine le paquet de cartes luxueux. Elle passe tout le trajet de retour à nous montrer des tours de cartes, à Harry et moi, avant de continuer pendant qu'on déjeune toutes ensemble chez nous. Vu que rien ne remonte plus vite le moral d'un magicien que le fait de pratiquer la magie, je continue d'émettre des « ooh » et des « aah » même quand je me suis lassée des tours de cartes, et je soupçonne la même chose pour Harry.

— Zut, lancé-je quand nous sommes en train de nettoyer après le repas. J'avais presque oublié. J'ai un rendez-vous avec Tigger.

Clarice sourit.

— N'oublie pas d'amener un préservatif à ton « rendez-vous ».

— Et ta combinaison de protection, ajoute Harry.

Je me dirige vers ma chambre en ricanant.

— Je ne ferai rien de tout ça.

En réalité, je suis bien contente qu'elle ait

mentionné la combinaison. Ça me rappelle que je dois apporter mon maillot de bain.

Il me faut un moment pour retrouver le maillot que j'ai acheté il y a longtemps, à cette époque bénie où je ne savais pas que l'eau de l'océan pouvait contenir des bactéries mangeuses de chair et que les lacs grouillaient d'amibes dévoreuses de cerveau.

Hum. Le maillot de bain est un peu serré. J'espère que mes seins ne s'échapperont pas.

Je mets le maillot et une culotte de rechange dans un sac, puis j'enfile une robe à tomber et choisis un tour de magie à pratiquer au cas où Tigger m'en demanderait un – la variation d'un classique.

Mes colocataires émettent des sifflements quand je sors, et le chauffeur semble impressionné par mon décolleté, j'espère donc que ce sera aussi le cas de Tigger.

Je suis sur le trajet quand je reçois un appel de Blue et la mets au courant de la santé de Clarice.

— Où a-t-elle pu trouver une fourmi dans cette jungle de bitume ? s'étonne Blue.

Je ricane.

— C'est la fille qui se plaint toujours de la prolifération des oiseaux dans ladite jungle de bitume qui me dit ça ?

— Touché. Bref, comment ça se passe avec ton prince ruskovien ?

J'observe le chauffeur avec méfiance et me mets à parler dans une forme de verlan développée par Blue elle-même quand on était enfants. À l'époque, le but était d'avoir des conversations privées devant nos parents et nos camarades d'école, mais ça devrait aussi éviter que le chauffeur m'écoute.

— On a fait des trucs, avoué-je. Mais je ne suis pas sûre de savoir à quelle étape on en est.

— Vous avez fait quoi ? demande-t-elle.

Même si c'est inutile dans son cas, elle s'est aussi mise à parler en verlan.

— On s'est masturbés l'un devant l'autre, dis-je en rougissant.

— Waouh. Pourquoi ?

Dois-je lui parler de mes problèmes d'intimité ? Contrairement à ma jumelle, Blue sait garder un secret. Elle garde même des secrets d'État.

Mais non. Je n'ai pas envie qu'on ait pitié de moi.

— Je veux y aller doucement, argumenté-je, ce qui n'est pas tout à fait faux. J'ai peur d'être son Everest sexuel.

Bien entendu, elle me demande de m'expliquer, alors j'exprime mes craintes qu'il me voie comme un défi à relever.

— S'il te quitte après le sexe, tu me le fais savoir, lâche Blue d'une voix menaçante. Je suis prête à risquer un incident international.

Ouais, OK. Note à moi-même : ne jamais rien confier de ce genre à Blue. La dernière chose dont j'ai envie, c'est qu'elle se fasse virer de l'Agence qui n'existe pas, ou pire encore, qu'elle se retrouve dans l'équivalent ruskovien de Guantánamo.

— Je ne sais même pas ce qui pourrait se passer entre nous, reprends-je, réfléchissant à voix haute.

— Vous pourriez sortir ensemble, répond Blue. Tu sais, ce truc que font les gens, durant lequel ils mangent un repas ensemble dans de beaux restaurants.

Je lève les yeux au ciel.

— Je ne suis même pas sûre d'avoir le droit de sortir avec un membre de la royauté. Je devrais peut-être aller dans une école de bienséance. Apprendre à marcher avec un livre sur la tête. Emprunter les corsets de Clarice. Tenir mes fourchettes de la main gauche. Conserver mon vagin à une température acceptable de 37,5 degrés.

J'imagine le sourire diabolique sur ses lèvres quand elle répond :

— Je commencerais par l'emmener à notre rassemblement avec nos parents, si j'étais toi.

— Super idée. Comme ça, il va s'enfuir droit jusqu'en Ruskovie sans un regard en arrière.

Avant qu'elle ait eu le temps de répondre, un autre appel illumine mon écran, et je m'excuse avant de le prendre. C'est ma jumelle — avec qui je réitère ma conversation au sujet de Tigger, jusqu'au moment où elle me conseille à son tour de l'amener à notre rassemblement avec nos parents.

Avant que j'aie pu lui dire ce que je pense de cette idée, le taxi s'arrête et je me précipite dans l'hôtel.

Tigger m'attend déjà dans le lobby — et à en croire son regard avide, il apprécie beaucoup mon décolleté.

Tant mieux.

Voyons voir ce qu'il pensera quand il me verra en maillot de bain.

Je rougis en réalisant que ce sera à double tranchant.

Il va nager aussi, puisque ça fait partie de son entraînement. Ça veut dire que je vais revoir son corps. Humide. Les muscles du dos se crispant quand il se propulse dans l'eau…

Que Houdini ait pitié de mes ovaires. Je suis bien contente d'avoir apporté une culotte de rechange.

Chapitre Dix-Huit

Quand nous traversons le lobby – moi réduite à une boule d'hormones, lui d'une démarche gracieuse – un type en culotte s'avance vers nous avec une bouteille en verre pleine de liquide blanc. Il la tend à Tigger avec révérence et ajoute quelque chose en ruskovien.

Tigger le remercie d'un bref signe de tête et lui fait signe qu'il peut partir, puis il débouche la bouteille et boit une gorgée du liquide. Une expression extatique apparaît sur son visage, et il me tend la bouteille.

— Tu en veux ?

Je cache mes mains dans mon dos et demande :

— Qu'est-ce que c'est ?

— Du lait de Matilda, répond-il.

Il appelle l'ascenseur avec nonchalance comme si cette déclaration ne requérait aucune explication.

— Qui est Matilda ? l'interrogé-je.

Ma voix n'est-elle pas un peu amère ?

— Je t'en supplie, ne me dis pas que c'est ta petite amie dévouée, qui satisfait ton fétichisme pour l'allaitement.

Il éclate de rire.

— Je n'ai pas de petite amie. Et toi ?

L'ascenseur s'ouvre et j'entre dedans.

— Je n'ai pas de petit ami non plus, mais si c'était le cas, il ne s'appellerait pas Matilda. On dirait un nom de mineure.

Il appuie sur le bouton du dernier étage et m'apprend :

— Matilda est une vache.

J'écarquille les yeux et recule autant que me le permet la cabine d'ascenseur – et pas parce qu'il a donné un prénom à une vache.

Il fronce les sourcils.

— Elle est l'une des seules représentantes de sa race, ici aux États-Unis. C'est une espèce développée à l'origine pour la table de la royauté ruskovienne.

Mon visage doit révéler mon incompréhension, parce qu'il semble sur la défensive quand il ajoute :

— Elle a une belle vie. Elle peut se balader librement dans une ferme en campagne. Elle reçoit des massages dont même les bœufs de Kobe seraient jaloux.

Il boit une autre gorgée de sa bouteille et ajoute :

— Ce lait a le goût de la maison.

J'écarquille les yeux.

— Il est frais ?

— Oui, répond-il en fronçant les sourcils.

— Pas pasteurisé ?

Les portes de l'ascenseur s'ouvrent et je m'empresse de m'éloigner le plus loin possible de cette bouteille. Et s'il trébuchait et que la bouteille s'envolait jusqu'à ma bouche, me faisant en avaler par accident ?

Il me suit et semble soudain comprendre.

— Tu as peur que ce lait me rende malade ?

Je hoche vigoureusement la tête.

— Boire du lait non pasteurisé est plus dangereux que tout ce que tu as pu faire dans ta vie. Le saut en parachute, le plongeon du haut d'une falaise, la plongée libre… et tous tes autres sauts et plongeons combinés. On devrait plutôt appeler ça le plongeon vers l'hôpital. Ou la roulette ruskovienne.

— Ça n'aurait pas le même goût si on le faisait bouillir, répond-il en rebouchant la bouteille.

— Mais tu aurais l'occasion de goûter d'autres choses… comme les champignons empoisonnés.

Il hausse les épaules et laisse la bouteille près de la porte menant à son nouveau penthouse. J'exhale un soupir soulagé.

Avec un peu de chance, celui qui a trait Matilda l'a fait comme mes parents dans leur ferme : en lavant les mamelles et les tétines avant de les plonger dans une solution iodée.

C'est bizarre, si je suis encore un peu jalouse de Matilda ? Il consomme ses fluides corporels, mais pas les miens. Ça veut dire que sa relation avec elle est plus avancée que la nôtre – peut-être d'une étape et demie ?

Par chance, Tigger n'a pas conscience de mes

réflexions et passe sa carte magnétique devant le lecteur pour me laisser entrer.

Waouh. La suite a l'air habitée, maintenant, et les compositions florales semblent nouvelles.

Une, en particulier, attire mon attention. Elle est composée de beaucoup de lupins et de pivoines, un joli mélange qui me fait penser à des queues de loup-garou. La composition est aussi agrémentée de cuillères tordues et de sa ceinture.

— Celle-ci est pour toi, annonce-t-il en suivant mon regard.

Il m'a apporté des fleurs ? Et pas seulement des fleurs, une vraie composition florale ?

Je réprime les sensations vertigineuses qui éclosent dans ma poitrine. On est ici pour s'entraîner, et je dois rester professionnelle.

— Merci, articulé-je d'un ton léger.

— La piscine est prête, déclare-t-il d'une voix un peu rauque. Tu peux te changer là-bas.

Il indique du doigt une porte toute proche.

Je déglutis en voyant la flamme dans ses yeux. Une attitude professionnelle, tu parles. Je suis déjà une flaque de désir alors qu'on n'a même pas encore ôté nos vêtements.

J'entre dans la salle de bain, me dépêche de me déshabiller, puis me fige.

La dernière fois que je me suis retrouvée nue ailleurs que dans ma chambre, c'était quand j'achetais des sous-vêtements. Je me sens bien plus nue maintenant qu'à ce moment-là. Sûrement parce que j'ai retiré aussi mes gants, cette fois.

Et puis, contrairement à cet événement, je suis excitée et la tentation de sortir de la pièce toute nue est forte. Tout comme l'envie de me masturber. Même si un mur nous sépare, ma proximité avec Tigger me fait l'effet d'un Viagra pour femme.

Mais non. Je suis une magicienne, pas une nymphomane.

J'enfile mon maillot de bain, récupère ma robe et mon sac à main, puis retourne dans le salon.

Tigger n'est plus là.

Je pose mes affaires sur le canapé et avant que j'aie pu l'appeler, Tigger revient, uniquement vêtu d'un slip de bain bleu vif.

Par la bosse de Houdini. Pourquoi ne me suis-je pas masturbée quand j'en avais l'occasion ?

Mes tétons saluent ce spectacle et je dois faire un gros effort pour garder ma salive dans ma bouche.

Quant à Tigger, quand il découvre ma tenue, la bosse dans son maillot s'en voit démultipliée.

Une partie de ma salive s'échappe de ma bouche.

Sa Dureté Royale étire le tissu composé d'un mélange de polyester et de lycra, faisant transpirer d'envie les parois de mon vagin.

— Je suis prête pour cette baignade, articulé-je d'une voix étranglée.

Si l'eau est froide, ça me fera peut-être l'effet douche froide dont j'ai désespérément besoin.

Il grogne quelque chose d'inintelligible et pointe du

doigt la piscine. Je me mets en marche en résistant à l'envie de rouler des hanches.

Ouais. Elle est remplie à ras bord.

— Mon frère m'a dit qu'elle avait été stérilisée avant d'être remplie, m'assure Tigger derrière moi, la voix encore rauque. Tu seras la première à plonger dedans.

Je suis si excitée que sa voix rauque me rend dingue.

Je prends une grande inspiration, comme je compte lui apprendre à le faire plus tard, puis je plonge.

Plouf.

L'eau n'est pas froide. Elle est à température parfaite.

Je retiens mon souffle et nage jusqu'à ce que mes poumons se mettent à hurler, puis je nage encore un peu.

— Tu es restée sous l'eau un moment, remarque Tigger quand je remonte à la surface.

Je balaie cette remarque de la main, la magicienne au fond de moi s'éveillant.

— Je peux rester dix fois plus longtemps que ça, tu le sais.

Un mensonge, néanmoins je suis obligée de les proférer si je veux conserver ce boulot.

Décidant de ne plus plonger de crainte de révéler mon incapacité à retenir ma respiration aussi longtemps que je le prétends, je me contente de quelques longueurs dans la piscine – et c'est magnifique. Quand je serai une magicienne célèbre et que je pourrais me le permettre, j'aurais ma propre piscine remplie d'eau propre de manière régulière.

Au bout d'un moment, je me lasse et commence à avoir froid, alors je nage vers les marches et ressors.

Je me sens vulnérable, si dénudée et mouillée – jusqu'à ce que Tigger s'approche avec une immense serviette dans les mains, en tout cas.

Quand il m'enveloppe dedans, j'ai l'impression d'être enlacée pour la première fois depuis des décennies, et je me réchauffe presque aussitôt.

Ma première baignade depuis une éternité, ma première étreinte, ma première expérience sexuelle… Tigger est la source de beaucoup de premières fois. Serait-ce si grave de laisser perdurer cette tendance et de le laisser être le premier à me pénétrer ?

Il s'écarte, me laissant enroulée dans la couverture. Un mélange de soulagement et de déception m'envahit, mais cette dernière s'évapore quand je le regarde se diriger vers le plongeoir de la piscine.

— Quel exercice vais-je pratiquer ? demande-t-il.

— Ça s'appelle la nage à l'aveugle, l'informé-je. Tu fermes les yeux et tu nages sous l'eau, ne te guidant qu'au toucher.

Il hoche la tête d'un air approbateur, puis se retourne et plonge.

Je l'observe pratiquer l'exercice avec son intrépidité habituelle. L'objectif de la nage à l'aveugle est d'apprendre à gérer le stress de l'inconnu, cependant je pense que j'ai plus peur que lui.

Quand il remonte à la surface, je lui demande de faire quelques longueurs de plus, en grande partie parce que j'ai envie de profiter du spectacle.

Oh, et quel spectacle ! Il n'a rien à envier aux mecs de Magic Mike. L'observer m'excite tellement que je dois m'asseoir et changer d'exercice.

Nous continuons comme ça pendant un moment, et tout du long, je garde conscience d'une vérité toute simple : quand cet entraînement se terminera, il proposera peut-être de me coacher une nouvelle fois.

À quoi cela ressemblera-t-il ? Combien d'orgasmes en découleront-ils ?

Rien que d'y penser, mon cœur se met à battre la chamade. Pour retarder le moment où j'aurais à affronter cette possibilité, j'oblige Tigger à s'exercer jusqu'à ce que mon maillot de bain soit sec, puis encore une heure après ça... jusqu'à ce que ses lèvres deviennent bleues.

— Tu peux sortir, annoncé-je. Je ne voudrais pas que tu tombes en hypothermie.

— Tu peux m'amener une serviette ? demande-t-il en pointant du doigt la table sur laquelle est posée une pile de serviettes.

Je m'exécute pendant qu'il sort de la piscine, m'offrant une vision sortie tout droit de mes rêves érotiques.

Étant incapable de l'envelopper dans une serviette comme il l'a fait avec moi, je me contente de la lui tendre – et de l'observer s'essuyer en bavant.

Par le clitoris de Houdini, je suis si excitée que la caresse d'une plume suffirait sûrement à me faire jouir.

— J'ai une surprise pour toi, annonce-t-il. Rentrons.

Je le suis, les jambes chancelantes.

Il jette la serviette sur le canapé, s'assied et prend une épaisse pile de papiers.

— Tu peux t'asseoir ici ? m'interroge-t-il en tapotant un endroit assez proche de lui pour qu'on s'embrasse.

Si je peux ? Bien sûr. Mais est-ce que je devrais ? Sûrement pas.

Je le fais quand même.

— C'est pour toi, m'annonce-t-il en me tendant la pile de papiers.

J'examine les pages, bouche bée.

Ce sont ses résultats médicaux, et ils n'ont rien à voir avec la plongée libre.

Je relève la tête des papiers.

— Est-ce que ce sont...

— Les résultats de mes examens, acquiesce-t-il. Je suis allé voir un médecin et je me suis fait examiner à la recherche de la moindre maladie transmissible scientifiquement connue.

Je reporte avidement mon attention sur les pages.

Il ne ment pas. C'est une série de tests... et certaines maladies ont l'air d'avoir été inventées, alors que d'autres me paraissent bien trop rares, comme la malaria, qui se transmet par morsure de moustique.

Je suppose que si on se retrouve un jour enfermés dans une pièce avec un moustique, je me sentirais plus en sécurité. Bien que, s'il ressemble à l'homme de Dos Equis : « *les moustiques refusent de le mordre par respect.* »

Encore un truc que je ferai quand je serai une riche magicienne : je contacterai le médecin de Tigger et je lui demanderai de me faire passer toute cette batterie de tests, à moi aussi.

Tous les résultats sous mes yeux sont négatifs.

Quand j'en arrive à la page intitulée « MST », je l'étudie avec encore plus d'attention.

Gonorrhée : négatif. Chlamydia : négatif. VIH : négatif. La liste est interminable.

— Pour résumer, je suis clean, déclare Tigger quand je relève la tête. Je me suis dit que ça t'éviterait d'avoir à porter cette combinaison en ma présence.

Une publicité me vient encore une fois en tête : « *une fois, il a essayé d'attraper froid rien que pour voir ce que ça faisait, mais ça n'a pas marché.* »

« *Sa sueur est un remède contre le rhume.* »

— Certaines MST ont une période d'incubation très longue, lâché-je.

Il sourit.

— Je n'ai eu aucune relation sexuelle depuis quatre mois. Ça te rassure ?

Je le dévisage en clignant des paupières.

— Ah non ?

Il a envie de perdre son étiquette de coureur de jupons ?

Il pousse un soupir.

— Malgré ce que les tabloïds racontent, je ne couche pas avec tout ce qui bouge. En fait, en général, je n'ai des relations sexuelles qu'avec les femmes avec qui je sors, et mes voyages constants ne s'y prêtent pas vraiment.

Waouh. Son statut d'amateur de sensations fortes a

l'air aussi défavorable aux relations de couple que le sera ma carrière de magicienne quand elle aura décollé.

Plus important encore, il n'est donc pas vraiment un coureur de jupons ?

Et il est clean ?

Mon cerveau embrouillé a du mal à se faire à cette idée.

Si c'est la vérité, je peux l'embrasser sans en mourir. Ce serait un peu comme manger un yaourt… dans le sens où sa bouche grouille de bactéries, mais qu'aucune n'est une menace.

Je peux aussi le lécher.

Et le baiser.

Sauf que toutes ces options me paraissent encore effrayantes, malgré les papiers.

Je prends une inspiration et la relâche lentement.

— Tu peux lever la main comme ça ? demandé-je en levant ma main comme si je m'apprêtais à jurer sur la Bible (ou sur la biographie de Houdini).

Il bande le biceps et fait ce que je lui demande.

— Je peux toucher ta paume ?

Il hoche la tête, un éclat de curiosité dans ses yeux noisette.

Je tends le bras vers lui comme pour lui taper dans la main au ralenti.

Une fois nos paumes à un cheveu l'une de l'autre, je m'arrête.

Notre peau est si proche que je sens la chaleur qui irradie de sa main.

Quelques millimètres de plus, et je pourrais

connaître mon premier contact humain depuis longtemps.

Sauf que ma paume ne va pas plus loin que ça.

Je ferme les yeux, ralentis ma respiration pour me calmer, mais quand je les rouvre, ma paume bornée refuse toujours de bouger.

Je laisse retomber ma main, frustrée.

Est-ce de la compassion que je lis sur son visage ?

— Pourquoi je n'arrive toujours pas à le faire ? l'interrogé-je, plus à moi-même qu'à lui. Il n'y a aucun germe dans le coin.

— C'est rien, *myodik*, répond-il en abaissant sa main. Je n'ai pas fait faire ces tests pour te presser à faire quoi que ce soit, juste pour te rassurer.

— Tu ne comprends pas, marmonné-je. C'est exactement comme à l'hôpital.

L'inquiétude plisse son front.

— Quel hôpital ? me questionne-t-il.

Je lui explique ce qui est arrivé à Clarice et termine par :

— Je portais une combinaison, je ne risquais donc rien, et pourtant je n'ai pas réussi à entrer.

Il effleure des doigts la cicatrice pâle que lui a causée ce connard de chat.

— Je sais que mon problème avec les chats n'est pas la même chose, mais je peux comprendre. Quand j'en rencontre un, d'un point de vue rationnel, je sais que cette petite créature n'est pas plus dangereuse que d'aller surfer, pourtant ça ne m'aide pas du tout.

— C'est exactement ça, acquiescé-je en aplatissant

mes cheveux avec mes paumes. Je n'ai pas arrêté de me dire que j'étais simplement quelqu'un de prudent. Que j'évitais les germes.

Je rabaisse les mains et le regarde d'un air las.

— Tu dois me trouver désespérante.

— Non, me contredit-il gentiment. Je pense que tu es plus forte que tu le crois.

Je me lève et me détourne. Il se trompe. Je suis à deux doigts de craquer.

Il ne comprend pas. Tout cela constitue un vrai changement de paradigme, pour moi. Je croyais être simplement plus maligne que les autres, sauf qu'il s'avère que je ne vaux pas mieux que ma sœur Blue, avec sa phobie des oiseaux. Je suis peut-être même pire.

Elle n'a pas peur d'oiseaux inexistants.

D'une certaine manière, j'ai peut-être toujours su que j'avais un problème. Au lieu de porter des gants tout le temps, je pourrais me contenter de me laver les mains après avoir touché les gens, or je ne le peux pas. Je suis mal à l'aise à l'idée de toucher les gens, quoi qu'en dise la science.

Sans mes gants, je me sens nue.

Attendez une seconde.

Je n'ai pas de gants, en ce moment, et pourtant je ne me sens pas comme ça.

Ça doit compter pour quelque chose, hein ?

— Tu veux que je détourne tes pensées de ce qui se passe dans ta tête ? propose Tigger dans un murmure.

Quand je me retourne, je le découvre debout à côté de moi.

Je déglutis en voyant la lueur dans ses yeux félins.

— Comment ?

Une esquisse de sourire étire ses lèvres sexy.

— Je pense qu'il est temps de passer à ta leçon de thérapie par exposition.

Chapitre Dix-Neuf

_O_uais.

Je suis distraite, c'est le cas de le dire. En fait, je suis tellement stimulée par mes hormones que je passe en surcharge ovarienne en un clin d'œil.

— Quel genre de leçon as-tu en tête ? murmuré-je.

— Suis-moi, dit-il en recourbant le doigt.

Le cœur dans la gorge, j'obéis.

Sans surprise, il me conduit dans sa chambre.

— Une seconde.

Il sort deux paquets volumineux de son placard et les dépose sur l'énorme lit, avant de les ouvrir.

Je fronce les sourcils en découvrant les gants et un casque fixés aux deux tenues semblables à des combinaisons.

— Qu'est-ce que c'est que ça ?

— Des costumes de réalité virtuelle, répond-il. Je me suis dit que tu les connaîtrais peut-être. Ils sont le résultat d'un projet sur lequel a travaillé ta jumelle.

Je cligne des paupières, surprise. Je sais exactement de quoi il parle. Les costumes ont été conçus par la nouvelle meilleure copine de Holly – celle à la mallette de godemichets.

Dès que j'ai entendu parler de ces trucs, j'ai adoré cette idée. Les combinaisons permettent d'avoir des relations sexuelles réalistes sans toucher personne. C'est comme si elles avaient été fabriquées spécialement pour moi. Cette combinaison est sur ma liste de trucs à acheter quand j'aurais de l'argent à dépenser, en particulier parce que la réalité virtuelle est l'une des manières les plus efficaces de pratiquer la thérapie par exposition.

Mais d'où est-ce qu'il les sort ?

— Ils ne sont pas encore disponibles à la vente, remarqué-je. J'ai demandé à ma sœur de me prévenir quand ce serait le cas.

Tigger hoche la tête.

— Ce sont des prototypes. L'entreprise de capital-risque de mon frère a financé ce projet, il a donc pu tirer quelques ficelles pour me les obtenir. Je me suis dit que ça constituerait une bonne solution de secours si mon bilan de santé n'était pas cent pour cent satisfaisant… ou bien si j'étais clean et que tu ne te sentais pas prête à sauter au lit avec moi.

Sauter au lit avec lui.

C'était *ça*, la prochaine phase de l'entraînement ?

Si je n'éprouvais pas toutes ces craintes en rapport avec l'Everest – et mon incapacité à le toucher – j'aurais répondu « oui, s'il te plaît ».

Mais compte tenu de la situation, je me contente de sortir la combinaison VR de son sac, avant de le regarder faire de même.

— Elle est stérile, m'apprend-il. J'ai vérifié.

Eh bien, tant mieux. D'après les instructions, on doit porter ces trucs sans rien en dessous.

Mon cœur se met à battre plus vite et une rougeur brûlante se déploie sur mon visage.

Va-t-il me demander de détourner les yeux pendant qu'il retire son slip de bain ?

Devrais-je lui demander de se retourner pendant que je retire mon maillot ?

— Je vais te laisser un instant, m'informe-t-il avant d'ouvrir la porte de sa chambre.

— Tu n'es pas obligé de partir, lâché-je. Tu m'as montré la tienne. Il est normal que je te montre la mienne.

Un éclat prédateur envahit son regard.

— Tu es sûre ?

Au lieu de perdre du temps à répondre, je retire mon haut de bikini, ignorant mon visage brûlant.

Ses narines se dilatent et j'ai l'impression que le lycra de son slip va se déchirer. Avant que ça arrive, il l'abaisse, libérant Sa Dureté Royale.

Je déglutis bruyamment et retire mon bas de maillot de bain.

Nous restons immobiles pendant quelques secondes, à s'abreuver l'un de l'autre. Son corps est tout en muscles lisses et brillants, sa peau est bronzée et chaque centimètre carré de lui est glorieusement masculin.

— Magnifique, grogne-t-il en me dévorant des yeux.

J'oblige mes cordes vocales à se remettre en route.

— Merci, articulé-je.

Puis j'attrape le costume VR et ajuste maladroitement les lanières.

— Couche-toi, ordonne-t-il. C'est plus sûr de l'enfiler comme ça.

J'obéis et entre dans le costume en me tortillant. Quand j'enfile le casque de réalité virtuelle, je sens le lit s'affaisser. Il doit s'être couché de l'autre côté, près de moi.

J'entends le matériau de la combinaison bruisser en glissant sur son corps et je me sens jalouse du costume.

Ce devrait être à moi de recouvrir son corps dur et délicieux.

— Prête ? demande-t-il.

— Ouais.

— Allume-le.

Je m'exécute. Maintenant, nous sommes tous deux allumés, le costume et moi.

Un tableau de bord de réalité virtuelle apparaît dans le vide devant moi. Il ne propose qu'une seule application, représentée par une sphère dorée.

— Il ne devrait y avoir qu'une seule icône, m'annonce Tigger. Touche-la et je ferai la même chose de mon côté.

J'appuie sur la sphère.

Waouh. Ma sœur m'avait dit que ces gants étaient doués pour imiter les sensations tactiles, cependant je ne m'attendais pas à ce que la sphère donne l'impression d'être aussi ronde et lisse sous mon doigt. Ce n'est qu'une icône en silicone, après tout.

La combinaison prend vie et presse mon corps de partout, provoquant une sensation d'étreinte. La vue change aussi. Je suis désormais dans une pièce blanche contenant deux nouvelles sphères, au-dessus desquelles planent deux sphères.

« Concevoir un partenaire » et « Utiliser les paramètres par défaut ».

— Ça te dérange si je paramètre ma partenaire pour qu'elle te ressemble ? murmure Tigger.

Je secoue la tête, avant de réaliser qu'il ne peut pas me voir.

— Pas du tout. Je peux faire pareil avec toi ?

— Je serais honoré que tu fasses en sorte que ton partenaire virtuel me ressemble, répond-il d'une voix basse et séductrice.

J'appuie sur « Concevoir un partenaire », puis sur « Homme ».

La pièce blanche se remplit de têtes d'hommes désincarnées.

C'est censé être aussi flippant ?

— Je crois qu'il suffit d'agiter les mains pour tourner les têtes, explique Tigger.

Ouais. Les têtes se tournent d'un côté et de l'autre à ma demande, jusqu'à ce que j'en localise une dont le visage ressemble beaucoup à celui de Tigger.

« Changer le menton ? » me propose l'application.

Je m'exécute et continue de modifier les traits jusqu'à ce qu'une version légèrement informatisée de Tigger me rende mon regard.

— Ensuite, ce sont les corps, dit Tigger. Je suppose qu'on a bien fait de se voir nus. Inutile d'utiliser notre imagination.

Sans surprise, le choix suivant est celui du « type de partie supérieure du corps ». Je recrée son torse dans le moindre détail à donner l'eau à la bouche, et une fois que j'ai terminé, la tête s'attache à son abdomen.

La prochaine étape sera-t-elle ce à quoi je pense ?

Eh oui. Chaque centimètre carré de l'espace virtuel se remplit de pénis.

Des gros. Des minuscules. Des épais. Des fins. De différentes couleurs. De différentes espèces. Ça ressemble à la mallette de godemichets de l'autre jour, mais sous stéroïdes.

Je choisis le plus gros de tous, même si ce n'est qu'une pâle approximation de Sa Dureté Royale – un peu comme le visage en CGI n'est qu'une vulgaire copie du vrai visage de Tigger.

Enfin. Nécessité virtuelle fait loi.

Le choix suivant est celui des jambes, puis viennent les fesses.

— Eh, lancé-je. Je n'ai pas eu l'occasion d'étudier tes fesses.

— Je n'ai pas vu les tiennes de manière assez détaillée non plus, argumente-t-il. On va devoir se servir de notre imagination, cette fois.

— OK, approuvé-je en étudiant tous les choix. Au cas où tu te poserais la question, j'ai un trou de balle.

Pour une raison que j'ignore, certains choix proposés sont dépourvus de ce détail anatomique. D'autres l'ont bien, mais un plug anal en CGI paré de bijou y est inséré... un placement de produit éhonté, sans aucun doute.

— Tu as des taches de rousseur sur le derrière ? demande-t-il.

— Non. Et toi ?

— Je crois que oui.

Miam.

Voilà. Terminé.

Comme pour célébrer ça, le Tigger virtuel entame une danse de strip-teaseur devant moi.

Ma surcharge ovarienne risque de se terminer en explosion.

La respiration de Tigger se coince dans sa gorge. Ma version virtuelle doit être en train de pratiquer le même genre de danse pour lui.

Quelle bande de dévergondés en silicone.

Deux nouvelles sphères apparaissent. « Multijoueur » ou « Solo ».

— Je suppose qu'on va partir sur multijoueur, lancé-je.

— Oui. Choisis ça, puis « se connecter au réseau local ».

Une fois que j'ai fait tout ça, tout devient blanc pendant un instant. Quand je retrouve la vue, le Tigger virtuel est à quelques centimètres de moi, et sa posture me rappelle la grâce prédatrice du vrai prince.

Quant à son apparence, il est toujours la même pâle approximation de l'original – de la tête aux pieds, en passant par son sexe.

En fait, les doigts de pied en CGI ont l'air étonnamment réalistes.

— Tends la main comme tu l'as fait tout à l'heure, demandé-je d'une voix essoufflée.

Son avatar hoche la tête d'un air approbateur et s'exécute.

Je tends la main et touche sa paume virtuelle comme j'ai voulu le faire plus tôt, avant de me dégonfler.

Encore une fois, la technologie du gant m'ébahit. J'ai l'impression de faire ce geste en portant mes gants normaux.

Comment cette combinaison peut-être être aussi réaliste ?

Pour m'en faire une meilleure idée – et parce que je rêve de faire ça depuis si longtemps – je lui prends la main et la pose sur ma poitrine virtuelle.

Le visage du Tigger virtuel reste impassible, toutefois je sais que ça lui plaît, parce que je l'entends prendre une brusque inspiration dans le monde réel. Il resserre la main autour de mon sein, le pétrit et me pince légèrement le téton.

Par le code binaire de Houdini, comment ont-ils fait pour que ça semble aussi réel ?

Une décharge de plaisir transperce mes parties intimes.

Sans pouvoir m'en empêcher, je fais courir la main le long de ses pectoraux et de ses abdos en tablette de chocolat, jusqu'à ce que j'aie atteint Sa Dureté Royale.

Ce qu'il y a de bien avec la réalité virtuelle, c'est qu'il ne peut pas me voir rougir comme la pucelle que je suis. Toutes les textures sont incroyables. Je suis excitée au plus haut point, maintenant.

Si cette combinaison n'est pas étanche au niveau de l'entrejambe, je risque de provoquer un court-circuit d'un instant à l'autre.

— Tu sens ça ? le questionné-je d'une voix rauque tout en le caressant de haut en bas.

— Oh oui.

Cette réponse rompt l'illusion de la VR, parce que les mots ne sortent pas de la bouche de l'avatar, mais je m'en fiche. Je suis à nouveau dans la chocolaterie de Charlie, sauf que cette fois, je suis guérie de mon diabète.

— Tu peux me toucher ? demandé-je.

— Putain, oui.

Sans lâcher mon sein, il fait glisser son autre main le long de mon ventre.

Waouh. Je le sens. Peut-être pas aussi intensément qu'au niveau de mon sein, mais je suis sûre de sentir son geste.

Combien coûte cette combinaison ? C'est la meilleure invention depuis la roue.

Sa main continue son merveilleux voyage toujours plus bas, jusqu'à atteindre mes replis virtuels.

— Putain, hoqueté-je quand les sensations tactiles plaisantes atteignent mon clitoris. Tu es en train de me toucher à travers le costume ?

— Non, répond-il d'une voix râpeuse. Cette technologie est géniale.

Oh, c'est vrai. Ses habiles doigts virtuels sont en train de caresser mon clitoris, appliquant tout juste la bonne quantité de pression.

Un orgasme se développe au creux de moi.

Un gémissement s'échappe de mes lèvres et je caresse Sa Dureté Royale plus vite.

Tigger grogne en récompense.

Je suis si près de jouir que je peux en sentir le goût sur ma langue.

J'accélère le mouvement de ma main.

Il accroît ses caresses sur mon clitoris.

Oui. Oui !

— Ne t'arrête pas s'il te plaît, haleté-je en me contractant plus fort autour de lui.

C'est à cet instant que les aboiements se font entendre.

Chapitre Vingt

*L*es hallucinations pré-orgasmes existent-elles ? Si c'est le cas, pourquoi m'imaginerais-je des aboiements de chiens ? Mes fantasmes ne penchent pas en ce sens.

Les aboiements se rapprochent et je me rends compte qu'il y a au moins deux chiens.

Tigger retire sa main.

— On ferait mieux de retirer les combinaisons, annonce-t-il d'une voix pleine de frustration.

Merde. Ce n'était donc pas une hallucination.

Je me redresse et retire le casque sur ma tête, avant de me coucher à nouveau pour ôter le costume.

Il a déjà remis son caleçon et me tend mon maillot de bain.

Il a sûrement mis à profit son entraînement militaire, encore une fois.

Je rougis à nouveau devant son regard brûlant et enfile le bikini, avant de le suivre dans le salon.

Sans surprise, les aboiements proviennent de deux chiens en liberté : le panda et le koala, aussi appelés Caradog et Méphistophélès. Ils ont chacun un morceau de tissu dans la mâchoire et tirent dans une direction opposée. Impressionnant. Je parie que je serais incapable d'aboyer avec un tissu dans la bouche, à leur place.

Le plus surprenant, c'est le type en culotte étalé par terre, les pieds emmêlés dans les laisses.

Les chiens l'ont-ils attaché pour pouvoir jouer à ce tir à la corde canin ?

Attendez une seconde.

J'étudie le tissu en plissant les yeux – juste au moment où il se déchire en deux.

— C'est ma robe !

Tigger crie quelque chose en ruskovien.

Carados s'assied aussitôt et un morceau de robe déchiqueté et couvert de bave tombe de sa mâchoire.

Méphistophélès continue de réduire en miettes son morceau de robe.

Tigger répète son ordre d'une voix plus sévère.

Méphistophélès lève la tête et lui lance un regard de chien battu. Ses yeux semblent dire « je suis innocent. J'ai été piégé. »

Les lunettes de Caradog sont fixées sur l'autre chien plus petit, et il émet le même grognement effrayant que j'ai entendu quand Waldo tenait un couteau.

L'air penaud, Méphistophélès s'assied en gémissant, mais ne lâche pas le petit morceau de robe toujours dans sa bouche.

Tigger s'avance vers lui et rive son regard à celui du chien.

— Ne t'avise même pas d'avaler ça.

Quelle autorité. Si j'avais eu quelque chose dans la bouche et qu'il m'avait interdit de l'avaler, je l'aurais recraché aussitôt. Ou j'aurais avalé tout ce qu'il voulait, à l'inverse.

Méphistophélès émet un gémissement encore plus piteux et recrache enfin le tissu.

Je me remémore à nouveau les pubs pour la bière : « *Il a appris un tas de nouvelles grimaces à de vieux singes. Un jour, il a appris à un orang-outan à parler espagnol.* »

— Bon chien, commente Tigger en aidant le type à culotte à se remettre sur ses pieds.

Le type me lance un regard. Quand il s'en rend compte, Tigger lui parle sèchement en ruskovien. Pas la peine d'avoir beaucoup d'imagination pour deviner la traduction : « ne reluque pas la magicienne presque nue ».

L'autre type répond en ruskovien.

— Parle anglais, grogne Tigger.

— Je suis vraiment désolé, s'excuse l'homme avec un fort accent d'Europe de l'Est, en regardant aussi loin que possible de ma peau nue. Le rendez-vous chez le vétérinaire a dû les surexciter.

Un rendez-vous chez le vétérinaire ?

— Surveille-les, ordonne Tigger d'une voix impérieuse.

Puis il se tourne vers moi et reprend d'un ton plus doux :

— Allons te trouver des vêtements.

Sérieusement, pourquoi est-ce que j'apprécie le côté autoritaire de Tigger ? On m'a répété toute ma vie que j'avais un problème avec l'autorité.

Je fais un clin d'œil à Méphistophélès pour lui montrer que je ne lui en veux pas, puis je suis son maître dans la chambre et le regarde sortir un débardeur et un jean déchiré du placard.

— Essaie ça, propose-t-il en me fourrant les vêtements dans les mains, avant de partir dans le salon.

J'enfile le débardeur. Il est trop long et on voit mon haut de bikini sur les côtés, mais après en avoir coincé le bas dans le jean et avoir roulé les jambes de pantalon, j'ai l'air à peu près présentable. Ça se fait, de porter le jean de son petit ami – si on peut appeler ça comme ça quand le type en question n'est pas votre petit ami. Tout ce qu'il me manque, maintenant, c'est...

Tigger revient, une ceinture à la main.

— J'ai dû la récupérer dans ta composition florale.

— Eh bien, c'était vraiment dingue, remarqué-je en passant la ceinture dans les boucles du jean.

Il grimace.

— J'en prends l'entière responsabilité. Ce sont mes chiens.

— On dirait que tu m'en dois une, dis-je en remuant les sourcils.

Il hoche la tête.

— Tout ce que tu voudras, tu n'as qu'à me le dire... mis à part une nouvelle robe, bien sûr. Je vais évidemment t'en acheter une autre.

Je ne sais pas ce qui me pousse à prononcer les mots suivants. Si je ne savais pas que c'est impossible, j'aurais accusé mes sœurs de m'avoir hypnotisée, quand on a parlé un peu plus tôt.

— J'aimerais que tu te joignes à moi et mes parents pour le dîner.

Non. Idiote. Couche d'abord avec lui. Quand il aura rencontré tes Octoparents, ce sera *game over*.

Il incline la tête.

— Tu dis ça comme si ce serait une énorme faveur. Je serais ravi de rencontrer tes parents.

Pourquoi est-ce que je sabote cette non-relation ?

— Quand tu auras rencontré mes parents, tu comprendras à quel point c'est une grosse faveur.

— Quand ? demande-t-il, l'air pas du tout intimidé.

Je sors mon téléphone. J'ai dix messages non lus de la part d'Octomaman, qui suggère qu'on se retrouve « demain ».

J'ai déjà ignoré au moins cinq demains.

La culpabilité me submerge. Je suis une mauvaise fille. J'aurais dû répondre plus tôt, cependant je n'ai pas pu m'y résoudre.

Ma jumelle ne le sait pas, mais ce n'est pas pour rien que je lui ai demandé de faire semblant d'être moi, me permettant de sauter ce maudit déjeuner, et ce n'était pas pour la raison que je lui ai donnée : que je ne voulais pas que nos parents me cassent les pieds avec ma vie amoureuse. Enfin, c'était en partie pour ça. Mais surtout, j'en ai marre de vivre dans le mensonge aux yeux de toute ma famille, en faisant semblant d'être une fille ou une sœur n'éprouvant pas le moindre problème avec l'intimité.

Ce mensonge ne fait que se creuser encore plus chaque fois que je parle à mes parents, grâce à leur obsession pour tout ce qui se rapporte au sexe.

— Tu es libre demain ? demandé-je avec prudence.

— Bien sûr, répond Tigger.

Je réponds au message d'Octomaman pour savoir si elle veut dîner demain.

Sa réponse est instantanée :

Enfin. Est-ce que dix-neuf heures te convient ? Où ?

Je m'enquiers rapidement auprès de Tigger et lui indique un lieu – le restaurant le plus propre dans lequel je suis jamais entrée : Magia Pan Tumaca.

Quand nous rejoignons le salon, les chiens sont en train de manger dans leur gamelle et les restes de ma robe ont été jetés.

Je me précipite vers le canapé pour m'assurer que mon sac à main et mes gants ont survécu.

Ouf.

J'enfile les gants et accroche mon sac à mon épaule.

— Je ferais mieux d'y aller.

— Une seconde, s'il te plaît, me retient Tigger.

Il approche de son garde-chiens et prend la pile de papiers que l'homme a préparée. Il examine les documents d'un air approbateur, puis me les tend.

Je les étudie.

J'ai l'impression que ce sont les résultats d'examens.

A-t-il oublié que j'ai déjà vu son bilan de santé ?

Une seconde. Les noms sur les documents sont Caradog et Méphistophélès Cezaroff – pas Anatolio.

C'est le bilan de santé des chiens.

Je fais défiler les pages. Putain. Même ses chiens n'ont aucune MST. Pourquoi leur avoir fait passer ce test ?

Devrais-je le prévenir que je n'ai aucun fantasme en rapport avec les chiens ?

— J'ai demandé au véto de les examiner à la recherche de la moindre maladie scientifiquement connue, explique-t-il comme s'il avait lu dans mes pensées. Je n'ai pas envie que tu craignes que mes bébés à poils te refilent quoi que ce soit quand tu me rendras visite.

— Waouh. Merci.

Je lui rends les papiers, émue.

Il les dépose sur ses propres tests.

— Je peux aussi leur apprendre à ne pas te lécher, ou se frotter contre toi, tout ce que tu voudras.

Les chiens doivent comprendre qu'il parle d'eux, parce que leur regard passe de lui à moi.

— Ils peuvent se frotter contre moi quand je suis habillée, annoncé-je. En fait, je peux les caresser ?

Tigger hoche la tête et répète le même ordre que tout à l'heure.

Caradog est à nouveau le premier à s'asseoir, mais Méphistophélès finit par l'imiter.

Je rajuste mes gants, me dirige vers le plus gros chien et caresse délicatement sa fourrure.

Caradog commence à remuer la queue, et ses yeux se ferment de plaisir derrière ses lunettes.

Même à travers les gants, sa fourrure est plus rugueuse que je m'y attendais. Elle me rappelle celle d'un âne plutôt que d'un panda. Même si je n'ai jamais caressé de panda.

Un sourire idiot se forme sur mon visage. C'est la deuxième fois aujourd'hui que je me souviens de mon enfance. À la ferme de mes parents, on avait toute une ménagerie d'animaux exotiques ou ordinaires avec lesquels jouer. Aujourd'hui, je n'ai accès qu'à un chat – Hannibal – mais Clarice est la seule à pouvoir le caresser, et encore, quand *il* en a envie.

Méphistophélès gémit.

— Tu es jaloux, hein ? roucoulé-je, avant de m'approcher pour caresser le petit fripon.

La fourrure de celui-ci correspond à mes attentes, vu que la sensation est semblable à ce que je m'attendrais de la part d'un koala.

Je lève les yeux et vois Tigger m'observer avec une drôle d'expression sur le visage.

Je me racle la gorge.

— Tu n'aurais pas des friandises rondes, par hasard ?

Tigger lance un regard entendu à son garde-chiens.

Il s'avère que la culotte du type comporte des poches, dans lesquelles il fouille si longtemps qu'on pourrait se demander s'il n'est pas en train de se caresser.

Au bout d'un moment, il sort deux objets semblables à des biscuits.

J'en prends un et m'agenouille devant Caradog.

Le panda a l'air excité à l'idée de dévorer la friandise, toutefois je n'ai pas l'intention de la lui donner aussi facilement. J'ai récemment entendu dire qu'on pouvait pratiquer des tours de magie avec les chiens, mais je n'ai encore jamais eu l'occasion d'essayer.

Je prends le biscuit entre mes doigts pour que le chien puisse voir que je l'ai, puis je pratique un tour pour débutant qu'on trouve dans tous les livres de magie avec des pièces – je le fais disparaître sous le gros nez humide de mon spectateur.

Quand je montre mes mains vides, Caradog écarquille les yeux de manière comique derrière ses lunettes.

Je crois que s'il avait été humain, il se serait frotté les yeux avec ses pattes.

Il renifle l'air, de plus en plus confus. Il doit pouvoir encore sentir le biscuit non loin de là.

À mon grand plaisir, Tigger et le garde-chien ont aussi l'air ébahis. Je ne dois pas être aussi mauvaise que je le croyais avec la magie de pièces.

— Regarde, maintenant, déclaré-je au chien aux allures de panda.

J'exécute le tour de magie le plus classique de l'histoire : faire apparaître une pièce – ou dans ce cas précis, un biscuit – derrière l'oreille d'un enfant... ou dans ce cas précis, d'un chien.

Tigger et son employé applaudissent. De son côté, Caradog ne perd pas une seconde.

En faisant attention à mes doigts, il me prend la friandise des mains avant qu'elle ait pu disparaître.

Méphistophélès gémit à nouveau.

— Je ne t'ai pas oublié, le rassuré-je.

Je prends le deuxième biscuit et répète le spectacle.

Méphistophélès n'a pas l'air aussi surpris que Caradog quand le biscuit disparaît, mais il est doublement ravi quand il réapparaît derrière son oreille.

— Ce n'est pas juste, remarque Tigger quand je me redresse. Je veux voir un tour de magie, moi aussi.

J'étais prête à cette éventualité.

J'ouvre mon sac à main et en sors les accessoires que j'ai apportés justement dans le cas où je me retrouverais dans cette situation : trois anneaux métalliques.

— Regardez ça.

Je tends deux anneaux à Tigger et un au garde-chien.

Tigger examine les anneaux avec attention, cherchant sans doute des trous cachés. C'est mal, si j'ai envie qu'il examine *mes* trous, qu'ils soient cachés ou pas ?

Une fois que j'ai récupéré les anneaux, je pratique un autre tour classique : d'abord, deux anneaux se retrouvent liés « par magie », puis les trois. Cette fois, seuls mes spectateurs humains sont impressionnés. Les chiens se comportent comme s'il était possible que le métal pénètre le métal, et c'est peut-être la version canine des lois de la physique.

Je pense qu'ils espèrent se lancer dans une partie de Frisbee avec les anneaux.

Tigger échange un regard confus avec le garde-chien.

— C'est impossible.

— Examine-les encore, proposé-je.

Je tends les trois anneaux liés à Tigger pour qu'il puisse s'assurer qu'ils sont bien fixés ensemble.

— Garde-les en souvenir, proposé-je avec un sourire suffisant. Tu arriveras peut-être à comprendre après mon départ.

Il secoue la tête et se dirige vers la composition florale.

— En parlant de souvenirs, n'oublie pas ça.

Quand j'ai récupéré mes fleurs, Tigger appelle quelqu'un sur son téléphone.

— Une limousine va te ramener chez toi, annonce-t-il un instant plus tard. Et c'est aussi pour toi.

Il me tend une boîte.

Ce sont des pinces toutes neuves. Je résiste à l'envie de lui demander ce qu'il a fait de celles qu'elles remplacent.

— Au revoir, lancé-je en faisant un signe de la main aux chiens et à leur garde.

Tigger m'ouvre la porte et me raccompagne jusqu'à l'ascenseur.

— On reprend l'entraînement demain ?

La volée de colombes recommence à battre des ailes dans mon ventre.

— D'accord. Tu es libre à quelle heure ?

— L'après-midi, avant le dîner ?

Je hoche la tête, sans trop savoir quoi faire d'autre. Je suis de plus en plus mal à l'aise s'agissant de ce stupide entraînement de plongée, sauf que je ne sais pas comment me tirer de là.

L'ascenseur s'ouvre.

— À plus tard, lance-t-il.

J'entre dedans et appuie sur la touche du lobby, le doigt tremblant.

Chapitre Vingt-Et-Un

Dès que les portes de l'ascenseur se sont fermées, je me demande pourquoi je suis partie. Le garde-chien n'aurait-il pas pu surveiller les deux ours pendant que Tigger et moi retournions dans la chambre ?

C'est trop tard, maintenant.

Le pire, c'est qu'il me manque déjà.

Qu'est-ce qui cloche, chez moi ? Suis-je en plein délire au point de croire qu'il m'apprécie ?

Ce n'est pas le cas. Impossible. Je ne suis qu'un défi à relever, rien de plus.

Et puis, c'est un prince, et je ne suis personne. Je ne sais toujours pas s'il peut sortir avec une roturière pour autre chose qu'une brève passade. Et puis, c'est mon client – à qui je mens concernant mon expérience s'agissant de retenir son souffle.

La seule chose qui a changé aujourd'hui, c'est qu'il ne grouille pas de germes, comme je le craignais quand je le prenais pour un coureur de jupons. Même si cela n'a rien fait pour m'aider à surmonter mes problèmes avec l'intimité.

Quand l'ascenseur se rouvre, je suis presque soulagée d'être partie comme je l'ai fait. Je risquais d'attraper ces sentiments sournois que j'ai tout fait pour éviter.

Je traverse le lobby d'un pas plus assuré, en tout cas jusqu'à ce que je manque de trébucher sur un paon.

Blue ferait vraiment une crise de panique, ici.

La limousine m'attend déjà quand je sors, et lorsque nous démarrons, je réalise un détail intéressant.

Je porte les vêtements de Tigger et n'en suis absolument pas dégoûtée.

En général, je ne suis jamais aussi désinvolte, pas même avec ma jumelle. Quand je lui prête mes vêtements, je ne lui demande jamais de me les rendre, et je n'emprunte jamais rien venant d'elle ou de mes autres sœurs.

En parlant du loup, j'ai reçu un message de ma jumelle et un autre de Blue. Je leur réponds pour les tenir au courant de ce qui s'est passé. Elles répondent aussitôt, toutes deux ravies que j'amène Tigger au dîner avec nos parents.

Au milieu de nos échanges, je reçois un message de Waldo. Il veut qu'on passe du temps ensemble après-demain. Je lui demande de me retrouver au café à onze heures, puisque Tigger n'a pas l'air d'être du matin, concernant l'entraînement.

Quand j'arrive à la maison, mes colocataires se moquent de ma tenue.

— C'est le célèbre tour de disparition de robe, déclare Harry avec un sourire.

— Je suis jalouse, remarque Clarice en inclinant son chapeau de pirate vers moi. J'ai toujours eu envie que quelqu'un m'arrache mon corset dans les affres d'une passion sauvage.

Je leur dis qu'elles peuvent se fourrer leurs blagues et leurs sifflements où je pense, je prends à dîner et je pars dans ma chambre.

Tout en mangeant, je cherche des idées pour l'entraînement de Tigger de demain, et mon malaise concernant mes mensonges et cette éventuelle plongée libre s'approfondit. Qu'est-ce que je suis en train de faire ? Je visite plusieurs sites à la recherche d'un moyen d'apaiser ma culpabilité, puis je tombe sur un concept qui pique ma curiosité. À tel point, en fait, que j'envoie un message à Tigger pour lui demander s'il a un moment pour qu'on discute par appel vidéo ou au téléphone.

On peut faire ça dans une heure ? répond-il. *Je joue avec les chiens dans le parc.*

J'accepte, souriant à cette image mentale.

Quand je repose mon téléphone, mon sourire se transforme en grimace. Je ne me suis pas encore autorisée à penser à l'autre facette de ce marché.

Quand il va m'entraîner.

On n'a rien planifié à ce sujet, et c'est tant mieux. Si je ne veux pas prendre de risque avec mes sentiments, on devrait sûrement arrêter complètement tout ça. Mais si on s'arrête, qu'est-ce que je ferai en guise de thérapie par exposition ? Je ne suis pas encore prête à entrer au couvent.

Je suppose que je pourrais en revenir à mes habitudes : le porno. En fait, ce serait une bonne manière de tuer le temps en attendant ma discussion avec Tigger.

Je verrouille ma porte, consulte le site porno et cherche quelque chose que je n'ai pas encore essayé.

Intéressant. Il y a un genre que je n'avais jamais remarqué : la double pénétration, ou DP.

Je lance l'une des vidéos.

Waouh. Comme l'implique le terme, la femme prend deux sexes, un dans le derrière et l'autre dans le vagin.

Hum. Je ne suis pas aussi paniquée que d'habitude. Est-ce que je m'améliore avec ces histoires de sexe, ou bien quelque chose me plaît-il, dans ce type d'acte ?

Ai-je trouvé mon fantasme – me faire fourrer comme une dinde ?

Aucune idée, mais j'ai deux godemichets à disposition au cas où je voudrais le découvrir. En plus, je pourrais brûler toute une journée d'énergie sexuelle générée par le fait d'avoir regardé Tigger quasiment nu, sans parler de notre rencontre en VR.

Je sors mes jouets et récupère quelques-uns de mes préservatifs parfumés à la cerise, qui sont tout à fait appropriés à cette occasion. J'ai acheté le premier lot ce jour fatidique où je me suis déflorée moi-même, et j'ai continué à acheter les mêmes par habitude. Ce serait symbolique, si je me servais de l'une de ces capotes pour déflorer mon derrière – et me DP déflorer, aussi, à supposer que j'aille au bout de cette idée.

J'examine les godemichets.

Bon. Si je veux avoir la moindre chance de réussir, le Prince Régent devra aller à l'avant.

La grande question, c'est : est-ce que le plus petit peut rentrer à l'arrière ?

On en est vraiment arrivés là ? Je suis relégué au rôle de vulgaire plug anal ? Je suppose que tu ne prendras même pas la peine de me retirer de tes fesses une fois que je serai rentré.

Hum. Un plug anal. Ce serait peut-être une meilleure idée. Dommage que je n'en aie pas. Plus je scrute le petit godemichet, moins j'ai le sentiment qu'il pourra tenir tout seul, sans même parler de me permettre de me DP.

Trop gros ? Il est trop tard pour les flatteries, maintenant.

J'ai soudain une idée. Un truc que j'aurais sûrement dû tenter il y a longtemps.

Je rejoins mon bureau, prends une paire de gants en latex et une bouteille de lubrifiant, puis me rends à la salle de bain et verrouille la porte.

Mon doigt est assez petit. Plus petit qu'un plug anal, même.

Et puis aller là où je m'apprête à aller avec mon doigt constitue sûrement la thérapie par exposition ultime.

Avant de me dégonfler ou qu'une coloc' frappe à ma porte, j'enfile le gant, lubrifie un doigt et en insère délicatement le bout là où le soleil ne brille jamais, et où personne n'est jamais allé.

Non. Cette sensation de brûlure n'est pas drôle du tout.

Je suis peut-être du genre « sortie uniquement » s'agissant de ce trou-là – pas de DP pour moi, semble-t-il.

Mais bon, je suis fière d'avoir réussi à faire ça.

Je me débarrasse du gant et prends une douche. Quand je reviens dans ma chambre, je m'ôte la DP de la tête. Une séance normale avec le Prince Régent, voilà ce qu'il me faut.

Ouais, bébé. Sers-toi de moi. Tu pourrais peut-être récupérer un peu de yaourt dans le frigo pour en faire couler partout sur toi.

Hum. L'idée du yaourt n'est pas mauvaise du tout.

Je prends le godemichet enthousiaste et lance l'application du téléphone qui le contrôle.

Au moment où je m'apprête à appuyer sur la touche « vibration », mon écran s'illumine, annonçant un appel vidéo de Tigger – et j'appuie accidentellement sur « répondre ».

Chapitre Vingt-Deux

J'ai un godemichet à la main.

Pendant un appel vidéo.

Un énorme godemichet – même si je ne suis pas sûre que ça change quoi que ce soit.

Ouais, bébé, s'agissant du Prince Régent, la taille compte beaucoup.

Je suis tenté de laisser tomber le gode, cependant la magicienne en moi sait que cela ne ferait qu'attirer *encore plus* l'attention sur lui.

C'est trop tard, de toute façon. Les yeux de Tigger se rivent sur le godemichet et ses lèvres s'étirent en un sourire narquois.

— Pas mal, *myodik.* J'adore ton sens de l'initiative.

Je finis par laisser tomber le Prince Régent, qui me heurte douloureusement le pied.

À quoi tu t'attendais ? Le Prince Régent est massif.

— Ce n'est pas de ça que je voulais te parler, annoncé-je en m'efforçant de ne pas grimacer.

— Tu es sûr ? demande-t-il en arquant un sourcil.

Je résiste à l'envie d'éventer mon visage brûlant. Le travail. Cet appel concerne le travail.

— Est-ce que tu es du genre puriste à propos de la plongée libre ? l'interrogé-je d'un ton professionnel.

Bien joué, Gia.

Il passe une main dans ses cheveux sombres.

— Qu'est-ce que tu entends par là ?

— Quelle est ta motivation à faire de la plongée libre ? Tu as dit vouloir explorer un lac sous-marin où l'équipement de plongée était interdit. Mais tu es aussi obligé de n'avoir que de l'air normal dans les poumons quand tu fais ça ?

Il hausse les épaules.

— Et si, au lieu de prendre une grande goulée d'air avant de plonger, tu respirais du nitrox, un mélange d'oxygène et de nitrogène dont on se sert quand on fait de la plongée sous-marine ? Ça devrait limiter les problèmes si tu vas trop en profondeur, te permettre de rester sous l'eau plus longtemps et en étant plus à l'aise, et rendre toute l'expérience plus sûre.

— Je suppose, répond-il en se grattant le menton. Mais j'aurais un peu l'impression de tricher.

— On appelle ça la plongée libre technique, expliqué-je. À mes yeux, ça ressemble plutôt à un tour de magie.

Voilà. Je n'ai jamais été aussi proche de lui dire que mon illusion sous-marine n'était que ça : une illusion.

Il sourit, le coin de ses yeux noisette se plissant.

— Eh bien, tu es mon entraîneuse, alors si tu penses

que c'est ce que je devrais faire, c'est ce que je ferai.

J'arbore une expression sérieuse.

— Je t'ordonne d'utiliser le nitrox.

— Oui madame, acquiesce-t-il avec un salut militaire. Je vais faire le plein.

J'éclate de rire.

— Dans ce cas-là, je peux te donner un moyen de flouer le système : remplir ton derrière d'oxygène et apprendre à péter à petites doses, avant de capturer les bulles avec ton nez. *Ça*, ce serait de la vraie triche.

Il sourit.

— Et si on se concentrait sur le fait de pré-respirer le mélange gazeux pour l'instant ? J'en prendrai dans des proportions différentes et on pourra expérimenter dans la piscine. Mais ça me prendra quelques jours. Qu'est-ce qu'on fait en attendant ?

— Et si tu dormais dans une tente hypoxique jusque-là ? proposé-je. On pourra reprendre l'entraînement dans la piscine dès que tu auras le gaz.

— Alors pas d'entraînement demain ? m'interroge-t-il avec une expression faussement renfrognée.

— Tu me verras au dîner, dis-je avec un clin d'œil.

Et avec un peu de chance, je trouverai un moyen de lui dire que je n'ai plus envie qu'il m'entraîne aux arts sexuels. Ça m'aidera sûrement de gagner un peu de temps.

— C'est tout ? insiste-t-il.

— En ce qui concerne ton entraînement, oui, dis-je, rebutée par l'éclat brûlant qui est apparu dans son regard.

— Super. C'est à mon tour de t'entraîner, maintenant. Reprends le gode et lave-le.

Eh bien, au temps pour ma résolution de mettre un terme à l'entraînement de Tigger. Aucune chance pour que je fasse machine arrière maintenant. Mon sexe me déshonorerait.

Je me précipite vers Manny, lui dévisse la tête et pose mon téléphone sur son cou.

— Une seconde, annoncé-je à Tigger.

Je récupère le Prince Régent par terre et fonce dans la salle de bain pour le nettoyer.

Un traitement royal. Digne d'une personnalité de la stature du Prince Régent.

Quand je reviens dans ma chambre, je vérifie à nouveau que la porte est verrouillée, enfile un préservatif au Prince Régent et étale du lubrifiant dessus, avant de revenir dans le champ de vision de la caméra.

— C'est quoi, l'application qui contrôle le jouet ? demande Tigger.

— Cherche Belka, dis-je.

Je lui explique le processus d'installation et de synchronisation de son téléphone avec le Prince Régent.

— Bon, lance Tigger une fois que tout est prêt. Je veux que tu te déshabilles et que tu montes sur ton lit, dans mon champ de vision.

Je ne sais pas pourquoi j'ai pris la peine de lubrifier le gode. Son ton autoritaire fait affluer une tonne de lubrification naturelle au niveau de mon entrejambe.

Le visage écarlate, mais m'assurant d'être visible à la caméra, je me déshabille de manière séductrice, puis je me couche sur le lit, jambes écartées, même s'il ne m'a pas ordonné de faire ça.

— Bonne fille, murmure-t-il. Maintenant, place le bout contre ton clitoris.

J'obéis et il fait vibrer le Prince Régent – d'une seule main, en plus.

Puuutain. Pourquoi est-ce tellement mieux que quand je me caressais toute seule ? Un petit gémissement s'échappe de ma gorge et je sens un orgasme grandir en moi. Sauf que je ne devrais pas être la seule à jouir. C'est égoïste, non ?

— Déshabille-toi aussi, marmonné-je d'une voix rauque.

Sans ralentir les vibrations, il pose son téléphone de côté et je ne vois plus que son plafond, puis il arrache ses vêtements – c'est à cela que me fait penser le son que j'entends, en tout cas.

Avant que j'aie eu le temps de cligner des paupières, le téléphone est de retour dans sa main et il est magnifiquement nu, Sa Dureté Royale serrée fermement dans son poing.

C'était rapide. S'est-il aussi entraîné à *ça*, à l'académie militaire ?

Il accélère la vitesse des vibrations, ce qui, combiné à la vue, suffit à me faire basculer.

Mes doigts de pied se crispent tandis que je jouis avec un cri étranglé.

— Fais-le glisser à l'intérieur, maintenant, grogne

Tigger. Lentement, juste le bout pour l'instant.

Tout en obéissant, j'imagine que c'est Sa Dureté Royale qui m'étire, et pas un imposteur en silicone.

Il accélère les mouvements de son poing et accroît un peu les vibrations.

Par le godemichet de Houdini, c'est vraiment, vraiment mieux que quand je me touche toute seule. La masturbation doit fonctionner comme les chatouillis : ça ne fait pas grand-chose quand on le fait soi-même, mais quand vos sœurs diaboliques se liguent contre vous, vous en riez au point de vous pisser dessus.

Tigger serre Sa Dureté Royale et grogne de plaisir.

— Enfonce-le plus profondément, maintenant.

J'obéis et un énorme orgasme se développe en moi sous l'effet des vibrations.

— Quand tu te déchargeras, fais-le vers la caméra, articulé-je avec difficulté. Fais comme si tu jouissais sur mon visage.

Ses pupilles se dilatent jusqu'à prendre la taille de pièces de vingt centimes.

Et voilà. On peut être deux à dire des trucs coquins.

Il accroît les vibrations et accélère le mouvement de sa main.

Un gémissement de plaisir s'arrache à mes lèvres.

Puis un autre.

Et un autre.

Avec un cri, je jouis autour de Prince Régent.

La respiration forte, Tigger repositionne la caméra pour qu'elle soit à quelques centimètres de Sa Dureté Royale.

Splash. Son sperme jaillit comme une fontaine.

Avalez ça tout votre saoul, vidéos de bukkake. Ça, c'est bien plus sexy.

Soudain, ma vision devient sens dessus dessous et Tigger hurle une obscénité.

Il faut un moment à mon cerveau embrouillé par l'orgasme pour comprendre ce qui vient de se passer : soit il a fait tomber son téléphone sous le coup de la passion, soit il lui a glissé des mains à cause du sperme.

Un fracas confirme mes soupçons, puis je ne vois plus que le plafond.

La force de l'impact doit faire quelque chose à l'application, parce qu'elle accroît les vibrations à un niveau supérieur à tout ce que j'aie jamais ressenti. Avant d'avoir pu retirer le Prince Régent de mon corps, je jouis une fois de plus.

Super. Si on continue comme ça, je risque de développer un nouveau fantasme – un genre de BDSM, mais avec des téléphones. Je m'habillerais tout en cuir, je bousillerais un iPhone, j'écraserais l'écran d'un Nokia sous ma chaussure, je passerais un Motorola au mixer et je noierais un Blackberry dans les toilettes.

Tigger a de la chance de ne pas vivre avec Hannibal, autrement le téléphone aurait attrapé des puces à force d'avoir été léché. Il a bien les chiens, mais je suppose qu'ils viennent de manquer l'occasion de prendre un bon repas.

La respiration irrégulière, je retire le Prince Régent et l'éteins manuellement. Quand je regarde à nouveau l'écran, Tigger a ramassé le téléphone et m'observe d'un air avide – même si, avec l'écran aspergé de sperme, il ressemble à la star d'une vidéo de bukkake.

— C'était marrant, murmure-t-il.

— Ouais, soupiré-je.

Je ne peux me résoudre à lui avouer que c'était l'opposé de ce que j'avais en tête, quand j'ai décidé d'arrêter sa version d'entraînement. Mon cerveau est submergé d'ocytocine et son visage est toujours aussi sublime malgré tout le sperme qui obscurcit ma vue.

— Je ferais mieux d'y aller, déclaré-je en me mordant la lèvre.

Il m'adresse un tendre sourire.

— Fais de beaux rêves.

De beaux rêves ? Non.

Des rêves humides ? Sans aucun doute.

Mes rêves classés X ont Tigger dans le rôle principal toute la nuit, et parfois même tout un tas de Tigger.

— Quel trou je prends ? demande l'un des Tigger nus.

Je me lèche les lèvres avec gourmandise et décide d'employer la méthode utilisée par mes sœurs et moi pour sélectionner celle qui serait victime d'une attaque de chatouilles.

— Am, stam, gram. Pique Tigger par la queue.

Une fois mes trous ainsi attribués, nous faisons tout, de la DP au bukkake, et la version dévergondée de moi-même adore chaque seconde, jusqu'à la dernière goutte.

Chapitre Vingt-Trois

*J*e me réveille en sursaut et repousse ma couverture.

Ah.

Je suis juste en sueur. L'espace d'une seconde, j'ai cru être couverte de sperme, tant mes rêves érotiques étaient réalistes.

Je lorgne le tiroir dans lequel est rangé le Prince Régent. Mon « entraînement » avec Tigger a dépensé une partie de mon énergie sexuelle hier soir, mais les rêves ont à nouveau fait grimper la tension en flèche.

Mon estomac gargouille.

Très bien. Je vais peut-être commencer par manger.

Je me dirige vers la salle de bain, puis la cuisine.

— Salut, me lance Clarice quand j'entre dans la pièce.

— Tu es en train de grignoter des Captain Crunch ? l'interrogé-je en souriant.

— Tu t'apprêtes à engloutir tes Frosties ? rétorque-t-elle en me rendant mon sourire.

Je hoche la tête et saisis la boîte ornée d'un tigre semblable à Tigger pour me verser des céréales dans un bol, avant de les noyer dans le lait d'avoine.

— Je crois avoir entendu ton porno hier soir, remarque Clarice d'un ton de conspiratrice. J'espère que tu ne t'es rien disloqué.

Je lève les yeux au ciel.

— Une dame ne parle pas de ses baisers… ou de ses masturbations.

Elle lâche un petit rire.

— Ça veut dire que *tu* peux embrasser et te masturber, et le hurler sur tous les toits.

— Je suis une vraie dame, assuré-je en tirant la langue.

Elle hoche la tête, l'air de dire « ouais, c'est ça », puis reprend :

— Alors, ça n'a rien à voir, mais tu sais comment on se débarrasse d'un sex-toy usagé ?

Je manque de m'étrangler avec mes céréales.

— Pourquoi ?

— Je parle juste de manière hypothétique.

Bien sûr. Hypothétique. De toute évidence, quelqu'un n'a pas apprécié le cadeau apporté dans la mallette de la meilleure amie de ma jumelle.

— De manière hypothétique, tu ne peux pas le jeter à la poubelle ?

Elle secoue la tête.

— Un truc qui contient une pile ne devrait pas se

retrouver dans une décharge. C'est mauvais pour l'environnement.

Je pince les lèvres.

— Le recyclage ?

— Non. Pas avec le tri sélectif de nos poubelles, en tout cas. Je suppose que je pourrais l'amener à l'Armée du Salut… hypothétiquement.

Je mange quelques cuillerées de céréales, plongée dans mes réflexions.

— Et si tu retirais les piles avant de le jeter ?

— Et si c'était impossible ? répond-elle. Toujours hypothétiquement.

Elle marque un point. Je ne sais pas où sont les piles du Prince Régent.

— Tu pourrais le brûler ?

Elle me lance un regard exaspéré.

— Brûler du silicone ? Tu te souviens de quoi est constitué notre moule à muffins ?

— Pas de godemichets recyclés, j'espère.

— De silicone, répond-elle. Et ça ne brûle qu'à l'intérieur d'une étoile, alors si tu voulais le faire fondre, il te faudrait un peu plus de puissance que celle apportée par notre four.

— Et si tu l'enterrais ?

Elle écarquille les yeux.

— Pour que le chien d'un voisin le déterre et l'apporte à un gamin pour qu'il le lui lance ?

— Et si tu le transformais en œuvre d'art ? suggéré-je en me versant plus de lait. Ou bien si tu t'en servais pour masser *d'autres* parties de ton corps ?

Elle ricane.

— Je suis sérieuse, réplique-t-elle.

— Tu ne peux pas le laisser au fond du tiroir de ta table de chevet, comme quelqu'un de normal ?

— Et si je faisais une crise cardiaque ? rétorque-t-elle. Ma famille viendrait récupérer mes affaires et découvrirait ça. Hypothétiquement.

Je hausse les épaules.

— Ma mère serait heureuse, si ça arrivait, et elle le conserverait sûrement en guise de souvenir.

À ces mots, ma nourriture perd toute saveur. J'imagine déjà Octomaman dans la même pièce que Tigger. L'événement tant redouté aura lieu dans seulement quelques heures.

— Tu ne m'aides pas du tout, lâche Clarice en retirant son chapeau de pirate pour se gratter la tête. Pour changer de sujet, j'ai parlé avec ta sœur, hier.

— Ah oui ? demandé-je en plongeant ma cuillère dans les céréales.

— Ouais, mais je ne peux pas te dire grand-chose. C'est une affaire privée entre Blue et moi. Je suis sûre que tu comprends.

Quel diabolisme. Elle fait exprès d'attiser ma curiosité. Elle veut sûrement en savoir plus concernant les bruits de porno, pour finir. Ou plus probablement, elle doit chercher à échanger ces infos contre le secret de l'une de mes illusions.

À mon avis, elle craque pour l'un des types sur cette photo du Club de Poker Sexy.

Soit ça, soit elle est tombée amoureuse du paquet de

cartes dont ils se servent. Après tout, il doit être à l'épreuve de l'eau et de la sueur, dans ce genre d'environnement.

Ouais. Elle doit envisager de remplacer son godemichet par des cartes waterproof.

C'est pour ça qu'elle compte le jeter.

— Bien essayé, dis-je. Je suis sûre de pouvoir convaincre Blue de me dire ce que vous faites, si j'en ai envie.

Elle hausse les épaules.

— Bonne chance avec ça.

— Hum hum, merci.

Puisque j'ai terminé mon petit-déjeuner, je pose mon bol dans le lave-vaisselle et souhaite une bonne journée à Clarice.

Je rejoins ma chambre et décide de me tenir occupée pour m'empêcher de paniquer au sujet du dîner. La meilleure distraction, comme d'habitude, c'est la magie, j'exerce donc mes routines pour le spectacle de mes rêves.

C'est un exercice doux-amer. D'un côté, j'adore m'imaginer avoir mon propre spectacle, et étoffer mes routines rapproche mon rêve de la réalité. Mais d'un autre côté, je suis très, très loin d'accomplir mon rêve. Je ne suis pas encore célèbre, alors qui accepterait de me louer une salle ?

Au moins, l'argent que je gagne en entraînant Tigger me permettra de pratiquer des tours qui m'apporteront plus de visibilité, à l'avenir, ce qui me rapprochera de mon objectif.

Quand l'heure du déjeuner arrive, j'ai une nouvelle idée d'illusion à pratiquer sur une grande scène, une qui ressemblerait beaucoup à celle de l'Homme Transporté dans *Le Prestige*. Le problème, c'est que je devrais – alerte spoiler – convaincre ma jumelle de m'aider. À la rigueur, ça marcherait aussi avec les sextuplées. En fait, si je pouvais toutes les convaincre – ce qui reviendrait à regrouper un million de chats – je pourrais me « téléporter » à huit endroits du théâtre.

Les spectateurs en seraient époustouflés.

Un message de Tigger me tire de mes magouilles magiques.

Je passe te chercher à 18 h 30 ?

Merde. Je dois m'habiller tout de suite.

Je réponds par l'affirmative et commence frénétiquement à me pomponner.

Une fois présentable, je décide quel tour de magie apporter avec moi, au cas où quelqu'un m'en demanderait un. Le tour que je choisis limite mon choix de chaussures, mais bon, l'art demande des sacrifices.

Mon téléphone bipe. Encore Tigger.

Je suis dehors.

Zut.

Comment ai-je pu oublier les pubs : « *Il ne porte jamais de montre parce que le temps est toujours de son côté.* »

Je me dépêche de sortir, ignorant les commentaires et les sifflements de mes colocataires.

Tigger est debout à côté de sa Lamborghini et me tient la portière ouverte.

Merde alors. Il porte un débardeur moulant qui me donne envie de l'arracher de son corps pour lui lécher les abdos. Et les pectoraux.

Il risque bien de donner aussi une crise cardiaque à Octomaman. Elle n'est plus toute jeune.

J'ai beau ne pas être une adepte des câlins, je m'avance instinctivement pour l'étreindre, et quand il m'enveloppe de ses bras puissants, je manque de m'évanouir.

— Tu es magnifique, murmure-t-il quand nous nous séparons.

— Tu n'es pas mal non plus, dis-je.

Je pose mes fesses sur le siège de la Lamborghini et boucle ma ceinture.

Il s'installe derrière le volant et respecte encore une fois les limites de vitesse – dans un effort évident pour me mettre à l'aise.

— Comment s'est passé ta journée ? demandé-je.

— Je me suis occupé de quelques affaires concernant le parc à thème, m'apprend-il en gardant les yeux fixés sur la route. Et toi ?

— J'ai travaillé sur mon spectacle de magie, révélé-je avec une pointe de fierté.

— Waouh. Cool.

Il fait mine de se tourner vers moi, avant de se souvenir que je préfère qu'il regarde la route.

— Quand est-ce que je pourrai voir ce spectacle ?

— Je n'en ai aucune idée, dis-je en haussant les épaules.

— Pourquoi ? Tu n'as pas encore de répertoire ?

— Avoir un répertoire n'est qu'une partie du problème, expliqué-je. Si on m'en donnait miraculeusement la chance, j'aurais assez de matériel pour faire un spectacle d'une heure dès aujourd'hui. Ce que je n'ai pas, c'est une salle dans laquelle me produire, et plus important encore, assez de renommée pour remplir ladite salle de spectateurs payants.

— Hum.

Il s'arrête totalement au stop, comme un gentleman.

— Je croyais que le plus important était de connaître le secret des illusions.

— Les secrets ne sont qu'une petite partie. Si tu n'as aucune créativité, mais un gros budget, tu peux acheter des illusions aux autres magiciens. En fait, c'est en grande partie comme ça que je me faisais de l'argent : en vendant mes secrets à de plus grands magiciens. Il faut avoir le sens du spectacle pour monter sur scène.

— Tu en as à revendre, assure-t-il. Je pense que tu as tout ce qu'il faut pour devenir une star.

Je sens une chaleur me parcourir. Si son objectif était d'employer la flatterie pour me mettre dans son lit, ça fonctionne.

— Et toi ? demandé-je. Diriger un parc à thème est le boulot de tes rêves ?

Il émet un petit rire.

— Non. C'est plutôt un hobby. Je fais ça pour m'amuser.

Je frotte mes paumes sur mon pantalon.

— Quand je veux m'amuser, je regarde un film, remarqué-je.

— Tu es cinéphile ? me questionne-t-il en me jetant un coup d'œil, avant de reporter son attention sur la route.

— Ouais, j'adore les films, acquiescé-je. Je pense que ça a un lien avec mon amour des tours de magie. Une vidéo n'est qu'une succession d'images défilant assez vite pour créer l'illusion du mouvement. En employant les outils de leur art, les acteurs créent l'illusion de vraies personnes sur l'écran – des gens qui, en réalité, n'existent pas. Une bonne bande-son peut créer l'illusion des émotions. Les comparaisons sont infinies.

— Je n'avais jamais envisagé les films de cette manière, avoue-t-il, avant de tourner le volant et de garer la voiture en un geste fluide. On est arrivés.

Ouais. C'est bien là.

Magia Pan Tumaca, où nous attendent mes Octoparents.

Chapitre Vingt-Quatre

*L*e premier mot qui vient à l'esprit quand on entre dans ce restaurant, c'est « propre », et c'est l'une des raisons pour lesquelles c'est mon préféré. Il a une esthétique avec sa décoration type art moderne, le chrome recouvrant quasiment toutes les surfaces. Putain, même les nappes ont l'air en métal, étant faites d'un genre de papier alu remplacé entre chaque client – une autre raison pour laquelle j'aime cet endroit.

Mes parents sont assis au bar ; je vois leur reflet dans le miroir fixé au mur, cependant ils ne m'ont pas encore remarquée.

Octomaman a l'air aussi jeune et magnifique, comme toujours. Elle pourrait se faire passer sans mal pour ma grande sœur, et ressemble à Cate Blanchett dans les dernières scènes de *L'étrange histoire de Benjamin Button*. On pourrait croire que mon père doit être très riche, pour être avec une femme comme elle, sauf qu'il ne l'est pas – il n'a pas aussi bien vieilli, c'est tout. Octomaman dit qu'il ressemblait à Bob Dylan, quand il était jeune, mais aujourd'hui, il ressemble à un mélange entre Danny Devito et Jeff Bridges : barbe hirsute, bonnet qui dissimule sa calvitie et enfin, mais non des moindres, fine queue de cheval argentée constituée du peu de cheveux qu'il lui reste.

— Attends-moi là, annoncé-je à Tigger. Je vais te présenter dans une seconde.

Il hoche la tête et je m'approche du bar, avant de me racler la gorge.

Ma mère se retourne, rayonnante, et tends les mains pour m'accueillir style yoga.

— Namaste, rayon de soleil.

— Chose 2, me salue mon père en me donnant une tape sur l'épaule, un sourire idiot illuminant son visage. Tu es tendue ? Désaxée ? Mes massages des épaules sont devenus encore meilleurs.

Ah, oui, j'avais oublié que j'étais Chose 2. Vu que ma jumelle était la première à sauter de l'utérus de ma mère, elle est considérée comme « la plus âgée » et mon père l'appelle Chose 1 (sur 8).

Octomaman me regarde en plissant les yeux.

— Tu es *bien* Gia, hein ?

Vu que j'ai demandé à ma jumelle de se faire passer pour moi durant le dernier « rassemblement avec Gia » je ne peux pas lui en vouloir d'avoir des soupçons.

— Je suis Gia, lui assuré-je. Promis.

— Prouve-le, insiste Octomaman.

— *Downton Abbey*, c'est nul, annoncé-je d'une voix solennelle.

Ils n'ont pas l'air convaincus, alors j'ajoute :

— On dit « salle de bain » et pas « petit coin ». « Ascenseur » et pas « lift »… et j'aime le chiffre quatre.

Ils sont presque convaincus par cette dernière remarque, vu que ma jumelle abhorre tous les chiffres qui ne sont pas premiers, à tel point qu'elle aurait sûrement grimacé en prononçant un tel mensonge.

Avant que j'aie pu trouver quelque chose d'encore plus convaincant, Octomaman bondit sur moi et tire violemment sur mes cheveux.

— Aïe ! m'écrié-je. Tu es folle ? Ce sont mes vrais cheveux.

Elle me lâche et hoche la tête d'un air approbateur.

— Ce n'est pas une perruque. Ce doit être Gia, cette fois. Soit ça, soit elle s'est teinté les cheveux.

Je me tourne vers Tigger et lui lance un regard signifiant « regarde un peu ça ».

— Tenez, dis-je en tournant le dos à mes parents. Holly pourrait-elle faire ça ?

Sur ces mots, je pratique le tour de magie que j'ai préparé pour aujourd'hui. C'est un tour de lévitation, dans lequel mes jambes sont pliées en arrière comme si j'étais assise, donnant l'impression que mon derrière flotte dans les airs, défiant la gravité.

Quand Neo esquivait les balles dans *Matrix*, il pouvait faire ça au ralenti.

Ce tour fait partie de la routine que je prépare pour mon éventuel spectacle.

Durant une vraie performance, j'aurais enchaîné avec l'iconique mouvement penché en avant à quarante-cinq degrés à la Michael Jackson dans *Smooth Criminal*.

— Waouh, s'exclame Tigger, un son si doux à mes oreilles. Comment ?

D'autres clients du restaurant expriment le même sentiment, ce qui raffermit ma décision d'ajouter ce tour à mon spectacle.

— C'est bien Gia, admet Octomaman.

Je me redresse et leur adresse un clin d'œil.

— Comme je le disais. Venez, maintenant, je voudrais vous présenter quelqu'un.

Je les traîne vers l'endroit où se tient Tigger, encore bouche bée après ma démonstration de pouvoir impressionnante.

— Voici mes parents, Crystal et Harry Hyman, annoncé-je à Tigger.

Puis je désigne Tigger d'un geste de la main comme si nous étions dans une exposition de musée.

— Maman, papa, je vous présente Anatolio Cezaroff.

— Vous pouvez m'appeler Tigger, ajoute ce dernier.

Octomaman est la première à se ressaisir et se jette sur Tigger pour le serrer dans ses bras.

— Maman, lancé-je d'un ton sévère quand son étreinte dure plus longtemps qu'il n'est socialement acceptable.

D'une voix aussi sarcastique que possible, je demande :

— Tu ne veux pas laisser l'occasion à papa d'étreindre mon cavalier, lui aussi ?

Quand Octomaman s'écarte avec réticence, ses joues sont rouges et son sourire coquet est assez perturbant… même si je ne peux pas lui en vouloir.

Sans détecter mon sarcasme, Octopapa serre Tigger dans ses bras à son tour. Quelques secondes plus tard, il commence à lui palper le dos.

— Papa, lâché-je d'une voix encore plus sévère. On devrait rejoindre notre table.

Octopapa se recule et dévisage Tigger d'un air inquiet.

— Tes épaules sont si tendues.

Tigger hausse les épaules.

— Je crois que je suis troublé par la beauté de votre fille.

Putain, ce que ça fait du bien à entendre. Tigger est en train de me rendre accro à la flatterie.

Bientôt, je vais me retrouver à faire des tours de magie rien que pour me payer ma dose.

Merde.

Pendant que je savourais ce compliment, Octopapa a pris la main de Tigger et le traîne vers la chaise la plus proche.

— Assieds-toi, dit-il. Je vais recharger tes batteries.

L'air un peu abasourdi, Tigger s'installe et Octopapa commence à masser ses épaules princières de ses doigts poilus gros comme des saucisses. Est-ce une recharge de batteries, ou une agression ? Octopapa œuvre avec tant de vigueur que sa queue de cheval argentée tremble tel un sismographe pendant un séisme.

Pendant ce temps-là, Octomaman observe la scène avec envie.

De mon côté, j'ai envie de hurler d'embarras – un sentiment que ne semble pas partager Tigger. Au contraire, il a l'air d'apprécier ce massage impromptu. Mais c'est logique. À quoi je m'attendais ? Ce type n'est pas perturbé le moins du monde quand il se tient le sexe à l'air sur la terrasse d'un café. Pourquoi est-ce qu'il a fallu que ça se passe comme ça ? Qu'ai-je fait à Octopapa pour lui donner envie de se comporter ainsi ? Ma réticence à le laisser m'étreindre l'a-t-elle poussée à avoir les mains baladeuses avec mon rencard ?

— Papa, plaidé-je. Je t'en prie.

— Une seconde, je vais juste lui masser rapidement la tête, répond Octopapa, avant de se mettre à masser le crâne de Tigger. Tu la sens ? L'énergie ?

Je vais avoir besoin de voir un psy. Peut-être que le fait de vivre avec neuf femmes a fini par faire perdre la boule à Octopapa ? Ou bien il a été témoin d'un Massacre de Mésange Zombie, lui aussi ?

Les autres clients commencent à nous regarder avec insistance, eux aussi. Entre mon tour de tout à l'heure et ça, ils ne sont pas près de nous oublier.

— Il faut que tu arrêtes ça, grogné-je à mon père.

— Une dernière chose, réplique-t-il, avant de s'agenouiller aux pieds de Tigger.

J'en reste sans voix.

Va-t-il lui proposer une pipe énergisante ?

— Retire tes chaussures, demande Octopapa.

Ah non. C'est encore pire.

— Papa, articulé-je entre mes dents. Qu'est-ce que tu fous ?

— Je suis expert en massage de pieds, affirme Octopapa avec fierté. Tu n'as qu'à demander à ta mère.

— Monsieur, intervient une autre voix, et je prie pour que ce soit celle de la raison. Cette table est réservée pour deux.

Je me retourne et lance un regard reconnaissant à la serveuse, qui arbore une expression stoïque.

— Êtes-vous les Hyman ? demande-t-elle.

Ça ressemble plus à une accusation qu'à une question.

Mon signe de tête donne un peu l'impression que je baisse la tête de honte.

— Par ici, déclare-t-elle en nous faisant signe de rejoindre l'autre côté du restaurant.

Tigger saute sur ses pieds et aide Octopapa à se redresser.

— Quel gentleman, commente Octomaman d'un air approbateur.

Il s'avère que la serveuse veut nous installer dans une alcôve privée. Elle nous a même offert une table clairement destinée à un groupe plus large. Je me demande pourquoi.

— Il n'y aura aucun massage de pieds, sifflé-je à l'oreille d'Octopapa quand Tigger ouvre la marche.

— Pourquoi pas ? chuchote mon père.

— Je ne sais même pas par où commencer, répliqué-je. Que dis-tu de ça : retirer ses chaussures dans un restaurant n'est pas hygiénique.

— Ah, oui, répond Octopapa. Tu es Gia, ça ne fait plus aucun doute.

Quand nous atteignons la table, Tigger tire une chaise pour Octomaman, ce qui la fait aussitôt se mettre à baver.

Octopapa me lance un regard suppliant.

— Je peux m'asseoir à côté de lui ?

OK. J'ai une nouvelle théorie concernant l'apparente folie de mon père. Il voit Tigger comme le fils qu'il n'a jamais eu. Après tout, on sait toutes qu'il en a toujours voulu un. C'est le cas de mes deux Octoparents. Après avoir eu des jumelles, ils ont employé une technologie de reproduction assistée dans l'espoir d'engendrer un garçon. Quand le destin cruel leur a donné des sextuplées filles à la place, Octopapa a commencé à avoir une araignée au plafond... ou six.

Tigger tire une chaise pour moi à côté d'Octomaman.

— D'accord.

Eh, au moins, je serais assise à côté d'elle, et ne serais pas embarrassée par les regards concupiscents qu'elle lance à mon faux rencard.

Un serveur apparaît de nulle part.

— Je peux vous servir un verre ?

Je demande une bouteille d'eau scellée pendant que les autres choisissent la boisson spéciale du restaurant :

la sangria avec du vin Rioja, des pêches, des nectarines et des poires.

— Donc, lance Octomaman à Tigger une fois que le serveur est reparti. Tu es *vraiment* le petit ami de Gia ?

Merde. Voilà ce qui arrive quand on a la réputation de jouer des tours.

— Bien sûr, acquiesce Tigger. Qui d'autre je pourrais être ?

— Un ami homme faisant semblant d'être son rencard, répond Octomaman.

Tigger affiche un sourire narquois.

— Je ne pense pas qu'un hétéro tel que moi et une femme aussi sublime que Gia pourraient n'avoir qu'une relation amicale et platonique.

Même s'il me taquine au sujet de Waldo, je ne retiens que « aussi sublime que ». Je sais qu'il ne fait que jouer un rôle, toutefois c'est quand même merveilleux à entendre. Mon addiction aux compliments est imminente.

Octomaman plisse le front.

— Vous êtes peut-être le petit ami de l'une de ses nombreuses sœurs, qui lui rend un service. Mes filles n'arrêtent pas de s'échanger des faveurs, comme les gangsters.

Tigger m'adresse un clin d'œil.

— Votre fille a une tache de naissance très mignonne sous le sein droit. Le petit ami de l'une de ses sœurs serait-il au courant de ça ?

Cette tache de naissance est minuscule. Il m'a étudiée d'aussi près que ça ?

Et puis, j'adore l'idée qu'il me trouve mignonne.

Ma mère se frotte le menton.

— Sa jumelle est au courant pour cette tache de naissance, et ses autres sœurs le savent peut-être aussi.

Je pousse un soupir.

— Tout ça est ridicule. Franchement, si Tigger était ton petit ami, tu laisserais la moindre autre femme l'emprunter ?

Octomaman prend un air songeur.

— Tu marques un point. Il n'est pas le genre d'homme qu'on prête.

Nos boissons arrivent et le serveur dépose les menus devant nous avant de partir.

Octopapa scrute Tigger d'un air spéculateur tout en servant de la sangria à tout le monde sauf moi.

— C'est peut-être un prostitué masculin.

Je lève les yeux au ciel.

— Si c'était un prostitué, je n'aurais pas les moyens de me l'offrir.

— Faux, réplique Tigger en me souriant. Je te proposerais un taux très intéressant.

— Tu vois ! s'exclame Octopapa d'une voix triomphante.

Je secoue la tête.

— S'il vous plaît, sortez vos téléphones et cherchez « Anatolio Cezaroff » sur Google.

Pendant qu'ils s'exécutent, je débouche ma bouteille d'eau et en bois une gorgée.

Mon téléphone vibre dans ma poche.

Je le sors et y jette un œil.

Un message de Tigger.

Tes parents sont des amours, surtout comparés aux miens.

Eh bien, je suis soulagée qu'il pense ça, pour l'instant. Je m'attendais à moitié à ce qu'il soit déjà parti en courant.

Attends de voir, dis-je.

Il sourit et sirote sa sangria.

— Waouh, lâche Octopapa en relevant les yeux de son téléphone, une expression choquée sur le visage. Tu es un prince ?

Tigger hausse les épaules.

— Ce n'est pas aussi chic que ça en a l'air.

— Et tu viens de Ruskovie, ajoute Octomaman, émerveillée. Tu sais que le petit ami de sa jumelle est originaire de Russie ?

— Je l'ai rencontré, acquiesce Tigger. Un type sympa… pour un Russe.

— Beaucoup d'habitants d'Europe de l'Est n'aiment pas la Russie, à cause de leur passé soviétique, explique Octopapa d'un ton professoral.

— Racontez-nous à quoi ressemble la Ruskovie, demande Octomaman, qui sautille presque d'excitation. Et ce que ça fait de grandir en tant que membre de la royauté.

Tigger sirote son verre tout en leur relatant certains détails que j'ai déjà entendus, mais j'apprends aussi quelques potins, comme le fait que sa famille possède une authentique devise : « La force est dans la tradition ».

Il leur explique ce qu'il fait dans la vie, puis leur retourne la question, me faisant grimacer.

— Je suis testeur de pénétration, annonce fièrement Octopapa. Mais ce n'est pas ce que tu crois.

— Il pénètre dans les ordinateurs, expliqué-je en levant les yeux au ciel.

— Non, je pénètre dans les systèmes des ordinateurs, précise Octopapa.

— Et dans moi aussi, ajoute Octomaman avec un sourire.

— Évidemment, acquiesce Octopapa en regardant sa femme comme s'il s'agissait d'une tranche de jambon. Même si ça, c'est un hobby, pas un travail.

Que quelqu'un vienne m'abattre. S'ils commencent à parler de leur vie sexuelle, Tigger s'enfuira à coup sûr – et je me laisserai avaler par le sol.

— Et vous, que faites-vous ? demande Tigger, imperturbable.

— Je suis sexeuse de poulets, répond-elle avec délectation.

— Ce qui ressemble aussi à un hobby, renchérit Octopapa avec un clin d'œil.

J'ai mal aux yeux à force de les lever au ciel.

— Maman aide de grands établissements d'incubation à séparer les poussins mâles des femelles.

Octomaman soupire.

— De nos jours, je suis plus souvent dans notre ferme, vu que mon boulot est peu à peu remplacé par le sexage in-ovo.

J'écris un message à Tigger sous la table :

Je t'en supplie, ne lui demande pas ce qu'elle fait à la ferme.

Trop tard. Avant que j'aie pu appuyer sur « envoyer », il pose précisément cette question.

— Vous avez choisi ? intervient le serveur en apparaissant à côté de moi.

Tout le monde se regarde mutuellement.

— Je sais ce que je vais prendre, commencé-je. Je suis déjà venue ici.

— Et si tu passais ta commande pendant qu'on regarde le menu ? propose Octomaman.

Ouf. La question concernant la ferme est oubliée.

— Je vais prendre le Pan Tumaca, déclaré-je au serveur, avant d'expliquer aux autres : C'est leur spécialité. Un pain grillé délicieux avec des tomates salées et de l'huile d'olive.

— Je vais prendre la même chose, annonce Octomaman.

— Je vais prendre les Tortilla Española, dit Octopapa.

— C'est une omelette aux pommes de terre et aux œufs, lui indiqué-je.

— Je le savais répond-il, mais je sens qu'il ment. C'est ce que je veux.

— J'ai très faim, s'exclame Tigger en parcourant le menu des yeux. Je vais prendre un Pan Tumaca aussi, plus une Tortilla Española et du chorizo.

Tout le sang reflue de mon visage.

— Le chorizo est une saucisse.

Et ce n'était pas au menu la dernière fois, ou cet endroit aurait cessé d'être mon préféré.

Tigger referme le menu et le tend au serveur.

— Ouais. De la saucisse de porc. J'ai fait du deltaplane en Espagne l'année dernière. J'ai adoré ce truc.

Je dois mobiliser toute ma volonté pour garder la bouche close concernant les saucisses. Je sais d'expérience que mes vérités ne sont pas bienvenues à table. Mais sérieusement, des saucisses ? Le deltaplane est bien moins dangereux que ça. Les saucisses sont fabriquées avec toutes les parties de l'animal que personne ne veut acheter. Aucun autre aliment n'a reçu autant de couverture médiatique, que ce soit à cause des maladies qu'il transmet ou des histoires les plus dégoûtantes que j'aie jamais entendues – comme quand on a retrouvé de l'ADN humain dedans, même dans les versions végétariennes. Et le pire ? C'est que traditionnellement, on enveloppe les saucisses avec des intestins.

Ça ressemble à l'idée que se ferait un boucher d'une blague cruelle.

Ça n'a rien à voir, mais ça me rappelle l'une des pubs pour Dos Equis selon laquelle « *quand il va en Espagne, c'est lui qui pourchasse le taureau* ».

— Excellents choix, commente le serveur. Surtout le chorizo ; c'est un nouvel ajout. Le chef le fabrique lui-même à partir de cochons de Mangalitsa.

Beurk. Au moins, vu qu'on est dans un restaurant chic, le chef doit utiliser des morceaux de viande de qualité. Avec un peu de chance, ça permettra à Tigger de survivre à ça.

— Pour répondre à ta question de tout à l'heure, reprend Octomaman une fois que le serveur est parti. J'effectue toutes les tâches à la ferme, mais ce que je préfère, c'est l'élevage.

Merde. Octomaman est un vrai éléphant. Si ça peut lui permettre de mettre tout le monde dans l'embarras, elle n'oublie jamais.

Je lance à Tigger mon meilleur regard signifiant « je t'en supplie, ne pose pas de question », toutefois il n'a pas l'air de comprendre et hausse un sourcil, clairement intrigué.

Sans surprise, Octomaman lui raconte comment elle a donné un orgasme à Petunia – un cochon qui était comme un animal de compagnie dans notre famille, quand on était petites – durant une session d'insémination artificielle.

— Ça améliore de six pour cent les chances pour qu'elle donne naissance à des cochonnets, explique fièrement Octomaman.

Putain. Envisage-t-elle de changer de métier, passant de sexeuse de poussins à donneuse d'orgasmes pour cochons ?

Tigger se contente de hocher la tête.

J'espère qu'imaginer ma mère montée sur Pétunia pour la tripoter lui passera l'envie de manger du chorizo.

— Bref, reprends-je en regardant mes parents tour à

tour. Racontez-nous vos aventures touristiques à New York.

Ce sujet-là devrait être plus sûr que tout ce qui concerne la ferme, hein ?

Tigger se redresse. Étant lui-même plus ou moins un touriste, il est clairement intéressé.

— Il y a tant de choses à dire, répond ma mère. Hier, on est allé à une fête des pieds.

Est-ce que c'est que je crois ? Je vous en supplie, faites que non.

— Une fête des pieds ? répète Tigger en arquant un sourcil.

— C'est un rassemblement pour les gens ayant un fétichisme des pieds, explique Octomaman.

Malheureusement, c'est bien ce que je craignais.

Par les doigts de pied de Houdini, qu'ai-je fait pour mériter ça ?

Avant que quiconque ait pu développer – et je sais qu'ils en ont envie – notre serveur revient avec un plateau.

Pendant qu'il dépose les assiettes devant tout le monde, je souhaite de tout cœur qu'ils oublient ce sujet de conversation, même si je sais qu'ils n'en feront rien.

Et ouais, dès que le serveur est parti et qu'Octopapa a goûté son omelette, il lance :

— On s'est renseigné sur toutes sortes de fétichismes, histoire de pimenter un peu les choses.

Je mords dans mon pain, désespérée. Peut-être qu'un miracle surviendra et qu'ils suivront mon exemple, fourrant tant de nourriture dans leur bouche qu'ils seront obligés d'arrêter de parler.

— Ouais, renchérit Octomaman en prenant son pain. Il s'avère qu'on aime tous les deux les petits jeux avec les pieds.

Noooon. Je ne pourrais jamais oublier ça. Et puis, cette nouvelle information perturbante à l'esprit, je me demande si Octopapa essayait de satisfaire son fantasme avec Tigger, quand il lui a proposé un massage des pieds.

Devrais-je être jalouse de mon propre père ?

— La nourriture refroidit, remarqué-je en prenant une autre grosse bouchée de mon Pan Tumaca.

Ça semble fonctionner. Tout le monde attaque son repas et un silence merveilleux s'installe pendant quelques minutes.

Je suis en train de manger mon deuxième Pan Tumaca quand mon téléphone vibre.

Un message de Tigger.

Impressionnant. Je ne l'ai même pas vu l'écrire. Mais après tout, je fais mon possible pour ne pas le regarder manger la saucisse, parce que beurk.

Encore une fois, myodik. J'adore ton sens de l'initiative.

Quoi ? La dernière fois qu'il a dit ça, c'était quand il a cru que j'avais intentionnellement répondu à son appel vidéo avec un godemichet à la main.

Étais-je en train de manger mon pain de manière séductrice ? De lécher la tomate sur mes lèvres ?

Je lui jette un coup d'œil.

Ses paupières sont à demi fermées, comme si j'avais fait plus que manger pour le séduire.

Qu'est-ce qui se passe ?

Je lance un regard furtif à Octomaman pour voir si elle s'en est rendu compte.

Cette dernière a un morceau de pain à la main, mais quelque chose cloche dans sa posture. Elle est affaissée sur sa chaise, presque comme si…

Non. Je vous en supplie, dites-moi que ce n'est pas ce que je pense.

Je soulève la nappe métallique et me serre de la torche de mon téléphone.

L'espace d'une seconde, je refuse de croire à l'information que mes yeux renvoient à mon cerveau, vu que chaque petit détail joue son rôle franchement perturbant.

Octomaman a retiré sa chaussure, ce qui est déjà très grave. Son pied est nu, ce qui est encore pire.

Et de toute évidence, elle a pris cette histoire de fétichisme des pieds très à cœur : elle s'est verni les ongles d'un violet impeccable, elle a un bracelet de cheville et un anneau au doigt de pied.

Évidemment, ce ne sont pas les parures de son pied qui me font mal au cerveau, mais ce qu'il est en train de faire – et où.

Il est en train de caresser l'énorme bosse qui tend le pantalon de Tigger… au niveau de son entrejambe.

Chapitre Vingt-Cinq

— *M*aman ! m'exclamé-je si fort que les autres clients se tournent vers nous. Qu'est-ce que tu fous ?

Octomaman regarde sous la table, devient rouge comme une tomate et retire vivement le pied de Sa Dureté Royale.

— Je suis tellement désolée, déclare-t-elle à Tigger. Je croyais que c'était Harry.

Encore une fois, Tigger semble immunisé contre l'embarras.

— Ce n'était pas voulu, répond-il. Ça aurait été pire si Gia avait confondu Harry avec moi.

Super. Merci. Maintenant, cette image mentale me donne envie de me suicider par le biais d'une saucisse.

— Non, lâché-je d'une voix neutre. Je suis assez saine d'esprit pour savoir que les petits jeux avec les pieds ne sont pas appropriés à table. En public, en plus. Devant quelqu'un que je viens tout juste de rencontrer.

— Eh, lance Octopapa d'un ton aussi sévère que le mien. Ne te moque pas du fantasme de ta mère.

— Ouais, intervient Octomaman, sa rougeur se dissipant. Tu devrais être heureuse que tes parents aient encore une vie sexuelle épanouie.

Je jette un coup d'œil à Tigger.

Il a l'air d'être de leur côté.

Je prends plusieurs grandes inspirations et lâche :

— Désolée. Je ne voulais me moquer de personne. Je suis heureuse pour vous deux. Mais gardez vos appendices loin de mon homme, à partir de maintenant.

En m'entendant l'appeler « mon homme », Tigger m'adresse son sourire le plus suffisant à ce jour.

Octomaman fait un clin d'œil à son mari.

— Elle est jalouse. Ce n'est clairement pas un faux petit ami.

Je fourre un toast à la tomate dans ma bouche avant d'avoir pu ajouter quelque chose que je risque de regretter.

— Ouais, il est réel, renchérit Octopapa. D'abord une jumelle, puis l'autre. L'équilibre karmique est à l'œuvre. L'amour n'est-il pas une chose merveilleuse ?

Il est sous ecsta, ou quoi ? Ils le sont peut-être tous les deux ? Ça expliquerait certaines choses.

— N'hésitez pas à nous dire si vous avez besoin de conseils en matière de sexe, propose Octomaman à Tigger d'un ton parfaitement sérieux. À nous deux, nous avons des décennies d'expérience. Nous pensons que tout le monde devrait connaître les orgasmes tantriques les plus ébouriffants et renversants dont ils sont capables.

Je manque de m'étrangler avec mon pain.

— Merci, répond Tigger sur le même ton. Je vais peut-être vous prendre au mot.

Je tousse pour expulser les miettes à la tomate coincées dans ma trachée et articule :

— Ou on se débrouillera sans vous.

Octomaman hoche la tête d'un air solennel.

— Sachez juste que vous avez du soutien à disposition si vous en avez besoin.

Un type dégingandé approche de notre table, des élastiques en caoutchouc à ses poignets fins.

— Bonsoirs, messieurs-dames. Je m'appelle DJ. Je suis votre divertissement pour la soirée.

Ah. D'accord. C'est une autre raison pour laquelle j'aime ce restaurant : ils embauchent des magiciens pour divertir les tables. Même si ce n'est pas mon style de performance, j'aime soutenir mes collègues illusionnistes. En plus, il y a toujours une petite chance pour que cette personne réussisse à me duper.

— Vous êtes magicien ? lui demande Octomaman.

— Oui madame, répond-il.

— Ma fille aussi, annonce-t-elle avec un signe de tête vers moi.

— Super, commente DJ en me lançant un regard sceptique.

Octopapa sourit à DJ.

— Vous êtes aussi passionné par votre art que notre Gia ?

— Bien sûr, acquiesce DJ en se balançant d'un pied sur l'autre.

— J'admire beaucoup les gens qui suivent leur passion, s'enthousiasme Octopapa en souriant. La magie rend les gens heureux. Quand on diffuse de l'énergie aimante dans le monde…

— Papa, laisse cet homme faire son tour, l'interromps-je.

DJ me regarde en fronçant les sourcils.

— Vous faites peut-être des tours, corrige-t-il. Moi, je fais des *effets*.

Oh, alors c'est l'un de ceux-là – des magiciens qui considèrent le terme « tour » comme dégradant. Certaines de mes colocataires sont de cet avis aussi, mais je trouve la distinction ridicule. Quand les gens rentrent chez eux et parlent de la magie à leurs amis, ils disent toujours « je l'ai vue faire ce tour génial » et jamais « je l'ai vu faire cet effet génial ». Même le terme « illusion » est rarement employé par les profanes – alors que ce mot sonne bien mieux que « tour », même pour moi.

— C'est DJ, c'est ça ? demande froidement Tigger. Baissez d'un ton, s'il vous plaît.

Waouh. Je suis partagée. Une part de moi est aux anges à l'idée que Tigger défende mon honneur, mais une autre bien plus grande est agacée, parce que je peux me débrouiller toute seule.

— Laissons-lui une chance de nous montrer ses tours, déclare Octomaman en souriant à DJ.

— Effets, marmonne-t-il, avant de sortir une balle en mousse rouge.

Laissez-moi résumer. Il s'apprête à pratiquer un tour qui implique un objet ressemblant à un nez de clown, et il veut qu'on rende ça plus noble en lui donnant le nom « effet » ?

Je ne dis rien, parce que DJ a déjà l'air assez renfrogné.

Vu que tout le monde garde le silence aussi, il commence quelques tours médiocres pour faire disparaître sa balle.

Mes parents ont l'air de s'ennuyer. J'ai pratiqué le même genre de tour devant eux quand j'avais dix ans.

J'espère m'en être mieux sortie que ça.

Tigger a l'air impressionné malgré lui, je m'assigne donc mentalement à pratiquer un tour de magie impliquant des balles pour lui. Toutes sortes de balles.

— J'aimerais emprunter la main de quelqu'un, demande DJ d'un ton las.

— Prenez la mienne, proposé-je en ouvrant ma main gantée.

Avec réticence, DJ pose « l'unique » balle en mousse dans ma main et fait un geste magique.

Me sentant d'humeur facétieuse, je profite de ce moment pour voler les élastiques en caoutchouc autour de ses poignets.

— Ouvrez la main, demande DJ d'un ton triomphant.

Quand je m'exécute, deux balles tombent de ma main – comme je m'y attendais.

Tigger écarquille les yeux.

Ouais, je vois beaucoup d'actions en rapport avec des balles dans son avenir.

— Pour mon prochain effet, je vais utiliser des cartes, explique DJ en sortant un paquet de sa poche arrière. Je vais vous montrer une technique appelée le *palming*.

Il me lance un regard narquois et ajoute :

— Vous apprendrez peut-être quelque chose.

— Excusez-moi ? lâché-je en plissant les yeux. Qu'est-ce que vous entendez par là, au juste ?

Hum. C'était peut-être un peu trop agressif ? Les cartes sont effectivement ma faiblesse, je suppose que le sujet est un peu sensible, pour moi.

— Les filles ne sont pas douées pour le *palming*, explique DJ. Tout le monde sait ça. Leurs mains sont trop petites.

Oh non, il n'a pas dit ça. Si Clarice avait été là, elle lui aurait fait manger ce paquet de cartes.

Elle est sûrement la meilleure au monde, s'agissant du *palming* – et le fait que ses mains soient minuscules ne fait que rendre le tour encore plus impossible.

— Je parie qu'elle sait palmer mieux que vous, lâche Tigger en sortant un billet de cent dollars tout neuf.

— Ouais, renchéris-je. Et rien que pour vous faciliter la tâche, je le ferai avec mes gants.

DJ ricane et me tend le paquet de cartes.

— Je vous en prie.

Je prends les cartes et les étale tout en disant :

— Voyons voir si vous jouez avec un paquet complet.

En réalité, je cherche surtout désespérément à inventer quelque chose sur le vif.

C'est alors qu'une idée me vient, et je place discrètement le quatre de trèfle dans ma paume – ce que personne ne devrait voir, vu que le tour n'a pas encore commencé officiellement.

— Nommez une carte, demandé-je à DJ tout en plongeant la main contenant la carte dans ma poche et en enroulant ses bracelets en caoutchouc autour d'elle.

— Le quatre de trèfle, répond DJ tandis que je sors la main de ma poche.

— Le quatre de trèfle ? répété-je en m'efforçant de dissimuler ma joie.

Comme je l'espérais, il a nommé la carte la plus populaire parmi les magiciens.

— Vous voulez changer d'avis ? lui proposé-je pour bluffer.

Ne le fais pas, s'il te plaît.

Il secoue la tête.

— Je garde cette carte.

Dieu merci.

— Regarde-moi la mettre dans ma paume, m'exclamé-je en agitant ma main vide au-dessus du paquet. Tu l'as vue ?

DJ lève les yeux au ciel.

— Tu n'as rien fait du tout.

— Ah non ? demandé-je. Et si je te disais que j'avais bien mis le quatre de trèfle dans ma paume, avant de le cacher dans ma poche, puis de te voler tes bracelets en caoutchouc pour les enrouler autour ?

Tigger écarquille les yeux, et même mes parents habitués à la magie ont l'air impressionnés.

DJ baisse aussitôt les yeux sur son poignet et pâlit en s'apercevant qu'il est nu.

— Tu veux regarder dans ma poche ? lui proposé-je.

Tigger se racle la gorge.

— S'il te touche, il perdra sa main… et il en a besoin s'il veut continuer ses *palming*.

Je lève les yeux au ciel.

— Très bien. Et si tu la récupérais pour lui ?

Tigger s'exécute et lève la carte enroulée dans le bracelet en caoutchouc devant le visage de DJ.

Ce dernier attrape la carte et recule.

— Je dois passer à une autre table.

— J'accepte ta défaite, lancé-je dans son dos tandis qu'il bat en retraite.

— Ça me rappelle ce pari que j'ai fait avec ton père l'autre jour, intervient Octomaman. Il pensait que mes muscles de Kegel n'étaient pas assez forts pour briser une noix.

D'un seul coup, toute la joie provoquée par ma victoire disparaît sans laisser de trace. Tout ce que je veux, maintenant, c'est laver mon cerveau avec de l'eau de Javel.

— Oui, acquiesce Octopapa d'un air rêveur. Je lui dois encore une faveur sexuelle pour ma défaite.

Je devrais peut-être aussi laver mes oreilles à l'eau de Javel ?

— Quelqu'un veut du dessert ? demande le serveur en sortant de nulle part, s'avérant un meilleur magicien que DJ le sera jamais.

— Je suis repue, dis-je.

Même si je mourais de faim, je ne voudrais pas continuer cette conversation.

— J'ai l'estomac trop plein aussi, déclare Octomaman, et les hommes acquiescent.

— Voici la note, alors, annonce le serveur.

Tigger s'empresse de la prendre.

— C'est moi qui offre.

Octomaman lui lance un regard rayonnant.

— Seulement si vous nous laissez payer la prochaine fois.

Elle croit qu'il va vouloir recommencer ?

— Marché conclu, répond Tigger, l'air sincère.

Que quelqu'un donne un Oscar à cet homme. Ou, s'il le pense vraiment, une auréole.

— Vous devriez aussi venir visiter la ferme, ajoute Octopapa.

— Avec plaisir, approuve Tigger.

Ouais, c'est ça. Il faudra d'abord passer sur mon corps mort et totalement décomposé.

Pendant que Tigger paie la note, une pointe d'angoisse m'envahit. Je dis au revoir à mes parents, mais n'entends pas ce qu'ils me disent, parce que le sentiment ne fait que grandir.

Une fois que nous sommes sur le trajet du retour, je parviens enfin à en déterminer la cause.

Je crains le moment où nous allons arriver chez

moi. Même si je sais que ce n'était pas un rencard, mon système parasympathique est passé en alerte maximale – comme si c'était vraiment un rencard, et qu'il s'apprêtait à s'achever en désastre, comme d'habitude.

Quand il se gare à côté de chez moi, je suis si nerveuse que j'en sautille presque sur place.

Tigger se tourne vers moi.

— Juste pour que ce soit clair, je n'essaierai pas de t'embrasser.

Je le regarde en clignant des paupières, sans trop savoir si je suis soulagée ou déçue.

— Ah non ?

— Pas à moins que tu en aies envie, précise-t-il, une douce chaleur dans ses yeux noisette. Garde bien en tête qu'on n'a prévu aucun entraînement aujourd'hui. S'il doit se passer quoi que ce soit, ce sera purement sous l'effet du désir, et pas à des fins éducatives.

Je digère sa remarque tout en détachant ma ceinture.

Il ne m'entraînera pas aujourd'hui, pourtant j'ai aussi l'impression que si je voulais l'embrasser, il serait partant.

Meeerde. Est-ce que j'en ai envie – à supposer que j'en sois capable ?

Oh que oui.

Le désir embrouille peut-être mon bon sens, mais j'en ai vraiment envie. Très fortement.

Et pourquoi pas ? Même si ce n'est que pour cette fois, je ne peux espérer meilleur premier baiser, si ?

C'est un prince. La seule manière de rendre un

baiser plus épique, ce serait qu'il soit un crapaud et qu'il se transforme en prince après un petit acte bestial.

Ce qui me ramène à : en suis-je capable ? C'est la question à un million de dollars. La réponse est qu'il y a très peu de chances aujourd'hui, toutefois ce que j'aimerais réessayer, c'est de le toucher sans mon gant.

Ce devrait être faisable, non ?

Tigger me regarde réfléchir en silence, et je ne peux m'empêcher de me dire qu'il ressemble à un prédateur épiant patiemment sa proie.

— J'ai envie qu'on se touche la main, finis-je par dire.

— D'accord.

Il tend la main comme pour taper dans la mienne.

Je secoue la tête.

— Je n'ai pas envie de faire ça ici. J'ai de mauvais souvenirs avec les voitures.

Il hoche la tête d'un air compréhensif.

— Dis-moi où tu te sentirais plus à l'aise et on y va.

— Dans ma chambre, dis-je. Mais tu dois savoir que je vais sûrement me dégonfler.

Il étire les lèvres.

— Ne t'en fais pas. Je serais ravi de me contenter d'assister à un autre tour de magie.

Je le dévisage en plissant les yeux d'un air faussement suspicieux.

— Comme le tour de la disparition des vêtements, par exemple ?

Son regard se fait brûlant.

— Ce serait pas mal.

Je racle ma gorge devenue sèche.

— Accorde-moi un instant. Je dois m'assurer que ma chambre est présentable.

— Viens me chercher quand tu seras prête, me propose-t-il après m'avoir accompagnée jusqu'à la porte.

Je me précipite dans ma chambre et cache quelques sous-vêtements, avant d'échanger mes chaussures piégées contre une copie parfaite non améliorée. Puis je lance « The Final Countdown » en boucle pour apporter une atmosphère plaisante.

Quand je retourne chercher Tigger, je remarque Hannibal qui se dirige vers la cuisine.

Oh, non. Ça ne va pas le faire.

Je frappe à la porte de la chambre de Clarice.

— Entrez, dit-elle.

Je passe la tête à l'intérieur et lui demande de prendre son chat et de le conserver dans sa chambre ce soir.

— Pourquoi ? demande-t-elle.

— Je vais amener Tigger dans ma chambre.

Elle frappe dans ses mains d'un air surexcité.

— Ça va sans dire, précisé-je avec un regard dur, mais juste au cas où : reste loin de ma chambre. Je ne pense pas qu'il se passera quoi que ce soit entre nous, mais si c'est le cas et que tu gâches tout, tu vas commencer à trouver des laxatifs et des somnifères dans ta nourriture et tes boissons. Parfois séparément. Parfois en même temps.

Elle sourit.

— J'adore quand tu me demandes quelque chose gentiment.

Je laisse Clarice et, juste au cas où, je réitère le même avertissement à rester loin de ma chambre avec toutes mes colocataires.

Et voilà le travail.

Je retourne vers la porte d'entrée et l'ouvre pour Tigger.

Il me regarde de la tête aux pieds.

— Pas de combinaison de protection ?

Je hausse les épaules.

— Pour quoi faire ? Tu es clean.

— Et je le serai encore plus après m'être lavé les mains, renchérit-il en souriant.

Il me connaît si bien. Je lui rends son sourire et lui fais signe de me suivre, lui indiquant la salle de bain du doigt. Quand il en ressort un moment plus tard, je le guide jusqu'à ma chambre.

— Tu vois, pas d'installation de tueur en série non plus, souligné-je quand il entre et regarde autour de lui. Ce mannequin me sert à m'entraîner au pickpocket, pas à accrocher des costumes conçus avec la peau de mes ex petits-amis.

Tigger observe Manny d'un air désapprobateur.

— Alors tu ne fixes pas des godes sur lui ?

Je secoue la tête. Mais c'est une excellente idée. Pourquoi n'y ai-je jamais pensé ?

Les yeux de Tigger ressemblent à ceux d'un chat quand il reporte son attention sur moi.

— Et maintenant ?

Je prends une inspiration pour me calmer. Mes paumes sont moites et mon cœur cogne contre ma cage thoracique.

— Tends la main, demandé-je. Comme l'autre jour.

Il s'exécute, et la manière sexy dont ses biceps se tendent vaut la peine d'éprouver cette angoisse qui me tord le ventre.

— Je vais toucher ta paume, d'accord ? reprends-je.

Il hoche la tête, ses yeux félins m'hypnotisant.

Je tends la main vers lui. Cette fois, ça ressemble moins à une tape dans la main qu'à une imitation de E.T et son doigt brillant.

Comme la dernière fois, je m'arrête quand mon doigt est à un cheveu de sa main, si près que je sens la chaleur irradier de sa paume.

Et zut.

Comme douée d'une vie propre, ma foutue main refuse d'aller plus loin.

Je ferme les yeux et apaise ma respiration.

— Tu peux le faire, m'encourage-t-il doucement. Tu es plus forte que tu le crois, tu te souviens ?

Quand les battements de mon cœur commencent à se calmer, je m'encourage en écoutant les paroles de la chanson.

« On est en route pour Vénus. »

Bon, ça ne m'aide pas beaucoup. Si les femmes viennent de Vénus, alors je suis plutôt en route pour Mars. J'aurais dû mettre « Eye of the Tiger ». OK, toucher la paume d'un prince attirant n'est peut-être pas une épreuve aussi grande que celle qu'a dû surmonter Rocky, mais pas loin.

« *C'est le décompte final.* »

Oui. C'est vrai. À trois, je toucherai sa paume ou j'abandonnerai.

Un.

Je serre les dents.

Deux.

J'ouvre les yeux.

Trois.

Je mobilise toute ma volonté... et mon doigt entre en contact avec sa peau.

Chapitre Vingt-Six

*P*ar les éclairs de Houdini... c'est comme si un arc d'électricité pure avait jailli de mon doigt, durcissant mes tétons avant de parcourir tout mon corps, puis de s'installer bien au chaud dans mon entrejambe.

C'est toujours comme ça, quand on touche quelqu'un ?

Non. Ce moment est spécial. Seul Tigger provoque ces sensations.

— Tu vas bien ? murmure-t-il.

En réponse, j'entrelace mes doigts avec les siens.

Si je devais changer de musique ce soir, la chanson « Like a Virgin » de Madonna serait la plus appropriée à cette situation.

Lui tenir la main est encore plus merveilleux, mais je suis gourmande. J'en veux plus.

Le cœur battant la chamade, je porte sa main à ma bouche et lui lèche le doigt.

Il prend une brusque inspiration. Dans son pantalon, Sa Dureté Royale est dressée.

— Embrasse-moi, déclaré-je, à bout de souffle, et ces mots me surprennent moi-même. S'il te plaît.

L'espace d'un instant, j'ai l'impression qu'on s'apprête à pratiquer une danse de salon. Sa main gauche tient encore ma droite et il passe un bras derrière mon dos pour le rapprocher.

Puis il incline la tête et nos lèvres se lient.

Chapitre Vingt-Sept

In. Croy. Able.

Ses lèvres sont douces et délicieuses, son souffle chaud et agréablement parfumé à la sangria. Il fait courir sa langue sur mes lèvres, les taquinant et les caressant, et j'ai l'impression d'être à deux doigts d'exploser de plaisir.

Comment ai-je pu vivre tout ce temps sans connaître ça ?

J'entrouvre les lèvres et sa langue s'aventure dans ma bouche, chaude, humide et si rusée. Mon cœur se met à battre encore plus vite et le monde entier disparaît autour de nous. Tout ce que je ressens, tout sur quoi j'arrive à me concentrer, c'est lui. Ma peau me brûle, mon entrejambe est si vide que c'en est douloureux et j'ai l'impression que quelqu'un chasse la volée de colombes dans mon ventre avec des feux d'artifice.

L'attente en valait la peine. Je n'aurais pu imaginer de meilleur premier baiser.

La respiration forte, il m'attire plus près de son corps chaud et aux muscles durs. Son érection cogne contre mon ventre et mes tétons se pressent contre son torse. Je lui rends son baiser presque avec violence, la surcharge de plaisir me donnant le vertige. J'ai l'impression que ma bouche est à deux doigts de jouir tandis que nos langues dansent et que nos microbiomes se mêlent.

C'est fait. Il n'y a pas de retour en arrière possible, et je n'en ai pas envie. Ses germes sont en moi, les miens sont en lui, et ça ne me dérange pas du tout.

Peu importe ce qui se passera ensuite, on aura toujours une part de l'autre au fond de nous.

Après une heure de félicité totale, il détache ses lèvres des miennes et prend mon visage entre ses grandes paumes chaudes.

— Ça va toujours ? demande-t-il d'une voix rendue rauque par le désir.

Je touche mes lèvres piquantes.

— Plus que ça, même.

Je prends une inspiration et mobilise tout ce courage que je viens de me découvrir.

— Débarrassons-nous de ces stupides vêtements.

Une flamme se met à danser dans ses yeux. Sans un mot de plus, il se déshabille avec une précision militaire.

Waouh. Je rêve ou Sa Dureté Royale vient de me faire un clin d'œil ?

Si c'est le cas, c'est vraiment l'œil du tigre.

De mon côté, tout ce que j'arrive à faire, c'est retirer mes chaussures et mes chaussettes.

— Laisse-moi t'aider, propose-t-il d'une voix saccadée tout en retirant toutes les couches de vêtements sur moi.

Il me parcourt du regard, prend une grande inspiration et parle d'une voix encore plus rauque :

— Je dois le répéter : tu es sublime, putain.

Je rougis et fais courir mes mains sur ses pectoraux et ses abdos, comme dans la VR.

Par les œstrogènes de Houdini, ce que j'avais ressenti à ce moment-là n'était qu'une pâle copie de la réalité.

Mes mains se posent sur la vraie Dureté Royale et mon souffle se coince dans ma gorge. J'ai une mauvaise nouvelle pour Holly et Bella : la VR, ça craint, par rapport à la réalité. Son sexe ressemble à une tige de métal enveloppée dans du velours, sauf qu'il est chaud, vivant et qu'il me fait mouiller ma culotte.

Tigger émet un grognement approbateur sous mes soins et prend mes seins dans ses paumes.

Double waouh.

Il les malaxe.

Triple waouh.

Il me pince doucement les tétons.

Je suis à court de waouh.

Une vague de plaisir transperce mon entrejambe, et je ne prends même plus la peine de comparer cette réalité à la VR.

— Allons sur le lit, proposé-je en prenant Sa Dureté Royale pour l'attirer dans cette direction.

Comme un tigre prêt à bondir sur une délicieuse gazelle, Tigger bouge si vite qu'il en devient flou. Une seconde, je suis debout et tiens son sexe dans ma main, et la suivante je suis étalée sur le lit et il est sur moi, dans la position de la planche. Vient-il de me malmener, ou de pratiquer un tour de magie digne de mon futur spectacle ?

Avant que j'aie eu le temps de reprendre mon souffle, il m'embrasse encore plus passionnément, comme si j'avais quelque chose de délicieux dans la gorge.

Je fonds sur le matelas, les mains agrippées aux draps.

Il lâche mes lèvres et m'embrasse dans le cou. Ma peau me picote sous la surabondance de sensations et la chaleur en moi s'accroît de seconde en seconde, tandis que ses lèvres passent à mes épaules, puis ma clavicule et jusqu'à mon téton droit.

Par les zones érogènes de Houdini, c'est vraiment censé être aussi bon ? Je suis au paradis, et pourtant j'éprouve un vide dévorant au creux de moi, un besoin… et je suis sûre de sentir le quelque chose dont j'ai besoin pressé contre ma cuisse.

Tigger reporte son attention plus bas sur ma poitrine et, l'espace d'une seconde, mon téton est triste d'avoir été libéré de ses lèvres.

Et moi qui disais soutenir le mouvement de Libération du Téton.

Il se fraie un chemin le long de ma cage thoracique en mordillant ma peau, une sensation qui me chatouille et me ravit tout à la fois. Quand il dépasse mon nombril, j'oublie mon téton. J'ai vu assez de porno pour connaître sa destination, et je n'arrive pas à croire que ça va bientôt m'arriver à moi.

Et puis ça arrive.

Il embrasse délicatement mon sexe, ses lèvres sont souples et sa langue m'effleure à peine.

— Délicieux, murmure-t-il contre mes replis.

Avant que j'aie pu répondre, il dépose un baiser directement sur mon clitoris et je me retrouve incapable de prononcer un mot. Tout ce que j'arrive à émettre, c'est un gémissement incohérent, tandis que tous les muscles de mon corps se tendent sous l'effet de la tension grandissante.

Il fait glisser sa langue habile sur mon clitoris. Une, deux, trois fois, encore et encore, avec un acharnement terriblement plaisant.

La tension s'intensifie, un orgasme puissant grandit en moi tandis qu'il accélère ses coups de langue, ses dents frottant doucement mes replis. J'ai l'impression qu'il me dévore le sexe, qu'il en consume chaque centimètre carré. Hébétée, je me demande s'il prend seulement le temps de respirer.

Sinon, l'entraînement que je lui ai donné a drôlement porté ses fruits.

Haletante, je referme la main dans ses cheveux. Je vais jouir. Devrais-je l'éloigner ? Ce serait impoli, de jouir sur sa bouche ? Ou égoïste ? Je n'ai pas eu l'occasion de lui donner le moindre plaisir. Ce n'est pas un entraînement, alors on devrait…

Trop tard.

Avec un cri hoquetant, je jouis – manquant de le bousculer au passage.

Ça n'a pas l'air de le déranger. C'est tout l'opposé, en fait. Il lève la tête, une expression de satisfaction purement masculine sur le visage, et murmure :

— C'est bien, *myodik*.

Puis il dépose un petit baiser sur mon clitoris sensible, avant d'embrasser chacune de mes cuisses.

— OK, murmuré-je une fois que j'ai repris mon souffle. À mon tour de faire la même chose avec toi.

Il baisse les yeux sur son énorme érection, avant de les relever sur moi.

— Tu es sûre ?

Je hoche la tête en me mordant la lèvre.

Son regard devient plus brûlant encore.

— Très bien, mais prends un préservatif. Je ne veux pas que tu t'inquiètes pour le sperme.

À ma grande surprise, ça ne m'inquiète pas du tout. Mais je n'ai pas envie de gâcher ce moment en me lançant dans un débat. Et puis, je pourrais me servir de l'un de mes préservatifs parfum cerise – comme ça, ma première pipe aura un goût de cerise.

Avec langueur, je rampe sur le lit pour récupérer le préservatif dans la table de chevet. Non seulement mes muscles ressemblent à des nouilles trop cuites, après cet orgasme, mais ce moment ressemble beaucoup à un tour de magie après la mise en place du spectacle.

Quand le spectateur est au bord de son siège, le faire attendre un peu rend les retombées encore plus puissantes.

Ouais. Les yeux de Tigger sont rivés avidement sur mes courbes quand je reviens avec le préservatif.

Mon plan diabolique fonctionne. Sans cesser mes mouvements sensuels, je transforme le processus consistant à lui enfiler le préservatif en un autre moment d'attente aguicheur.

En récompense à mes efforts, ses narines se dilatent.

La prochaine fois, je ferai peut-être ça avec ma bouche. J'ai déjà vu ce genre de truc dans un porno. Une fois le préservatif enfilé, j'examine Sa Dureté Royale avec une certaine nervosité. J'ai l'impression que cet empereur est encore plus intimidant, dans ses nouveaux vêtements.

Je me lance quand même.

J'enroule mes doigts autour de son membre et demande :

— Couche-toi, ferme les yeux et pense à la Ruskovie.

Ses yeux sont réduits à deux fentes quand ils croisent les miens.

— Oh non, *myodik*. Je compte bien regarder.

Une nouvelle vague de chaleur me parcourt le dos. Je suppose que mon sens du spectacle va bientôt être mis à l'épreuve.

Compte tenu de la nature féline du propriétaire de ce sexe, ma meilleure chance est d'imiter un chaton sexy. Sans détourner le regard, je lèche langoureusement Sa Dureté Royale de la base au gland.

Miam. C'est comme lécher un bonbon à la cerise... fait pour Godzilla.

Un feu volcanique fait rage dans les yeux de Tigger.

C'est normal, de se sentir aussi désirable pendant une pipe ? Aussi puissante ?

Je lèche à nouveau Sa Dureté Royale à la verticale, et il tressaute en réponse. Un vrai bonbon, en effet.

Il est temps de sortir l'artillerie lourde.

Une fois encore, je regrette de ne pas avoir mis « Eye of the tiger » en boucle plutôt que « The Final Countdown ». Ce que je m'apprête à faire est de la trempe de *Rocky*.

J'arrondis le dos comme la pose de yoga du chat, puis me cambre pour la pose de la vache, avant de glisser le bout de Sa Dureté Royale dans ma bouche.

Waouh. Il a l'air gigantesque, comme ça. Si j'ai la mâchoire désarticulée après, je saurais pourquoi.

Ignorant l'envie de hoqueter, je le fais glisser plus profondément.

Tigger écarquille les yeux, m'encourageant à le faire entrer un peu plus loin. Je remonte, puis redescends, encore et encore, savourant le moment où il se met à grogner de plaisir.

Plus je recommence ce mouvement, plus les parois de mon vagin deviennent jalouses de ma bouche. Quand je ne peux résister à la tentation plus longtemps, je m'écarte et lâche :

— Je te veux en moi.

— Putain, oui, répond-il, et sa réponse ressemble à un défi territorial de tigre.

Waouh. Du calme. Mon cœur fait déjà bien assez de pirouettes dans ma poitrine comme ça.

Je prends une inspiration pour me calmer, puis je me rapproche et le chevauche.

Il resserre ses mains puissantes sur mes fesses et m'aide à descendre tandis que je guide Sa Dureté Royale vers mon intimité.

Par la chaleur soyeuse de Houdini.

Rien – ni le Prince Régent ni aucun autre objet que j'ai eu le plaisir d'avoir en moi – ne m'a jamais procuré de sensations pareilles.

L'étirement oscille entre le plaisir et la douleur, mais quand je glisse plus bas, avant de remonter, je passe fermement en territoire extatique, ce qui me pousse à le monter avec d'autant plus d'enthousiasme.

J'ai à nouveau l'impression que mon cœur va exploser, et une chaleur brûlante bouillonne juste sous ma peau tandis qu'un orgasme monumental grandit en moi. À chaque va-et-vient, des gémissements encore plus sonores s'échappent de mes lèvres.

La respiration de Tigger devient plus lourde et il étreint mon derrière assez fort pour y imprimer la marque de ses mains.

— Putain, ce que c'est bon.

Ce grognement bas me fait basculer et je jouis avec ce qui ressemble au cri de Tarzan. Tout en moi se contracte et se relâche simultanément, un plaisir béat

303

parcourt toutes mes terminaisons nerveuses et je m'écroule au-dessus de lui.

Quand je reviens sur Terre, je me demande distraitement si Tarzan a déjà eu affaire à un tigre. Je sais que c'est le cas de Mowgli. Et de Pi dans *L'odyssée de Pi*.

— Si bon, *myodik*, répète Tigger d'une voix saccadée.

Si l'idée était de m'encourager à continuer de le monter, ça fonctionne comme un charme. Je me redresse en position assise et commence à me laisser glisser de haut en bas sur son membre jusqu'à ce qu'un autre orgasme naisse en moi et que les muscles de mes jambes commencent à me brûler.

Comme s'il avait senti mon inconfort, Tigger effectue une autre version de son tour de manipulation virile. Une seconde je suis au-dessus, et la suivante je suis clouée sous son corps – et pour rendre ça encore plus impressionnant, je pourrais jurer que Sa Dureté Royale n'est à aucun moment sorti de mon sexe.

On devrait peut-être lancer un tout nouveau style de magie, tous les deux – la magie sexuelle. À moins que ce soit plutôt une nouvelle catégorie de porno.

Penser à la magie me rappelle le plus vieux tour du monde – celui des gobelets et des boules – alors je tends la main et prends ses bourses.

Il grogne d'un air approbateur et s'enfonce plus profondément en moi.

Mon cerveau est à deux doigts du court-circuit.

Il me mordille le cou, me rapprochant un peu plus de la folie, et accélère le rythme de ses coups de reins.

Des gémissements s'échappent de mes lèvres.

Il accélère encore.

Mes gémissements se transforment en cris.

Ses bourses sont tendues et pleines dans ma paume. Il est tout près, et c'est une bonne chose. Mon orgasme tsunami s'apprête à atteindre la terre.

J'y suis presque.

Là, c'est le décompte final.

Quand la vague de plaisir me submerge, mes doigts de pied se crispent et il me reste tout juste assez de bon sens pour presser délicatement ses bourses.

Avec un mélange de rugissement et de grognement, il s'enfonce plus profondément en moi et se frotte contre moi pour jouir. Une autre vague orgasmique traverse mes terminaisons nerveuses sensibilisées.

Sous le contrecoup, j'ai l'impression de m'enfoncer dans le matelas, tous les os de mon corps s'étant liquéfiés de ravissement.

Tigger dépose un tendre baiser sur mes lèvres, se retire et enlève le préservatif. Il fait un nœud au bout et le range dans sa poche de pantalon.

— Je vais le prendre avec moi pour que le chat ne puisse pas le voler.

— OK, dis-je d'une voix un peu rauque.

J'ai peut-être fait une autre imitation de Tarzan sans m'en rendre compte, vers la fin.

Un sourire épuisé étire ses lèvres. Je me sens trop comme un citron pressé pour entamer une conversation. C'est déjà un miracle que je me souvienne comment respirer.

Tigger revient sur le lit, déplace mon corps mou comme une nouille en position de la cuillère et m'étreint par-derrière.

— Tes mains m'ont vraiment touché, cette fois, murmure-t-il.

Je bâille et hoche la tête.

Ses mots font se cristalliser la réalité de ce qui vient de se passer.

Je l'ai fait. J'ai enfin eu une relation sexuelle – et c'était plus incroyable que tout ce que j'aurais pu imaginer. Ce n'était pas une mince affaire, vu que mes attentes étaient très élevées.

Je ne serais pas surprise de me transformer en Octomaman, après ça, et de radoter sans arrêt à propos des bienfaits des orgasmes. Le sexe est peut-être même mieux que la magie – et personne ne me croira si je dis ça.

Quand le sommeil commence à m'envahir, je ne peux m'empêcher d'éprouver de l'espoir. Peut-être que ce qu'il y a entre nous pourra fonctionner. Même s'il est d'un rang supérieur au mieux et qu'il est mon client, et malgré le gros mensonge que je lui ai dit.

Après tout, le plus gros obstacle a toujours été mon incapacité à faire ce qu'on vient de faire.

Il m'étreint plus fort et je bâille une nouvelle fois.

Ouais. Ça peut peut-être marcher.

Avec un sourire béat, je dérive vers le sommeil.

Chapitre Vingt-Huit

*J*e me réveille la joue posée sur un torse musclé et une délicieuse odeur d'océan dans les narines.

Hum. Qu'est-ce qui se passe ?

Ah.

Quand je me remémore la veille, toute trace d'assoupissement s'évapore comme chassée par un grand espresso.

Mon oreiller confortable n'est autre que Tigger, et il est ici parce qu'on a couché ensemble, dans tous les sens du terme.

Par le comportement inapproprié de Houdini, j'ai couché avec un client... et un prince.

J'ai couché avec lui avant de lui avoir avoué que mon tour où je retiens ma respiration est une illusion, et malgré mes craintes qu'il veuille coucher avec moi pour le défi que ça représente, tel un alpiniste cherchant à atteindre un sommet insaisissable.

— Bonjour, murmure mon oreiller, me faisant sursauter. Tu as bien dormi ?

— Comme une souche, dis-je en me frottant les yeux. Et toi ?

Il s'étire comme un gros matou.

— C'était ma meilleure nuit de sommeil depuis des années.

Je me redresse.

Il saute du lit, imitant son double fictionnel.

— J'ai un rendez-vous important à huit heures, alors je dois y aller, explique-t-il en commençant à s'habiller. Je t'appelle quand ce sera terminé.

— OK, acquiescé-je.

Si j'ai l'air incertaine, c'est peut-être parce que sa capacité militaire à s'habiller très vite est déstabilisante, si tôt le matin. J'ai à peine le temps de poser les pieds au sol qu'il est déjà prêt à partir.

— On se parle bientôt ? m'interroge-t-il.

Je hoche la tête, encore un peu hébétée.

Il m'embrasse sur la joue et sort.

Je touche ma joue et regarde la pièce vide en clignant des paupières.

Est-ce qu'il était vraiment là ?

Tout commence à ressembler à un rêve.

Je me lève, m'habille et me dépêche de rejoindre la salle de bain pour accomplir ma routine matinale. Puis je retourne dans ma chambre et renifle les draps.

Ouais. C'est bien arrivé. Je sens encore son odeur délicieuse.

Je me dirige vers la porte d'entrée.

Encore une preuve. Elle est déverrouillée.

Je me rends à la cuisine, me prépare des Frosties et réfléchis aux événements d'hier soir. Je ne vais pas très loin, parce que mon téléphone bipe.

Est-ce Tigger ?

Non. C'est Blue. Elle veut avoir de mes nouvelles.

Je l'appelle par vidéo.

— Salut, lance-t-elle en scrutant la caméra.

Comme moi, elle a un bol de quelque chose noyé dans du lait devant elle.

— Quoi de neuf, sœurette ?

Je lui raconte ce qui s'est passé, sans omettre mes craintes.

— Waouh, lâche-t-elle. Un prince, hein ? Tu ne fais pas les choses à moitié, dis donc !

Je hausse les épaules.

— Compte tenu de ce que je t'ai dit, tu crois que ce qu'on a fait n'était qu'un coup d'un soir ?

Elle fronce les sourcils.

— Il t'a dit qu'il te recontactait après son rendez-vous. Il a aussi dit « on se parle bientôt ». Ça ne ressemble pas à ce que dirait un coup d'un soir.

Elle marque un point, mais mes céréales ont quand même un goût de carton dans ma bouche.

— Tu crois que je devrais lui dire que mon illusion sous l'eau n'était que ça ?

Elle hoche vigoureusement la tête.

— Dès que tu le peux. Tu apprécies ce type, c'est clair, et les gens peuvent être assez susceptibles, concernant l'honnêteté.

J'apprécie ce type ? C'est un euphémisme.

Avant que j'aie pu ajouter autre chose, Machette, le chat de Blue, apparaît dans le champ de vision de la caméra.

Ou plutôt, il le bloque avec sa fourrure disparate.

— Du balai, lance ma sœur.

Est-ce qu'il vient de lui cracher dessus ?

J'émets un petit rire. Gros et miteux, ce chat sauvé de la rue est le garde du corps parfait contre ces démons que sont les oiseaux, pour ma sœur. C'est moi qui ai suggéré de l'appeler comme ça, parce qu'il ressemble à Danny Trejo, l'acteur qui joue un personnage *badass* appelé Machette dans le film du même nom. Comparé à Machette, Hannibal est un chaton, et heureusement que Tigger n'est pas là. Pour lui, voir ce chat reviendrait à entrer dans un labo à risque biologique sans ma combinaison.

— Je ferai mieux d'aller nourrir la bête, commente Blue, et nous raccrochons.

J'ai un peu le cafard tandis que je termine mon petit-déjeuner.

Et maintenant, qu'est-ce que je fais ?

Il est huit heures trente. Trop tôt pour que Tigger ait terminé son rendez-vous, hein ? Je ne devrais pas m'attendre à ce qu'il m'appelle aussi tôt, si ?

Pour empêcher mon esprit de s'égarer plus avant sur cette voie, je m'efforce de m'occuper. Par chance, je trouve une nouvelle idée d'illusion. Aux yeux du public, ce sera comme si j'ai transformé un portefeuille emprunté à un type en sac à main... qui s'avérera appartenir à sa compagne.

Une fois que j'ai élaboré les étapes de base du tour, je consulte mon téléphone.

Il est neuf heures. Combien de temps durent ces réunions ? Une heure ? Plus ?

Pourquoi ne m'appelle-t-il pas ? Ou n'envoie-t-il pas un message ?

Est-ce que je viens de me faire larguer ?

Une part de moi sait que je me montre un chouïa déraisonnable. C'est sûrement parce que Tigger est mon premier pour quasiment tout ce qui a rapport au sexe.

À moins que... est-ce le signe que j'ai développé des sentiments ?

Zut. Je dois rester lucide. Je dois reporter mon attention sur l'illusion... plus spécifiquement, sur le gros problème que j'entrevois à ce sujet : les gens penseront que le couple au portefeuille et au sac à main est une bande de comparses que j'ai embauchés.

Avec un soupir, je prends un livre de mentalisme sur mon étagère. Prouver que votre spectateur n'est pas un comparse compose une part importante de cette branche de magie.

À dix heures, j'ai choisi une procédure de choix de spectateur qui devrait paraître totalement au hasard, mais je n'ai toujours aucune nouvelle de Tigger.

Grr. Je suppose que je vais travailler sur le prochain aspect de cette nouvelle illusion : comment rendre l'apparence du sac à main aussi criarde que possible.

Devrais-je employer un effet de feu sympa à partir de substances chimiques spéciales ?

Non. Ça risquerait de déclencher l'alarme incendie de la salle.

Je sors un autre livre de l'étagère pour voir ce que je pourrais faire d'autre – avant d'être tirée de ma lecture par un bip sur mon téléphone.

Mon cœur fait un bond dans ma poitrine.

C'est Tigger ?

Non. Juste un rappel de mon rendez-vous de onze heures avec Waldo, que j'avais presque oublié.

Il est dix heures et demie, alors je ferais mieux d'y aller.

C'est parfait. Traîner avec un ami devrait m'empêcher d'épier mon téléphone dans l'attente de recevoir un message de Tigger. Et de me poser des questions du genre « Il est dix heures et demie, pourquoi n'a-t-il pas appelé ou envoyé un message ? »

À moins que… devrais-je l'appeler moi-même ?

Non. Waldo m'attend.

Je m'habille et rejoins le café.

Quand j'arrive, Waldo est déjà à notre table habituelle en terrasse, celle-là même où on a rencontré Tigger et Sa Dureté Royale.

— Salut, lancé-je d'un ton enjoué.

— Bonjour, répond Waldo, l'air sombre.

— Quelque chose ne va pas ?

— J'ai parlé à un collègue l'autre jour, répond-il en évitant mon regard. Son appareil-photo a été confisqué illégalement près du Champignon Croustillant, après qu'il a pris une photo d'un certain prince. Ça te dit quelque chose ?

Oh. Alors ce paparazzi de l'autre jour travaille pour le même magazine que Waldo ? Je ne m'en étais pas rendu compte.

— Laisse-moi deviner, dis-je. Ton collègue a décrit la femme en compagnie de ce certain prince, et tu as compris que c'était moi ?

Il hoche la tête.

— Dis plutôt que mon pote savait déjà qui tu étais, grâce à l'article que j'ai écrit. Je croyais t'avoir prévenue concernant Anatolio. Qu'est-ce que tu fabriques ?

— C'est juste un client, expliqué-je. Je lui apprends à respirer.

— À respirer ? répète Waldo en arquant un sourcil.

— Sous l'eau, précisé-je. Il veut faire de la plongée libre. Tout ça reste entre nous, d'ailleurs.

— Pourquoi toi ? s'enquiert-il.

Je hausse les épaules.

— Pourquoi pas moi ? répliqué-je. Tu as écrit cet article, tu te souviens ? Tu m'as appelée l'Incroyable Hyman.

Il me dévisage en clignant des paupières.

— Je croyais que ce tour était une illusion.

— Qu'est-ce que tu en sais ?

— Juste pour clarifier les choses, reprend-il en sortant son téléphone. Tu ne sors pas avec lui ?

Je fronce les sourcils.

— Pourquoi ?

— Pour ça, répond-il en me collant son téléphone sous le nez.

J'étudie l'image sur l'écran. Tigger se tient devant une magnifique femme blonde. Il a l'air de lui avoir lâché la main une seconde plus tôt – une main dont l'annulaire est orné d'un diamant de la taille du Prince Régent.

Mon estomac s'emplit de nitrogène liquide.

— Qu'est-ce que c'est ?

— C'est sa fiancée, explique Waldo. Et c'est aussi un membre de la royauté de…

Je n'entends pas le reste de sa phrase, parce que le mot « fiancée » me rend sourde, aveugle et muette tout à la fois.

Fiancée ?

Fiancée, putain ?

C'est impossible, n'est-ce pas ? Après s'être fait tester, il m'a assuré ne *pas* coucher avec tout ce qui bouge. Il m'a dit qu'en général, il n'avait de relation sexuelle qu'avec les femmes avec qui il est en couple, et que ses voyages constants n'y étaient pas propices.

Comment cela peut-il s'accorder au mot « fiancée » ?

Je crispe les poings jusqu'à me faire mal.

Tout n'était-il qu'un mensonge ? S'il a une fiancée, c'est clairement qu'il est en couple.

C'est tellement pire que ma crainte première qu'il soit un coureur de jupons.

Même si le fait qu'il a couché avec moi alors qu'il a

une fiancée est la preuve qu'il est bien un coureur de jupons. En plus d'être infidèle.

Sérieusement, y a-t-il une autre explication possible ?

Je regarde mon téléphone.

Il est onze heures et demie. Il aurait dû m'appeler, maintenant.

Est-ce une preuve ? M'a-t-il larguée, maintenant qu'il a obtenu ce qu'il voulait ?

— Tu vas bien ? s'inquiète Waldo, sa voix semblant me parvenir de très loin.

— Tu peux m'envoyer cette photo ? demandé-je d'une voix rauque.

Je vais l'imprimer et la faire bouffer à Tigger.

Ou bien la lui enfoncer où je pense.

Ou apprendre à tous les chats que je connais, depuis Hannibal à Machette, à terroriser…

— Je suis désolé, reprend Waldo. Elle va être publiée en supplément de…

Je ne prends pas la peine d'écouter le reste. J'ai besoin de cette photo et je n'ai pas l'énergie d'argumenter avec lui concernant son intégrité journalistique.

— Je dois y aller, l'interromps-je. Désolée.

Il me regarde, les yeux écarquillés.

— Alors tu sortais avec lui, en fait ?

— Non. Pas du tout.

Je me lève en m'efforçant de prendre un air aussi triste que possible, ce qui ne nécessite aucun talent d'actrice.

— Je peux avoir un câlin ?

Il prend l'air stupéfait pendant une seconde. Il sait que je n'aime pas qu'on me touche.

— Bien sûr, finit-il par répondre, avant de m'envelopper dans ses bras frêles.

— Merci, déclaré-je tout en lui subtilisant son téléphone. J'en avais besoin.

Je range furtivement son téléphone dans ma poche et me promets de m'excuser plus tard. Et de prendre un bain d'eau de Javel.

— Pas de problème, murmure-t-il.

— Désolée de devoir écourter notre après-midi, m'excusé-je en m'écartant.

— Je comprends, répond-il.

Je tourne les talons et m'éloigne à grands pas.

Une fois assez loin de Waldo, je sors son téléphone et entre le code PIN que je l'ai vu utiliser il n'y a pas très longtemps.

Ouf.

L'espace d'une seconde, j'ai craint qu'il en ait changé, mais non. Je suis entrée.

Je me transfère la photo, et dès qu'elle est sur mon téléphone, je l'envoie à Tigger avec un message laconique :

Tu peux m'expliquer ça ?

Chapitre Vingt-Neuf

*P*lusieurs minutes passent sans aucune réponse de Tigger, et elles me semblent durer des siècles.

Quand je rentre à la maison, je fulmine, aussi en colère contre moi-même que contre lui. Comment ai-je pu m'autoriser à me rapprocher de quelqu'un alors que j'éprouvais des réserves très raisonnables à son sujet ? Qu'est-ce qui m'a fait croire que je pouvais être avec un homme ? Moi, avec tous mes problèmes ?

D'un autre côté, je devrais me montrer plus indulgente avec moi-même. J'ai réussi à surmonter ma peur des germes et à coucher avec lui, après tout – et voilà comment je suis récompensée pour ma bravoure.

Connard.

Bouillonnante de colère, je compose son numéro.

Le téléphone sonne encore et encore, puis je tombe sur sa boîte vocale.

— Tu évites mes appels ? grogné-je. Très bien. Ne

prends pas la peine de me rappeler. Je ne veux plus jamais te revoir ou te parler.

Voilà. Si seulement je pouvais me convaincre en même temps.

Me sentant sale en partie à cause du message que je viens de laisser, mais surtout à cause de mon étreinte avec Waldo, je prends une douche. Cela m'apaise temporairement. Cependant quand j'enfile des vêtements propres, je suis à nouveau folle de rage, et je me réprimande pour avoir baissé ma garde avec Tigger.

Incapable de trouver mieux à faire, je passe un appel vidéo avec Blue et je lui explique toute la situation.

— Waouh, je suis tellement désolée, déclare-t-elle quand j'ai terminé. Il y a la moindre chance pour que ce soit un malentendu ?

— C'est ça, dis-je avec amertume. Et tu sais qui pourrait le dissiper ? Tigger ! Mais il est injoignable.

— Et si tu m'envoyais cette photo, propose-t-elle. Je pourrais la passer dans notre base de données de reconnaissance faciale pour voir ce que je peux apprendre concernant cette fiancée.

Je m'exécute et la regarde pianoter sur son ordinateur portable.

La sonnette de la porte retentit.

— Qui c'est ? demande-t-elle. Tigger ?

— Je ne sais pas, répliqué-je, mon pouls accélérant. Laisse-moi aller vérifier. Je te rappelle.

Se pourrait-il qu'il s'agisse de Tigger ? Si oui, a-t-il oublié de regarder son téléphone avant de revenir ? En fait, pourquoi reviendrait-il ? Il veut m'utiliser pour d'autres relations sexuelles avant d'aller retrouver sa fiancée ?

Si cette dernière hypothèse est la bonne, je pourrais soudoyer Hannibal pour qu'il morde Sa Dureté Royale.

— Qui est-ce ? demandé-je une fois face à la porte d'entrée.

— Waldo, répond une voix familière.

J'ouvre la porte et regarde mon ami, confuse.

— Salut, dit-il en entrant. Après ton départ, je me suis inquiété, alors je suis venu voir si tu allais bien. Désolé de ne pas avoir appelé… j'ai perdu mon téléphone. Tu ne l'aurais pas vu, par hasard ?

— Non.

C'est un mensonge, et je vais devoir le remettre furtivement dans sa poche au plus vite.

— Et je vais très bien. Comme je l'ai dit, il n'y avait rien entre moi et le prince.

Waldo a l'air soulagé.

— Vraiment ?

— Oui, vraiment. Maintenant, si ça ne te dérange pas, je dois…

— Une seconde, m'interrompt Waldo, remuant d'un pied sur l'autre. Je dois te dire quelque chose.

Je fronce les sourcils.

— Encore des mauvaises nouvelles ?

— Non, assure-t-il en faisant un pas en arrière. Enfin, je n'espère pas.

Je le dévisage et attends qu'il continue.

— Je… je voulais te poser la question. Ça te dirait

qu'on prenne un café, un de ces jours ?

Je regarde Waldo comme s'il s'apprêtait à cracher du café par les yeux.

— Ce n'est pas déjà ce qu'on fait tout le temps ?

— Peut-être un dîner, alors, suggère-t-il. Ou un déjeuner.

Une seconde.

— Waldo, reprends-je d'un ton incrédule. Tu es en train de me proposer un rencard ?

Il fait un autre pas en arrière et hoche la tête, penaud.

— Tu me proposes un rencard, à moi... ton *amie* ? Tu me demandes ça alors que tu sais très bien que je suis dans une situation vulnérable en ce moment ?

Il recule d'un autre pas.

— Je croyais qu'il n'y avait rien entre vous deux.

— J'ai menti, répliqué-je en m'avançant vers lui d'un air menaçant. C'était ton plan brillant depuis le départ ? De me révéler que le type avec qui je sortais était fiancé, rien que pour pouvoir m'inviter à sortir ?

Je sais que je suis un peu en train de tuer le messager, mais je m'en fous.

Les parties intimes de Waldo courent un aussi grand danger que celles de Tigger, s'il était ici.

Waldo doit lire une partie de ces pensées sur mon visage, parce qu'il recule jusqu'au seuil et se tourne de côté pour dissimuler ses parties intimes.

— Je voulais te le proposer bien avant qu'il apparaisse, depuis qu'on s'est rencontré, en fait, quand je t'ai interviewé pour cet article.

Je secoue lentement la tête, trop estomaquée pour parler.

— Tu veux que je parte ? marmonne-t-il.

Je prends une grande inspiration.

— Oui, s'il te plaît. Je n'ai pas envie de sortir avec qui que ce soit avant un long moment.

L'air déconfit, Waldo se retourne et s'éloigne.

Je me remets à faire les cent pas de manière fébrile, à la fois confuse et en colère, maintenant, avec une pointe de culpabilité. Ça me fait presque du mal de l'admettre, mais j'ai l'impression qu'en plus de tout le reste, Tigger avait raison concernant Waldo.

Mon ami n'était pas satisfait de n'être que mon ami.

Je me fige net.

Une seconde.

Est-ce pour ça que Waldo a insisté sur le fait que Tigger était, je cite « un vrai playboy » ? Essayait-il de dénigrer la compétition ?

Ça pourrait vouloir dire que non seulement il ressemble au Bouffon Vert, mais que c'est aussi un petit monstre vert.

D'un autre côté, Waldo n'a pas obligé Tigger à se fiancer. À moins que...

Un appel vidéo de Blue illumine mon téléphone.

— J'ai des nouvelles, annonce-t-elle sans préambule.

— Dis-moi grogné-je, la volée de colombes faisant des sauts périlleux dans mon ventre.

Blue rapproche le téléphone de son visage et énonce chaque mot avec soin :

— Cette photo est trafiquée.

Chapitre Trente

$\mathcal{T}$rafiquée ?

Même si c'est là que mes réflexions s'apprêtaient à me mener juste avant qu'elle m'appelle, l'entendre à voix haute rend l'idée assez dingue.

— Comment ça ? demandé-je en montant le volume de mon téléphone pour ne manquer aucune syllabe.

— Ce que je veux dire, c'est que cette photo est extraite d'une vidéo trouvable sur la version ruskovienne de YouTube. Dans cette vidéo, ton petit ami se contente d'embrasser la main de la blonde. Il ne lui a jamais mis la bague au doigt. Et d'après mes recherches, il ne l'avait jamais rencontrée avant ce jour, et ne l'a plus jamais revue ensuite. C'est une chanteuse ruskovienne, et lui embrasser la main était soit un signe de respect, soit un petit flirt qui n'a mené nulle part.

Les paroles de Blue me font l'effet d'une gifle.

— Elle n'est pas membre de la royauté ? marmonné-je.

— Pas plus que toi et moi.

— Mais la bague…

— Elle a été ajoutée par Photoshop, explique-t-elle. C'est bien fait, mais dans mon agence, on dispose d'outils permettant de déceler ce genre de bidouillage.

Merde.

J'ai envoyé un message plein de jalousie à Tigger. Et j'ai laissé un message sur sa boîte vocale. S'il ne m'avait pas encore larguée avant ça, c'est sûrement ce qu'il va faire, maintenant.

— Tu peux prendre le relais ? me questionne Blue. Ou tu as besoin de mon aide pour te venger de Waldo ?

— Comment ça, me venger de Waldo ? répété-je, même si je sais déjà ce qu'elle va répondre.

C'est Waldo le responsable.

Il a trafiqué une photo de Tigger sur Photoshop.

Il a inventé de fausses fiançailles pour nous faire rompre.

En fait, il fait semblant d'être mon ami depuis un an et demi, attendant une occasion de bondir – et pas d'une manière sexy, comme Tigger.

— Oh, désolée, reprend Blue. J'ai oublié de préciser. C'était lui. Vu qu'il t'a donné cette image, j'ai jeté un œil à son ordinateur de boulot et j'ai vu les dossiers sur Photoshop.

Je serre les dents.

— Dans ce cas-là, non merci. Je n'ai pas besoin d'aide pour me venger de Waldo. Fais-moi confiance.

Elle hoche la tête d'un air solennel.

— Fais-moi savoir si tu changes d'avis.

— D'accord, acquiescé-je avant de raccrocher.

Si Waldo n'avait pas été mon ami jusqu'à aujourd'hui, je l'aurais laissée m'aider – et elle aurait pu faire un truc vraiment diabolique, comme le mettre sur la liste des personnes interdites de vol.

Je n'ai pas l'intention d'être beaucoup plus indulgente, compte tenu de ce qu'il a fait.

Ayant presque le tournis après toutes ces révélations, j'envoie un autre message à Tigger : *On peut se parler ?*

Pas de réponse.

Je l'appelle et laisse un autre message vocal :

— Je suis désolée pour tout à l'heure. Appelle-moi.

En attendant que Tigger me rappelle, je me précipite sur mon ordinateur et localise la photo que je gardais pour une farce particulièrement diabolique – un énorme collage de micropénis souffrants de MST variées.

Prise de haut-le-cœur, j'envoie l'image à Waldo par e-mail. Puis je déverrouille son téléphone et sauvegarde la photo avant de sélectionner toute sa liste de contacts pour leur envoyer les micropénis, accompagnés de la phrase suivante : « Où est Waldo ? »

J'envoie la même chose par e-mail à tous ceux qu'il connaît, à l'exception des contacts ayant le même e-mail de travail que lui – parce que je ne suis pas un monstre – puis je me sers des applications de réseaux sociaux de son téléphone pour tweeter la photo, la poster sur Instagram, l'afficher sur son Pinterest et en faire sa photo de profil sur Facebook.

Je fais une pause dans ma vengeance et consulte mon téléphone.

Pas de nouvelles de Tigger.

Où est-il passé ? On est l'après-midi, maintenant, et sa réunion était à huit heures.

N'importe quelle réunion serait terminée, maintenant – ce qui signifie qu'il me refuse délibérément la chance de m'expliquer.

En d'autres termes, j'ai tout foutu en l'air.

Chapitre Trente-Et-Un

J'ai vraiment tout fait foirer. Tigger ne me répond pas et je ne suis pas sûre d'avoir réagi autrement, à sa place.

Merde.

Des images de nos ébats sexuels épiques défilent dans ma tête, suivies de nos pseudos rencards et exercices, ainsi que tout le reste, jusqu'à ce que j'aie l'impression que ma tête va exploser.

Eh merde.

Si j'ai tout gâché, je peux tout réparer.

S'il veut m'ignorer, il va devoir le faire en me regardant en face.

Les dents serrées, j'appelle un taxi.

Destination le Palace Hôtel.

Chapitre Trente-Deux

*L*e lobby du Palace grouille encore de perroquets et de paons.

Je cours vers la concierge et demande à voir Anatolio Cezaroff.

Elle me lance un regard hautain.

— Et vous êtes ?

— Gia Hyman, dis-je. Son entraîneuse.

Elle entre quelque chose dans l'ordinateur, peut-être pour vérifier si mon nom est sur la liste des « visiteurs approuvés ». Puis elle hoche la tête et reprend :

— Je peux voir une pièce d'identité ?

Je lui montre mon permis de conduire.

— Merci. Laissez-moi lui passer un coup de fil.

Elle compose un numéro et attend. Et attend encore.

— Il n'a pas l'air d'être dans sa chambre, annonce-t-elle. Désolée.

Merde. Est-ce qu'elle dit la vérité, ou est-ce qu'il lui a demandé de ne pas me laisser monter ? La dernière hypothèse semble assez peu probable, après tout ce cinéma avec ma pièce d'identité – à moins qu'elle soit une menteuse du niveau d'une magicienne.

— Vous pouvez me donner une copie de la clef de sa chambre ? demandé-je. J'aimerais monter pour vérifier s'il va bien ?

— Je suis désolée, répond-elle. C'est contraire à notre règlement.

— Je peux au moins monter frapper à sa porte ?

— Je suis désolée, répète-t-elle, me rappelant l'un des perroquets autour de nous. C'est contraire à notre règlement.

Je scrute les cartes magnétiques dans la boîte posée sur le comptoir. Malgré tous mes talents prodigieux de pickpocket, je n'ai aucune chance d'en attraper une et d'y entrer le code de la chambre de Tigger sans qu'elle s'en rende compte.

Je pousse un soupir.

— Dans ce cas-là, j'aimerais rendre visite à son frère, Kazimir.

Elle écarquille les yeux.

— Votre visite est-elle prévue ?

— Oui, oui.

— Une seconde.

Elle compose un autre numéro et débite quelque chose en ruskovien. Je ne comprends que mon nom et son ton plutôt sceptique.

Quoi qu'ait pu répondre la personne à l'autre bout

du fil, cela la surprend assez pour qu'elle écarquille les yeux de manière comique.

Puis elle redresse le dos et annonce :

— Son Altesse Royale vous attend.

Waouh, Kaz. On serait pas un peu mégalo ? Et puis, associerai-je toujours ce titre de noblesse avec le sexe de Tigger ?

La concierge fait un signe de la main à un molosse à culotte et lui dit quelque chose en ruskovien.

— Par ici, tonne l'homme avec un fort accent, avant de se mettre à marcher.

Je le suis à travers le lobby et monte un escalier luxueux. Puis nous tournons à droite et entrons dans une immense salle de spectacle.

Je regarde autour de moi avec envie. Kaz pourrait organiser un spectacle de Broadway, ici, s'il en avait envie. Je donnerais mon petit doigt gauche — et peut-être aussi mon lobe d'oreille gauche — pour pouvoir pratiquer la magie sur scène rien qu'une fois.

— Qu'est-ce que tu en penses ? demande Kaz en sortant de nulle part.

Je presse une main sur ma poitrine et prends une inspiration pour me calmer.

— Je pense que vos employés devraient plutôt vous appeler Votre Ninja Royal.

— Je parlais de la salle, précise Kaz sans la moindre trace de sourire sur le visage.

Le type à culotte, par contre, à l'air à deux doigts de me jeter dehors.

OK, compris. À partir de maintenant, je ne

plaisanterai plus avec Sa Sévérité Royale.

— Comment ça, la salle ? reprends-je.

Kaz adresse au type à culotte un signe de tête léger, mais très impérieux.

L'homme s'incline et s'éloigne de plusieurs pas à reculons, avant de retourner et de s'en aller.

Il y a la déférence, et il y a ça. On dirait que quelqu'un prend le thème du palais un peu trop au sérieux.

Kaz fait un geste vers la scène et ajoute :

— Tu n'es pas venue ici pour voir la salle ?

Je le dévisage en clignant des paupières.

— Pourquoi j'aurais fait ça ?

Il plisse le front.

— Ce matin, Tigger m'a convaincu d'accueillir ton spectacle ici. Je me suis dit que ce n'était qu'une question de temps avant que tu aies envie de voir si elle était acceptable.

— Acceptable ?

Je recule en titubant et bouche bée, je détaille les rideaux, les projecteurs, les sièges pouvant accueillir des milliers de gens…

Il se fiche de moi, ou il est sérieux ?

— Je ne comprends pas, avoué-je. Tigger t'a parlé de moi ? Ce matin ?

C'est alors que je comprends tout.

— C'était toi, sa réunion secrète de huit heures ?

— Secrète ? répète-t-il en pinçant les lèvres d'un air désapprobateur. Je ne savais pas.

— Oublie ça, reprends-je avec un geste du bras. Tu

as dit oui ?

Il hoche sèchement la tête.

— J'ai trouvé que c'était une excellente idée. On a bien besoin de varier un peu nos performances, ici, et les illusions conviennent bien au thème de l'hôtel.

Bordel de Houdini.

Ce serait un manque de professionnalisme de faire quelques pirouettes ?

Je suis même tentée de serrer Kaz dans mes bras avec reconnaissance – sauf qu'il a l'air du genre de personne qui accueillerait ça encore moins bien que moi.

Je n'arrive pas à croire que Tigger a fait ça pour moi.

C'est dingue.

Incroyable.

Époustouflant.

En fait, rectification. J'arrive à croire qu'il a fait ça. Il s'est toujours donné énormément de mal pour moi. C'est pour ça que je souffre autant à l'idée de l'avoir perdu.

À supposer que ce soit le cas. C'est moins clair, maintenant – tant qu'il n'annule pas son initiative auprès de son frère, en tout cas.

— Où est Tigger ? demandé-je. Je n'arrive pas à le joindre.

— Je ne sais pas, répond Kaz en clignant des paupières. Notre réunion n'a commencé qu'à neuf heures parce qu'elle a été retardée par une urgence à l'hôtel. Après notre discussion, il m'a dit qu'il allait parler à certains représentants des médias. Il pense pouvoir utiliser sa notoriété pour obtenir un peu de publicité pour ton spectacle. Il ne m'a pas donné de détails, mais je me suis dit qu'il prendrait des photos de toi en train de le couper en deux, comme dans l'illusion classique.

Hum. Couper un canon royal en deux. Je pourrais le faire – et peut-être même pratiquer le même tour que Penn et Teller, en faisant croire qu'il y a eu un terrible accident à la fin.

— Alors il est en train de parler aux paparazzi ? demandé-je, la prudence tempérant mon enthousiasme.

Même si ce que dit Kaz est vrai, quelles sont les chances pour qu'il n'ait pas vu mes messages ou écouté sa boîte vocale ?

Kaz fronce ses sourcils, sort son téléphone et jette un œil à l'écran.

— Ça fait des heures, maintenant. Il devrait être reparti depuis longtemps.

Mes espoirs s'envolent.

Tigger est bien en train de m'ignorer, mais pas depuis sa chambre d'hôtel.

Le téléphone de Kaz sonne dans sa main.

Il lui lance un regard désapprobateur et décroche.

— J'écoute.

Quoi qu'on lui annonce à l'autre bout du fil, son visage prend soudain une expression aussi orageuse que le ciel du Mordor.

Est-ce Tigger qui lui demande de me refuser l'accès

à l'hôtel ?

— Quand ? grogne Kaz.

Cette question ne correspond pas à ma théorie.

Kaz serre le téléphone dans sa main.

— Répétez-moi le nom de l'hôpital.

Mon estomac se glace.

Quelqu'un parle d'un hôpital. À Kaz.

Tout le sang reflue de mon visage quand je réalise qu'il y a une théorie à laquelle je n'avais pas encore songé.

Et si Tigger ne m'ignorait pas ? Et s'il ne pouvait répondre à mon appel parce que...

— Qu'est-ce qui s'est passé ? demande Kaz d'une voix impérieuse.

J'ai envie de lui arracher son téléphone des mains pour apprendre ce qui s'est passé.

Si une expression pouvait tuer, celle de Kaz aurait assassiné la personne à l'autre bout du fil.

— Je suis son frère, putain. Dites-moi ce que...

Il s'interrompt avec un grognement, et je vois bien qu'il est à deux doigts de jeter son téléphone contre un mur.

— Ils ont raccroché, annonce-t-il en regardant le mobile d'un air incrédule. Ils n'ont pas apprécié mon ton.

— Qu'est-ce qui s'est passé ? m'exclamé-je, résistant à grand-peine à l'envie de le secouer pour lui tirer les vers du nez.

Il croise mon regard.

— C'est Tigger. Il est à l'hôpital.

Chapitre Trente-Trois

— Quoi ? m'écrié-je. Qu'est-ce qui s'est passé ? Est-ce qu'il… ?

— Le connard au téléphone a refusé de me le dire, grogne Kaz. Il m'a demandé de venir en personne. Une histoire de vérification d'identité.

Un drôle d'engourdissement m'envahit.

— Quel hôpital ?

Il me répond, et le nom me semble familier.

Très familier.

— Mon amie s'est retrouvée là-bas il y a peu de temps pour une réaction allergique, annoncé-je d'une voix tremblante. Allons-y.

— Oui. Allons-y.

La mâchoire serrée, il sort de la pièce à grands pas, si vite que je dois courir pour garder le rythme, ce qui ne me dérange pas du tout.

Plus vite on arrivera là-bas, mieux ce sera.

— Tigger est-il allergique à quoi que ce soit ? l'interrogé-je, à bout de souffle, en le rattrapant.

Il secoue la tête sans se retourner.

— Est-ce qu'il s'est entraîné à respirer sous l'eau sans moi ?

Il hausse les épaules, toujours sans se retourner.

Merde. Tigger a-t-il pu se noyer ? Ça me rendrait complice de…

Non. Ça n'a pas de sens. La piscine est dans cet hôtel, et s'il avait été blessé ici, Kaz l'aurait su. Quoi qu'il ait pu se passer, ça a dû arriver après que Tigger est allé parler aux médias pour moi.

Un scénario horrible me vient en tête quand je l'imagine en train de rouler dans cette maudite Lamborghini. À la façon dont il conduit, s'il a eu un accident, il n'y survivra peut-être pas.

Non.

Faites que ce ne soit pas ça.

Tout sauf ça.

Nous arrivons dans le couloir et Kaz aboie des ordres à ses employés comme un général sur le champ de bataille.

En un clin d'œil, les pneus d'une limousine crissent dehors.

— C'est pour nous, m'informe Kaz d'un ton laconique en s'empressant de sortir.

Dès que nous sommes montés, la limousine s'élance.

À travers la brume de panique qui a envahi mon

cerveau, une idée me vient, et je sors mon téléphone pour appeler Blue.

Kaz me lance un regard désapprobateur.

— Ma sœur pourra peut-être nous aider à apprendre ce qui s'est passé, expliqué-je pendant que la sonnerie s'égrène.

— Salut, dit Blue. Tu as…

— Pas le temps pour les politesses. J'ai besoin d'aide de toute urgence.

— Qu'est-ce qui se passe ?

— Tigger est dans le même hôpital que Clarice l'autre jour. Ils ont refusé de nous dire ce qui lui est arrivé. Tu peux le découvrir ?

— Bien sûr, répond-elle. Je te recontacte.

Je raccroche et explique la situation à Kaz, dont l'expression n'est plus désapprobatrice.

— Merci, énonce-t-il juste au moment où la limousine s'arrête dans un dérapage.

Nous nous précipitons dehors et Kaz se dirige vers l'entrée familière de l'hôpital.

Je le suis jusqu'à avoir atteint les portes automatiques.

Les portes coulissent.

Il se précipite à l'intérieur, mais mes pieds cessent de bouger.

Merde.

Pas encore.

Chapitre Trente-Quatre

Je m'encourage à entrer.

Tigger est là-dedans. Peut-être sur son lit de mort.

Pourquoi ne puis-je pas être normale, pour une fois ? Pourquoi ai-je besoin d'une combinaison de protection pour pénétrer dans un hôpital ?

En fait, la dernière fois, même le costume n'a pas suffi.

Je ne suis pas seulement la pire des amies, je suis aussi la petite amie la plus minable du monde… eh oui, je viens de me désigner petite amie rien que pour avoir un argument supplémentaire.

Et si je faisais juste un pas ?

Je pousse mes pieds à bouger et avance de quelques centimètres vers la porte.

OK, je n'étais encore jamais allée aussi loin, toutefois je ne suis toujours pas à l'intérieur.

Kaz revient et me tend un masque chirurgical.

— Tiens, dit-il en me le fourrant dans les mains. Je me suis dit que la piscine propre et ta réticence à entrer étaient peut-être liées.

— Merci.

Je prends le masque avec reconnaissance et l'enfile sur mon visage.

— J'y vais, annonce-t-il. On se retrouve à l'intérieur.

Bien sûr. À l'intérieur. Simple comme bonjour.

Je crispe les poings.

Mes pieds ne bougent pas.

Je serre les dents.

Mes pieds restent collés au sol.

Je contracte les sphincters et les muscles Kegel, ainsi que tout ce qui est contractable, puis je fais un pas.

Et un autre.

Et encore un autre.

Par le système immunitaire de Houdini, je vais le faire.

Je passe la porte.

Oui !

Je suis désormais à l'intérieur d'un hôpital.

Mon pas suivant est plus assuré. Celui d'après est presque ferme.

Avant de m'être rendu compte de ce qui se passe, je me mets à marcher d'un pas vif – sauf que je n'ai aucune idée d'où je vais.

Zut.

Où est Kaz ?

Je suppose que je vais devoir retourner au bureau...

Mon téléphone sonne. Un message de Blue.

Il a été admis à l'hôpital à cause d'un empoisonnement alimentaire.

Je manque de rentrer dans une infirmière.

Un empoisonnement alimentaire ? Je parie que c'est à cause de cette garce de Matilda, avec son lait non pasteurisé. Quelle grosse vache. Une seconde, est-ce de la grossophobie ? Non, c'est vraiment une vache, alors tout va bien. Tout ce que je sais, c'est qu'elle a plutôt intérêt à ce qu'on ne se rencontre jamais, ou je risque bien de lui donner un coup de poing dans sa face de vache. Et si Tigger ne s'en tire pas, je mangerai son foie avec des fèves et un bon Chianti.

J'envoie un message à Blue ;

Où est-il ?

Elle répond aussitôt :

Deuxième étage. Chambre 2E.

Je me précipite vers l'ascenseur et enfonce le bouton du deuxième étage.

— Ça va aller, me rassuré-je.

Mais peut-être pas. Seuls les cas les plus sévères d'empoisonnement alimentaire nécessitent une hospitalisation, surtout alors qu'il allait parfaitement bien un peu plus tôt.

Non.

Il va bien.

Il le faut.

Quand je sors de l'ascenseur, je reçois un autre message :

C'est bizarre. Il vient de sortir.

Une vague de soulagement me submerge.

On ne vous laisse pas sortir si vous n'allez pas bien.

Je parcours le couloir des yeux et la vague de soulagement se transforme en tsunami. Kaz est là, accompagné de deux gardes du corps en culotte – et à côté d'eux, il y a Tigger.

Il a l'air un peu nauséeux, mais il arrive à tenir debout – ce qui semble être le sujet de la dispute entre lui et son cortège.

Je me précipite vers lui.

Quand il me remarque, Tigger plisse les yeux, et je réalise que je dois être difficile à reconnaître, avec mon masque.

— Gia ? demande-t-il.

— C'est moi, acquiescé-je, à bout de souffle. Je t'en prie, dis-moi que tu vas bien.

— Je vais bien, assure-t-il en lançant un regard bougon aux types à culotte. Quelqu'un a surréagi et m'a amené ici. On tombe dans le coma une fois, et tout le monde se met à nous traiter comme si on était en sucre.

Je bondis en avant et le serre contre moi de toutes mes forces.

— Plus de lait non pasteurisé, ordonné-je sévèrement. Jamais.

Il lâche un rire faible.

— Facile. Je crois que je ne voudrais plus jamais boire ou manger tout ce que j'ai pris aujourd'hui.

Ah. Jusqu'ici, il se comporte comme s'il n'avait pas reçu mes messages délirants.

Si c'est le cas, je pourrais faire en sorte qu'il ne le découvre jamais.

Je passe en mode pickpocket et subtilise son téléphone, avant de m'écarter.

— Quand est-ce que c'est arrivé ? J'ai essayé de te joindre.

— Je ne saurais dire combien de temps a passé, répond-il. Je n'ai pas eu le temps de regarder mon téléphone, à cause de toutes les activités innommables dans lesquelles j'étais engagé.

Son visage semble prendre une teinte encore plus verdâtre à ce souvenir.

— Disons juste que je ne regarderai plus jamais *L'Exorciste*.

— N'en dis pas plus.

Vu qu'on est près de l'ascenseur, je l'appelle pour nous.

— Je suis juste heureuse de ne pas t'avoir perdu.

Voilà. S'il a écouté mes messages, sa réaction me l'indiquera.

— Non, *myodik*, tu ne pourras pas te débarrasser de moi aussi facilement.

Comme je l'espérais. Il n'a aucune idée des messages que j'ai envoyés.

Nous entrons dans un ascenseur bondé et je me place derrière tout le monde.

C'est ma chance.

Je connais son mot de passe et j'ai son téléphone.

Je peux le déverrouiller, effacer ce que je veux, et il n'en saura jamais rien.

Sauf que quelque chose me retient.

La culpabilité.

Et pas celle facile à balayer du magicien.

Cette culpabilité-là est du genre difficile à ignorer.

Compte tenu de tout ce qu'a fait Tigger pour moi, et de ce que je ressens pour lui, je ne devrais pas enfreindre son intimité comme ça. Ou lui mentir.

Je n'ai pas envie que notre relation soit basée sur le mensonge.

Par la conscience de Houdini. J'ai l'impression de devoir lui rendre son téléphone – et lui avouer mon absence d'expertise en termes de respiration.

Ce qui veut dire que je pourrais peut-être encore le perdre.

L'ascenseur s'ouvre et je traverse le lobby de l'hôpital dans un silence tendu pendant que les autres conversent en ruskovien.

Une fois que nous sommes dehors, je repère non pas une, mais deux limousines.

Tigger regarde ses compagnons à culotte.

— Partez avec Kaz, s'il vous plaît.

Ils hochent la tête.

Super. Enfin un peu d'intimité.

— Au revoir, Kazimir, le salué-je en retirant mon masque chirurgical. Ou devrais-je dire, « Au revoir Votre Altesse Royale » ?

Pour la première fois depuis qu'on s'est rencontrés, une pointe de sourire éclaire le regard de l'homme.

— Après cette journée, tu peux m'appeler Kaz.

Tigger émet un sifflet moqueur.

— Quel honneur.

Ignorant son frère, Kaz m'adresse un signe de tête courtois, puis disparaît dans sa limousine.

— Prête ? demande Tigger en m'ouvrant la portière.

— Merci, dis-je.

Je détourne son attention en l'embrassant sur la joue et remets son téléphone dans sa poche.

Ce n'est pas parce que je viens d'acquérir une conscience que je suis une sainte.

Tigger grimpe dans la voiture et se blottit contre moi avant de demander au chauffeur de monter la paroi pour nous donner un peu d'intimité.

— Alors, commence-t-il une fois que nous sommes seuls. Même si j'apprécie que tu sois venue prendre de mes nouvelles à l'hôpital, je ne comprends pas bien comment tu as été mise au courant. Kaz était la personne à contacter en cas d'urgence, et il n'a pas ton numéro.

Je pousse un soupir.

— J'ai quelque chose à te dire.

Il incline la tête.

— Quelque chose me disait que c'était le cas.

Je retire mon gant et lui prends la main. Le plaisir picotant provoqué par son contact me donne du courage.

— Quand tu es parti et ne m'as pas rappelé pendant un bon moment, j'ai cru que c'était terminé.

Il hausse les sourcils.

— Terminé ? Pourquoi ?

Je lui étreins la main.

— J'ai cru que j'étais un Everest.

— Quoi ?

Il me regarde comme si ladite montagne venait d'atterrir sur ma tête.

— De quoi tu parles ? demande-t-il.

Je resserre un peu plus les doigts autour des siens.

— J'ai eu peur qu'après avoir couché ensemble, tu perdes tout intérêt pour moi. Tu n'as jamais escaladé l'Everest une deuxième fois, alors je me suis dit que, peut-être...

— Arrête, m'interrompt-il en posant sa main sur la mienne. Tu ne pouvais être plus loin de la vérité, *myodik*. Avec toi, j'ai plus l'impression d'avoir atteint le sommet de l'Everest et d'y avoir planté le drapeau ruskovien, avant de décider de m'installer là pour de bon.

La volée de colombes dans mon ventre pète un câble.

— Dans ce cas, tu veux bien ignorer les messages que je t'ai laissés ? Il y a eu cette histoire avec Waldo et...

Je m'interromps en voyant l'expression sur le visage de Tigger et m'empresse de clarifier :

— Il ne s'est rien passé. Mais tu avais raison. Il m'a proposé de sortir avec lui... mais avant ça, il a tenté de me piéger pour me faire croire que tu étais fiancé.

— *Quoi ?*

Il a l'air prêt à réduire Waldo en miettes, alors je lui

explique tout ce qui s'est passé et la façon dont j'ai accompli ma vengeance.

Cela semble l'apaiser un peu. Il n'a plus l'air prêt à commettre un meurtre.

— Tiens, dit-il en déverrouillant son téléphone et en me le tendant. Efface ce que tu veux.

Waouh. Je suis bien contente de ne pas avoir fait ça furtivement plus tôt. C'est bien mieux comme ça.

J'efface mon ardoise et lui rends le téléphone. Passons au sujet le plus délicat, maintenant.

Je rassemble mon courage et annonce :

— Il y a autre chose que tu devrais savoir.

Une seconde, est-ce vraiment une bonne idée ? Et s'il rompait avec moi, pour finir ?

Je dois dire que si j'avais été une psychopathe, ma vie serait bien plus simple.

Il range son téléphone et me considère d'un air inquiet.

— Qu'est-ce qu'il y a ?

— C'est au sujet de l'entraînement.

Je baisse les yeux et examine le tapis de sol luxueux.

— Tu sais, quand tu pensais que je pouvais retenir mon souffle pendant vingt minutes ?

Je lève les yeux avec prudence et découvre qu'il arbore un large sourire.

— C'est vraiment ce que je pensais ?

J'étrécis les yeux.

— Eh bien, oui. Tu m'as embauchée parce que…

— Je t'ai embauchée pour me rapprocher de toi, termine-t-il. Je savais que ton tour sous l'eau n'était qu'une illusion. Pour ta défense, tu ne m'as jamais affirmé le contraire en me regardant droit dans les yeux.

J'ai l'impression qu'on vient de m'ôter un poids de l'ampleur d'une vache des épaules. Une vache diabolique, comme Matilda.

Il savait.

Depuis le début, il cherchait juste une excuse pour être avec moi.

Et quelle excuse parfaite. Il m'a donné de l'assurance concernant l'une de mes illusions.

— Une seconde, reprends-je. Qu'en est-il de cette histoire de plongée libre dans ce lac ? C'était juste une couverture ?

Devrais-je être en colère qu'il m'ait dupée, *moi* ?

Non. Ce serait hyper hypocrite.

Il secoue la tête.

— J'aimerais *vraiment* faire ça un jour. Mais si ça ne te dérange pas, je suivrai un entraînement avec de vrais experts avant d'essayer.

— J'insiste pour que tu le fasses, déclaré-je en souriant. La majeure partie de mon entraînement avait pour but de te voir aussi peu habillé que possible.

La limousine s'arrête et il m'ouvre la portière. Ses yeux félins se mettent à pétiller.

— Tu veux passer chez moi, pour qu'on se détende devant Netflix ?

— Houdini est-il capable de crocheter une serrure ? rétorqué-je en prenant sa main pour sortir de la voiture.

Nous entrons dans le Palais main dans la main, même si j'ai plutôt l'impression de flotter au-dessus du sol.

Ce qui me rappelle que je vais me produire en spectacle dans ce même hôtel très bientôt.

Grâce à Tigger.

Après la frayeur de l'hôpital et tout le reste, je n'ai pas eu l'occasion de digérer cette idée, pourtant je le fais, maintenant – et s'il ne me tenait pas la main, je m'envolerai sûrement vers le plafond comme un ballon d'hélium.

Ce qui me donne une idée. Je devrais dédier une illusion à cette journée. Réinventer un classique : l'illusion du vol. J'ai déjà quelques idées, lourdement inspirées de la version de cette illusion incroyable de David Copperfield.

Quand nous sommes face à la porte de sa suite, je réalise que je suis restée plongée dans mes rêveries magiques pendant tout le chemin jusqu'ici.

Je me retourne et étudie le visage de Tigger.

— Tu as l'air d'aller mieux, remarqué-je, et je le pense vraiment.

Son teint verdâtre a disparu sans laisser de trace.

— Merci, répond-il en ouvrant la porte. Je suppose que la bonne nouvelle, avec ce stupide séjour à l'hôpital, c'est que je vais m'en remettre plus vite.

Des aboiements sonores m'empêchent de répondre.

Méphistophélès est à nos pieds, remuant la queue et le corps avec assez d'énergie pour alimenter tout Manhattan en électricité pendant une semaine.

Caradog est heureux de nous voir, lui aussi, mais les mouvements de sa queue sont bien plus tempérés que ceux de l'ours plus jeune – du chien, je veux dire.

Le plus étrange, dans cet accueil, c'est que Caradog a un bâton dans la mâchoire. Il s'approche de moi et se met sur les pattes arrière. Son langage corporel est clair comme de l'eau de roche : *prends le bâton, humaine.*

— Tu veux jouer à « va chercher » ? demandé-je en prenant le bâton, avant de regarder Tigger. Je peux le jeter sans danger ?

Il sourit.

— Fais-le ici, dans le couloir. Mes compositions florales sont fragiles.

Je jette le bâton.

Caradog ne bouge pas, mais Méphistophélès pourchasse le bâton comme si le destin du monde en dépendait.

Je regarde le plus gros chien.

— Tu lui apprends à aller chercher ?

Derrière ses lunettes, ses yeux intelligents semblent dire « ouais, va chercher. »

— Tu peux jouer avec eux pendant que je prends une douche et me lave les dents ? m'interroge Tigger.

Je hoche la tête et il me tend quelques biscuits pour chien avant de partir.

Je jette le bâton plusieurs fois, puis répète mon tour de magie avec les biscuits pour chien – au grand plaisir des deux canidés.

— Comment tu fais ça ? me questionne Tigger en

me surprenant au moment où je fais disparaître un autre biscuit.

— Avec talent, dis-je en levant la tête.

Aussitôt, ma bouche s'emplit de salive, tel un chien de Pavlov.

Tigger ne porte qu'une serviette, et son air nauséeux n'est plus qu'un lointain souvenir. En fait, il est l'incarnation de la bonne santé… et de la virilité.

— On remet ça une autre fois, les gars, annoncé-je aux chiens.

Tigger m'emmène dans sa chambre, verrouille la porte et met de la musique.

Je souris et commence à me déshabiller.

— C'est « The Final Countdown » ?

— Ouais, répond-il en laissant tomber la serviette. Je me suis dit que ça t'aiderait peut-être.

— Ça m'aide beaucoup plus, dis-je en pointant Sa Dureté Royale du doigt.

Il me rend mon sourire, puis m'attire à lui et presse ses lèvres sur les miennes. Avant que j'aie pu comprendre ce qui se passait, il fait son tour de magie, me faisant tomber sur le lit en un clin d'œil. Il ne s'arrête que le temps de couvrir Sa Dureté Royale avec un manteau de latex, puis nous nous unissons, et cette fois, ses coups de reins en moi sont lents et contemplatifs. Me couvrant de son corps, il entrelace ses doigts avec les miens comme la première fois que je l'ai touché, et ce que nous faisons ressemble moins à du sexe qu'à un mot qui commence par la lettre « L ».

Nous jouissons en même temps et mon orgasme est

plus puissant que tous mes précédents combinés. Tandis que nous sommes couchés l'un à côté de l'autre, épuisés et profondément satisfaits, il se hisse sur un coude et replace une mèche de cheveux derrière mon oreille, avant de poser sa paume sur ma joue. Ses yeux noisette sont doux et affectueux quand il murmure :

— Il faut que je te dise quelque chose.

Mon cœur se remet à battre à toute vitesse, et l'adrénaline afflue à nouveau dans mon organisme.

— Quoi ?

— Le jour où on s'est rencontré, tu n'as pas seulement volé ma ceinture, déclare-t-il d'une voix douce. Tu as aussi volé mon cœur.

Par la production d'ocytocines de Houdini.

J'ai l'impression que ma poitrine va exploser de joie.

— Quand j'ai cru t'avoir perdu aujourd'hui, j'ai eu l'impression d'être à court d'oxygène, avoué-je en tournant la tête pour embrasser sa paume.

La lueur tendre dans son regard s'intensifie.

— C'est parce qu'on est faits l'un pour l'autre, toi et moi. Comme les lupins et les pivoines.

— Non, dis-je, à bout de souffle. Comme les hauts de forme et les lapins.

Il hoche la tête.

— Comme le *base-jump* et le parachutisme.

Je recouvre sa main de la mienne.

— Je t'aime.

Je ne me l'étais pas admis à moi-même avant de le dire, pourtant c'est la vérité.

L'entière vérité.

— Je t'aime aussi, répond-il. Tu es la seule montagne que je veux escalader.

Rayonnante, je contemple Sa Dureté Royale s'éveiller à nouveau.

— En fait, j'ai l'impression que tu vas me monter, et que je vais t'escalader.

Épilogue

TIGGER

*L*a scène est immense, la plus grande de Ruskovie et l'une des plus spacieuses du monde.

Gia pratique son illusion de vol célèbre dans le monde entier, et comme d'habitude, je suis submergé d'émerveillement et d'admiration.

Et puis, même si ça me rend fou, je n'ai aucune idée de comment elle fait ça. On est à ciel ouvert, elle n'a donc aucun endroit où attacher des câbles, pas à moins qu'un hélicoptère silencieux se cache au-dessus des nuages.

En vérité, elle affirme ne pas utiliser de câbles, et en général, elle ne ment pas quand elle évoque ce qu'elle ne fait *pas* pour un tour.

Je vais être honnête. En tant que le propriétaire de ce parc à thème, j'ai demandé au personnel de me prévenir s'ils voyaient la moindre trace de câble, ou toute autre explication de la façon dont Gia fait ce qu'elle fait, mais jusqu'ici, ils n'ont rien vu du tout. Pareil pour le personnel de l'hôtel de Kaz.

Eh, ça ne me dérange pas. Pas trop, en tout cas.

Je suppose que si mon ignorance rend ma *myodik* heureuse, je peux le supporter. Évidemment, si je découvre quelque chose tout seul… eh bien, en amour comme à la guerre, tous les coups sont permis, et c'est vrai même sans la partie guerre.

Gia termine sa dernière manœuvre aérobique, puis atterrit sur la scène avec grâce, à côté d'un spectateur servant de témoin pour le reste de l'audience. Ses cheveux noir corbeau tourbillonnent autour d'elle, soulignant la lueur pâle de son visage.

Elle laisse à nouveau le spectateur vérifier qu'elle n'a aucun câble et s'incline avec grâce devant le reste de l'audience.

Les spectateurs – nous sommes cent mille, en tout – bondissent sur leurs pieds et offrent à Gia la plus enthousiaste des standings ovations. Les applaudissements sont fracassants. Comme les autres, j'applaudis si fort que j'en ai mal aux paumes, et même mes parents, assis à côté de moi, frappent dans leurs mains avec réticence.

Je n'ai pas les mots pour décrire à quel point j'aime cette femme. J'ai craqué pour elle à notre première rencontre. Quand elle m'a volé ma ceinture, c'était déjà comme dans cette chanson de Bryan Adams : j'ai vu mes enfants naître dans ses yeux… et elle était la maman tigre que je cherchais.

Quand l'excitation se dissipe et que le rideau tombe, je m'empresse de rejoindre les coulisses.

Gia m'accueille avec un baiser passionné. Depuis notre première fois, elle s'est débarrassée de toutes ses inquiétudes, s'agissant des échanges de fluides corporels avec moi. En fait, elle est prête à le faire avec enthousiasme.

Comme d'habitude en sa présence, mon sexe – ou Ma Dureté Royale, comme elle l'a surnommé – entre aussitôt en érection, réagissant à ses courbes lisses. Avec sa peau de porcelaine, ses cheveux noirs, ses yeux bleus et sa tenue en cuir noire, elle me rappelle le plus sexy des vampires, et même si je ne le lui ai jamais dit, j'ai eu un gros coup de cœur pour Kate Beckinsale dans *Underworld*, à l'époque.

Je me rajuste du mieux que je peux.

— Encore un excellent spectacle.

— Tu le penses vraiment ? demande-t-elle, le visage rayonnant.

— Oh oui. Et le mieux, c'est que j'ai senti que mes parents n'avaient aucune idée de comment tu faisais tout ça. Je suis sûr qu'ils n'ont pas aimé ça du tout.

Son sourire se fait rusé.

— Tu crois qu'ils vont ordonner à la CIA ruskovienne de découvrir mes secrets ?

— Ils en seraient capables.

Et ce n'est pas une mauvaise idée. Je pourrais peut-être le faire.

Gia a profité de ce voyage dans mon pays natal pour rencontrer le roi et la reine – et elle n'a pas rompu avec moi ensuite, ce qui est un miracle du même niveau que ceux qu'elle accomplit sur scène.

Mes parents ne sont pas ce qu'on pourrait appeler des gens sympas – surtout avec ceux qu'ils considèrent comme leur étant inférieurs, autrement dit presque tout le monde.

— J'ai une surprise pour toi, annoncé-je. Viens, laisse-moi te montrer.

En fait, j'ai deux surprises ; une énorme et une gigantesque.

Elle me laisse la guider dans la pièce où la première « surprise » m'a dit qu'elle attendrait.

J'ouvre la porte en grande pompe et annonce :

— Gia, j'aimerais que tu rencontres un trésor national ruskovien. La grande, l'incroyable... Rasputina.

Gia écarquille les yeux en voyant la femme vêtue de manière similaire à elle – ce qui n'a rien de surprenant, Rasputina ayant eu une très grande influence dans la constitution du personnage de scène de Gia.

Je ne peux même pas imaginer ce que ressent ma *myodik* à cet instant. Pour elle, rencontrer cette magicienne célèbre, c'est comme si je rencontrais Evel Knievel.

— Je ne suis pas digne, marmonne Gia.

— Ridicule, répond l'autre femme avec un sourire contagieux. J'ai vu votre spectacle. Je suis honorée de vous rencontrer.

Gia secoue la tête.

— Madame Rasputina, vous...

— Je vous en prie, appelez-moi Sasha, répond-elle.

— Sasha, répète Gia, l'air de goûter le mot et de le trouver délicieux. Je peux avoir votre autographe ?

Sasha accepte avec joie et j'observe la scène de près, parce que je n'oublierai jamais la phrase que m'a dite Gia, une fois : « Si je devais coucher avec une femme – dans un scénario où j'aurais un flingue sur la tempe – je choisirais de coucher avec Rasputina. »

C'est pour cette raison que je me suis assuré qu'il n'y ait aucune arme à feu dans mon parc, aujourd'hui. Je suis trop jaloux pour laisser ma femme coucher avec qui que ce soit, même avec une autre femme.

— Donc, reprend Sasha. Tu sais que je fais des prédictions ?

— Oui, acquiesce Gia. Elles sont incroyables.

Si vous voulez mon avis, elles sont à la limite du flippant. Ma mère a dépensé une fortune et décerné des titres de noblesse à cette femme en échange de ses « prophéties », et à ma connaissance, elles se sont toutes réalisées.

Un éclair semble jaillir de la main de Sasha jusqu'à son œil – sûrement un tour de magie.

— Vous resterez ensemble toute votre vie, déclare-t-elle en nous regardant tour à tour. Et votre union sera heureuse.

Au début, je suis aussi stupéfait que Gia.

C'est alors que je comprends.

Rasputina est en train de gâcher ma gigantesque surprise – qui était censée avoir lieu dans la salle de bal du palais royal, avec nos chiens pour jouer leur adorable rôle, et tout ça.

Merde.

Je vais devoir improviser un truc tout de suite.

En fait, compte tenu de l'aspect marquant de cette occasion, ce sera peut-être tout aussi mémorable pour Gia, si ce n'est plus.

Je sors un étui de cartes à jouer de ma poche et me mets à genou.

Une expression malicieuse sur le visage, Sasha attire l'attention de Gia dans ma direction.

Gia se retourne et se fige, l'air si stupéfaite que c'en est comique.

— Qu'est-ce qui se passe ?

— Ça, dis-je en ouvrant l'étui de carte d'un geste solennel, comme me l'a appris Clarice.

D'un mouvement lent et majestueux, la bague en diamant s'élève de la boîte et atterrit dans ma paume.

Gia doit savoir comment j'ai accompli ce tour, cependant elle émet un hoquet et presse une main sur sa poitrine.

Un bon début.

Je prends la bague entre mon pouce et mon index.

— Gia Hyman, être avec toi a été la plus grande aventure que j'aie jamais vécue.

Je marque une pause pour m'assurer que ma voix ne se mette pas à trembler de manière tout sauf virile.

— J'ai escaladé l'Everest. J'ai surfé à Cape Fear. J'ai fait du *base-jump* depuis le Burj Khalifa. Mais aucun de ces exploits n'est comparable au fait de te tenir la main.

Je lui prends délicatement le poignet, retire ses gants de scène et approche la bague de son doigt.

— Acceptes-tu de me faire l'honneur de devenir ma femme ?

Gia m'observe, puis la bague, avant de se tourner vers son idole.

— Vous saviez que ça allait arriver ?

Sasha fait un clin d'œil et Gia reporte son attention sur moi.

— Oui, accepte-t-elle en glissant son doigt dans la bague. Par les couilles d'Houdini, oui. Évidemment que je veux t'épouser.

Je bondis sur mes pieds et embrasse Gia passionnément. Pendant ce temps-là, Sasha fredonne *Put a ring on it* de Beyoncé.

— Je vais devenir une princesse ? demande Gia quand nous nous séparons enfin. Une putain de princesse ? Moi ?

— Non, dis-je avec un sourire. En ce qui me concerne, tu es déjà une reine.

Extraits en Avant-Première

Merci d'avoir lu *Une illusion royale* ! Si vous avez aimé l'histoire de Tigger et Gia, merci de poster un avis.

Envie d'autres comédies romantiques hilarantes ? Si ce n'est pas déjà fait, vous devez absolument rencontrer la famille Chortsky de la série *Si tu peux* ! Découvrez l'histoire de Vlad dans *Teste-moi si tu peux*, celle de Bella dans *Défie-moi si tu peux*, et celle d'Alex dans *Imite-moi si tu peux*.

Misha Bell est une collaboration d'écriture entre Anna Zaires et son mari Dima Zales. Quand cette équipe de choc ne vous concocte pas ces concentrés de bonne humeur sous la plume de Misha, Dima écrit des romans de science-fiction et de fantasy, et Anna des romances dark et contemporaines. Découvrez aussi *Le Colosse de Wall Street* par Anna Zaires pour rencontrer un autre milliardaire sensuel !

Tournez la page pour un aperçu d'*Imite-moi si tu peux* et du *Colosse de Wall Street* !

Extrait d'Imite-moi si tu peux par
Misha Bell

C'est une vérité universelle, je crois. Quand on est un homme célibataire avec de la barbe qui pousse, on cherche toujours un bon rasage. Un bon entretien. Ah, et un faux rencard, aussi.

Je m'appelle Holly Hyman. J'adore l'ordre et les nombres premiers... et j'ai de gros ennuis. Ma société procède à une restructuration. Et pas dans le sens qui m'arrange. Notre nouveau responsable ? Alex Chortsky, un beau diable russe pas soigné du tout. Nos nouveaux produits ? Du divertissement en réalité virtuelle, du genre plutôt osé...

Cela ne me dérangerait peut-être pas tant que ça si l'œuvre de ma vie n'était pas destinée aux enfants. Et si je n'étais pas sortie sans le faire exprès avec une version virtuelle de mon patron terriblement sexy.

Le seul moyen de sauver mon projet de rêve est de passer un pacte avec le diable. Pour un soir, je vais me faire passer pour la petite amie d'Alex Chortsky.

Franchement, qu'est-ce qui pourrait mal tourner ?

———

Comme une théière observée ne bout jamais, mes collègues refusent de rentrer chez eux.

Je parie qu'ils ne travaillent même pas.

À bien y réfléchir, je me rends compte que c'était une faille dans mon plan. Vu que je suis directrice technique, beaucoup de gens veulent me montrer qu'ils travaillent dur en restant tard au boulot – surtout après le rachat.

Comme invoqué par ma pensée au sujet du rachat, un e-mail de Robert Jellyheim, mon correspondant du Groupe Morpheus, arrive dans ma messagerie.

Mince. Ils ont découvert ce que je m'apprêtais à faire ?

Mais non. Il me fait savoir qu'ils ont l'intention d'accélérer l'intégration et que je les rencontrerai bientôt en face à face, lui et les autres membres de la direction.

C'est sûrement pour ça que les costumes ont été livrés. Je dois bien avouer que le Diable a l'air assez sûr de lui et de sa capacité à obtenir ce financement.

Eh bien, on va voir ce qu'on va voir – à supposer

que mes stupides collègues s'en aillent un jour, bien sûr.

Mon estomac gargouille, ce qui me donne une idée. Ils partiront peut-être s'ils pensent que j'ai terminé ma journée ? Et si quelqu'un voit les caméras plus tard, il me verra revenir avec de quoi manger – ce qui n'a rien de suspect.

J'attrape mes affaires et me dirige à grands pas vers le *lift* – enfin, l'ascenseur, je veux dire.

Attendez. Et si mes collègues ne me voyaient pas partir ?

Oh, je sais. Je m'arrête devant quelques bureaux et les ordonne un peu, faisant d'une pierre deux coups. Quand j'ajoute un stylo supplémentaire dans un pot à crayons qui n'en contenait que quatre, je suis certaine que tout le monde m'a remarquée.

Excellent. Je me dirige vers l'ascenseur et quand je monte dedans, j'appuie sur tous les boutons des étages qui ont des nombres premiers, un luxe que je me permets quand je suis seule dans la cabine.

Mon déjeuner journalier est composé des dix-neuf raviolis que j'ai préparés chez moi, mais quand je dois dîner au boulot, je vais toujours au même restaurant japonais : Miso Hungry. Je commande toujours la même chose : de la soupe miso avec quarante-sept cubes de tofu et dix-sept morceaux d'échalote, ainsi que trois roulés à l'avocat dont un est un peu à l'écart pour arriver à un total de vingt-trois, un nombre premier convenable.

Après tout, l'une des choses qui séparent les

humains des animaux, c'est notre besoin d'ordre et de prévisibilité, ou c'est en tout cas ce que je dis à Gia quand elle me taquine au sujet de ma vie idyllique et réglée comme du papier à musique.

— À emporter ? demande la serveuse en me voyant.

— Oui, acquiescé-je.

Pendant qu'elle se précipite au bar à sushis pour transmettre ma commande au chef, je parcours des yeux le restaurant presque vide – et je suis stupéfaite de voir un homme en train de m'étudier, *moi*, de ses yeux perçants couleur bleu céruléen.

Et quel homme.

Visage parfaitement symétrique.

Cheveux d'un noir d'encre et à l'air soyeux.

Épaules larges et athlétiques.

Les pommettes d'un ange et les lèvres les plus attirantes que j'aie jamais vues.

La seule chose qui l'empêche d'être parfait, c'est son menton mal rasé et l'aspect hirsute des boucles noires sur sa tête.

Je réprime l'envie de me précipiter vers lui pour lisser ces cheveux décoiffés et voler un couteau à sushi sur l'étagère pour raser ce sublime visage.

Oui, OK. Je dois admettre que j'ai un fétiche pour les hommes rasés de près. Quand j'ai vu les premières photos d'Henry Cavill en Superman, si soigné et propre sur lui, j'ai eu envie de me caresser. Mais j'étais beaucoup moins ravie quand il a endossé le rôle du méchant débraillé et moustachu de *Mission : Impossible – Fallout*. Les vingt-cinq millions de dollars dépensés par DC pour faire disparaître sa moustache grâce aux effets spéciaux pour le tournage de *Justice League* étaient de l'argent bien dépensé, si vous voulez mon avis. J'attends avec impatience le jour où la technologie me permettra d'effacer les moustaches de tous les visages sur mes écrans.

Et zut. Je suis toujours en train de le regarder bêtement – et le pire, c'est qu'il n'est pas seul à sa table. Il est accompagné d'une femme tout aussi magnifique que lui. Et contrairement à son rencard négligé, mais sexy, elle est très propre sur elle, avec son maquillage impeccable et ses cheveux noirs coiffés à la perfection.

Au moment où je détourne les yeux, je surprends ce salopard en train de sourire.

Quel mufle. Quel goujat.

La serveuse revient avec ma commande et je remarque que l'étranger est en train de murmurer quelque chose à son beau rencard.

La femme m'étudie des pieds à la tête, puis fait mine de se lever.

Mince. S'apprête-t-elle à m'accuser d'avoir reluqué son mec ?

Je déteste toute forme de violence, et plus particulièrement quand je suis impliquée. Je prends frénétiquement ma commande des mains de la serveuse, lui fourre quelques billets dans les mains et sors en trombe du Miso Hungry.

Quand je reviens au bureau, mon cœur bat toujours la chamade. Je suppose que se sentir attirée par un sublime étranger ne constitue pas un très bon prélude à une entrée par effraction réussie.

Il y a au moins une bonne nouvelle. Comme je l'espérais, l'étage s'est enfin vidé. Je parie que ces escrocs se sont éparpillés comme des cailles dès que les portes de l'ascenseur se sont refermées derrière moi.

Je mets ma nourriture de côté – j'ai perdu l'appétit en songeant à ce que je m'apprêtais à faire – et je fais semblant d'écrire un peu de code avant de lancer le script pour désactiver la caméra que j'ai préparée plus tôt.

Je suis vraiment en train de faire ça ?

Est-ce que j'ai les ovaires d'aller au bout ?

Je carre les épaules.

Je vais *vraiment* le faire. Je refuse de me dégonfler.

Ignorant mon estomac noué, je me lève et m'empresse de rejoindre ma destination.

Quand j'arrive devant la porte, je jette un œil à la caméra que j'espère désactivée.

C'est maintenant ou jamais.

———

Si vous souhaitez en savoir plus, veuillez consulter le site internet d'Misha Bell www.mishabell.com/fr/.

Extrait du Colosse de Wall Street par Anna Zaires

Un milliardaire à la recherche d'une femme parfaite...

À trente-cinq ans, Marcus Carelli a tout : la richesse, le pouvoir et un physique qui ne laisse pas les femmes indifférentes. Parti de rien, il est devenu milliardaire, à la tête de l'un des fonds spéculatifs les plus importants de Wall Street. Il lui suffit d'un mot pour faire tomber des sociétés réputées. La seule chose qui lui manque ? Une épouse trophée, preuve de réussite aussi belle que les milliards sur son compte en banque.

Une femme à chats à la recherche d'une nouvelle rencontre...

Emma Walsh, employée de librairie âgée de vingt-six ans, est ce que l'on appelle une femme à chats, d'après son amie. Elle n'est pas forcément d'accord avec cette étiquette, et pourtant les faits sont là. Vêtements négligés couverts de poils de chat ? Oui. Dernière coupe de cheveux chez le coiffeur ? Il y a plus d'un an. Oh, et trois chats dans un petit studio de Brooklyn ? Tout y est, la totale.

Sans compter qu'elle n'est pas sortie avec un homme depuis… trop longtemps pour s'en souvenir. Mais ça peut s'arranger. N'est-ce pas tout l'intérêt des sites de rencontres ?

Un malentendu qui tombe à pic…

Une entremetteuse haut de gamme, une appli de rencontres, un quiproquo qui change tout… Les opposés s'attirent peut-être, mais cela peut-il durer ?

Je prends une grande inspiration et j'entre dans le café, jetant un regard circulaire pour voir si Mark est déjà là.

La salle est petite et chaleureuse. Des compartiments avec banquettes sont disposés en demi-cercle autour d'un bar. L'arôme des grains de café torréfiés et des pâtisseries me met l'eau à la bouche et mon estomac se met à gronder. J'avais l'intention de me contenter d'un café, mais j'opte aussi pour un croissant. Mon budget n'en souffrira pas.

Seules quelques tables sont occupées, sans doute parce que nous sommes mardi. Je les passe en revue à la recherche d'un homme correspondant à la description de Mark et j'aperçois quelqu'un, assis tout seul dans le dernier compartiment. Il me tourne le dos et je ne distingue que l'arrière de sa tête, mais il a les cheveux courts et foncés.

C'est peut-être lui.

Je prends mon courage à deux mains et je m'approche de la banquette.

— Excuse-moi, lui dis-je. Mark ?

Il se tourne alors vers moi. Aussitôt, mon rythme cardiaque s'envole dans la stratosphère.

L'homme en face de moi n'a rien de commun avec les photos de l'appli. Il a les cheveux bruns et les yeux bleus, mais la ressemblance s'arrête là. Ses traits taillés à la serpe n'ont rien de rond ni de timide. De son menton d'acier jusqu'à son nez aquilin, son visage est d'une virilité affirmée, marqué d'une assurance qui frôle l'arrogance. L'ombre d'une barbe de fin de journée obscurcit ses joues creuses, soulignant ses pommettes saillantes, et ses sourcils forment deux traits sombres et épais au-dessus de ses yeux clairs et perçants. Bien qu'il soit assis, je devine qu'il est grand et bien bâti. Ses épaules paraissent immenses dans son costume sur mesure, et ses mains font deux fois les miennes.

Cela ne peut pas être le même Mark que celui de l'appli, à moins qu'il ait passé son temps à la salle de sport depuis ses dernières photos. Est-ce possible ? Une personne peut-elle changer à ce point ? Il n'a pas indiqué sa taille sur son profil, mais j'en avais déduit qu'il complexait à ce sujet, un peu comme moi.

L'homme que je regarde en cet instant n'a absolument aucun complexe à avoir. Pas plus qu'il ne porte de lunettes.

— Je... je suis Emma, dis-je en bafouillant sous son regard intense.

Son expression est froide, indéchiffrable. Je presque certaine de m'être trompée, mais je demande quand même :

— Tu ne serais pas Mark, par hasard ?

— Je préfère Marcus.

Sa voix me surprend. C'est un grondement grave et viril qui réveille en moi un instinct féminin primaire. Mon cœur redouble d'ardeur et mes paumes deviennent moites lorsqu'il se lève en déclarant sans préambule :

— Tu ne corresponds pas à mes attentes.

— Moi ?

C'est quoi, cette histoire ? La colère balaie toutes les autres émotions. Je reste bouche bée, plantée devant ce colosse. Il est si grand que je dois me dévisser le cou pour le regarder.

— Et toi, alors ? Tu ne ressembles pas du tout à ta photo !

— Dans ce cas, nous avons tous les deux été induits en erreur, dit-il, la mâchoire contractée.

Avant que je puisse répondre, il désigne la banquette.

— Autant t'asseoir et manger avec moi, Emmeline. Je n'ai pas fait tout ce chemin pour rien.

— C'est *Emma*, précisé-je, encore furieuse. Non, merci. Je m'en vais.

Ses narines frémissent et il se décale sur la droite pour me barrer le passage.

— Assieds-toi, *Emma*.

Dans sa bouche, mon prénom ressemble à une injure.

— Je dirai deux mots à Victoria, mais pour le moment, je ne vois pas pourquoi nous ne pourrions pas partager un repas comme deux adultes civilisés.

J'ai les oreilles brûlantes de colère, mais je préfère prendre place sur la banquette plutôt que de faire un scandale. Ma grand-mère m'a inculqué la politesse dès mon plus jeune âge, et même maintenant que je suis adulte et que je vis seule, j'ai toujours du mal à outrepasser ses enseignements.

Elle ne serait pas contente si je décochais un coup de genou entre les jambes de ce rustre et l'envoyais se faire voir.

— Merci, dit-il en s'asseyant en face de moi.

De ses yeux d'un bleu de glace, il étudie la carte.

— Ce n'était pas si difficile, n'est-ce pas ?

— Je ne sais pas, *Marcus*, dis-je en accentuant son prénom bon chic bon genre. Je ne suis avec toi que depuis deux minutes et j'ai déjà des envies de meurtre.

Je l'ai insulté comme une grande dame, avec un sourire que ma grand-mère aurait approuvé. Je laisse tomber mon sac à main à côté de moi sur le siège et je prends le menu sans même retirer mon manteau.

Plus vite nous mangerons, plus vite je décamperai.

Soudain, un ricanement grave me fait lever les yeux. À mon grand étonnement, cet abruti sourit, révélant deux rangées de dents blanches sur son visage au teint hâlé. Je remarque non sans une certaine jalousie qu'il n'a pas la moindre tache de rousseur. Sa peau est parfaitement harmonieuse. Pas même un seul grain de beauté sur la joue. Il n'est pas d'une beauté classique – ses traits ont trop de caractère –, mais il est franchement agréable à l'œil, dans le genre puissant et purement masculin.

À mon désarroi le plus total, une bouffée de chaleur monte dans mon bas-ventre et mes muscles internes se contractent.

Non. Impossible. Ce connard ne peut *pas* m'exciter. Je supporte à peine de rester assise en face de lui.

En grinçant des dents, je baisse les yeux sur mon menu et constate avec soulagement que les prix sont raisonnables. J'insiste toujours pour payer ma part lors d'un rencard, et maintenant que j'ai rencontré Mark – pardon, *Marcus* –, il me semble bien du genre à m'emmener dans un endroit chic où un simple verre d'eau coûte plus cher qu'un shooter de Patrón. Comment ai-je pu me tromper à ce point sur son compte ? À l'évidence, il a menti en prétendant être étudiant et travailler dans une librairie. Dans quel but, je l'ignore, mais tout chez l'homme assis en face de moi exprime la richesse et le pouvoir. Son costume à fines rayures épouse son corps large d'épaules comme s'il avait été conçu spécialement pour lui, sa chemise bleue est fraîchement amidonnée et je suis presque sûre que sa cravate à carreaux subtils vient d'une maison de haute couture qui ferait passer Chanel pour une vulgaire marque de supermarché.

Alors que tous ces détails s'impriment dans mon esprit, un nouveau soupçon me frappe. Serait-ce une plaisanterie à mes dépens ? Kendall, peut-être ? Ou Janie ? Toutes les deux connaissent mes goûts en matière d'hommes. L'une d'elles a peut-être décidé de m'attirer dans un guet-apens, même si je ne comprends toujours pas pourquoi elles me brancheraient avec *lui* ni pourquoi il aurait accepté... Le mystère reste entier.

Les sourcils froncés, je lève les yeux de la carte pour le dévisager. Il a perdu son sourire, concentré sur le menu, le front plissé. Il a l'air plus âgé que les vingt-sept ans indiqués sur son profil.

Cette partie aussi devait être un mensonge.

Je me sens encore plus furieuse.

— Alors, *Marcus*, pourquoi m'as-tu écrit ?

Je pose le menu sur la table et le regarde froidement.

— As-tu seulement des chats ?

Il lève la tête et son front se plisse encore davantage.

— Des chats ? Non, bien sûr que non.

La dérision dans sa voix me donne envie d'envoyer balader les recommandations de ma grand-mère et de gifler son visage sévère et fermé.

— C'est une blague ou quoi ? Qui t'a donné cette idée ?

— Pardon ?

Il hausse ses sourcils épais avec arrogance.

— Oh, arrête de feindre l'innocence. Tu as menti dans ton message et tu as le culot de me dire que *je* ne suis pas conforme à tes attentes ?

Je sens presque la vapeur sortir de mes oreilles.

— C'est *toi* qui m'as contactée et mon profil est absolument transparent. Quel âge as-tu ? Trente-deux ? Trente-trois ?

— J'ai trente-cinq ans, dit-il lentement en retrouvant son expression revêche. Emma, de quoi parles-tu... ?

— Ça suffit.

J'attrape une lanière de mon sac à main et me glisse au bout de la banquette pour me lever d'un bond. Grand-mère ou pas, je refuse de manger avec un enfoiré qui vient d'admettre qu'il m'a menti. J'ignore pourquoi un homme comme lui chercherait à jouer avec moi, mais je ne serai pas le dindon de la farce.

— Bon appétit, dis-je d'un ton sarcastique en tournant les talons.

Je sors avant même qu'il puisse tenter de me barrer le passage.

Toute à ma hâte de m'enfuir, je manque de

renverser une grande brune élancée devant le café et le petit gars enrobé qui arrive derrière elle.

———

Si vous souhaitez en savoir plus, veuillez consulter le site internet d'Anna www.annazaires.com/book-series/francais/.

À propos de l'auteur

Je m'appelle Misha Bell. J'adore écrire des histoires humoristiques (pas toujours bon chic bon genre), des fins heureuses (de tous les genres) avec des personnages excentriques à deux doigts de perdre la boule (toujours une histoire de boules…).

Si vous aimez les romances avec une bonne dose de comédie et une touche de légèreté, consultez www.mishabell.com/fr/ et inscrivez-vous à ma newsletter.